陳映真全集

6

1983

人間

目次

迎接中國的春天[1]

主席，各位前輩，各位朋友：

當我讀完從中華編輯部看到第一期《中國之春》[2]，內心充滿著一股久已經陌生的溫熱。幾年來，這是第一次具體地看見了明日中國的希望。

《中國之春》表現了一批——用他們的話說——「曾經在喪失理性的年代裡狂熱過，也曾在「傷痕」累累，萬馬齊喑的歲月中痛苦過、呻吟過、憐憫過」，決心要「對中國現在的制度及其意識形態進行揭發和批判；也要對中國社會的過去和未來的問題進行研究和探討」的，所謂覺醒的一代們火熱的愛國心。他們用一種罕見的真實和誠懇的態度，以人民的而不是政權的、黨派的立場；以全國而不是局部的觀照，表現了這火一般熾熱，海一般深刻的愛國心，感人至深。

這樣的愛國心，在目前這個歷史階段，在大陸，表現為打破「封建專制官僚主義」的政治，實現中國的、真實的民主、自由和人權的運動。回顧近百年來多少中國愛國志士的鬥爭，不論是為了打倒帝國主義、封建主義，或是今天為了實現民主、自由和人權的鬥爭，都有一個共通的目漂，那就是人的解放。正是為了深信人的尊嚴和自由，百年來，不論在大陸或台灣，展開了時而勝利、時而挫敗，卻永不曾中斷的，對於國內外支配者的英勇的戰鬥。

百年來，中國人民曾經相信過：在打倒、打走帝國主義之後，就是中國的春天；相信過打垮、消滅了封建軍閥之後，春天一定會降臨到祖國的神州大地；相信過一場翻江倒海的革命之後，春天就會把中國妝扮成萬花爭妍、千鳥競鳴的國度。但是，一次又一次，中國人民從黎明的幻覺中，一再墜入失望的黑夜。「四人幫」崩潰以後，中共的革命的黑暗被揭發了出來。中國在物質上和精神上深刻的殘破，既使是中共自來的敵人，也之人震驚。接著，中共當局開始粗暴地鎮壓、在文革中鍛鍊出來的民主運動分子。突然間，全世界中國的愛國知識分子明白了：中國的天空還黑的很，中國的道路還長的很。愛國的、正義的、不肯同謊言妥協的中國人民，在目前和未來的一定時期內，是仍然不免於要受到酷刑、拷打、監禁甚至犧牲寶貴生命的。

在台灣我們曾遠遠地聽到過大陸上李一哲大字報，聽到過「四．五」群眾抗議，聽到過《北京之春》等民主刊物，也聽到過學生選舉風潮。今天，我們看到了這運動在海外發展的第一本刊物，比較具體地認識了從文革一直到學生選舉風潮這一條中國青年民主運動的脈搏。胡秋原先生說的好：當代年青的風潮，是明日歷史的寫照。在海峽兩岸，民主、自由和人權已經成了日益澎湃的、不可阻遏的浪潮。這浪潮描寫了明日的中國：一個民主的、自由的、人權的、和平的、正義的、民族團結的新中國！

朋友們，為了迎接那必至的中國的春天，讓我們更用功的學習，更深刻地思考，更認真的生活，團結起來，走盡崎嶇的長路，走出冰冷暗黑的天空，迎向萬花競開的新中國的春天！

初刊一九八三年一月《中華雜誌》第二十一卷總二三四期

1 本篇為《中華雜誌》「《中國之春》討論會」專題文章。

2 《中國之春》為大陸留學生王炳章於一九八二年在海外創辦的民運月刊。

為了中國的春天……

讀《中國之春》第一期的一些隨想

《中國之春》，是中共開放對西方留學之後，第一本中共留學生反中共體制的知識分子刊物。從李一哲大字報，經過四．五天安門示威、西單民主牆大字報、民辦民主運動小刊物、學生選舉風潮等一系列運動發展出來的大陸青年民主運動，在中共全面鎮壓民主刊物，大肆逮捕民運青年的條件下，運動終於在海外發展，毋寧是十分自然的結果。中國大陸民主運動最致命的困難，除了中共強大的反改革專制官僚體制和特工系統之外，就是國家對出版的壟斷。出版許可、紙張、印刷設備的嚴格控制，使人民思想、言論表達的自由受到根本性的限制。大眾傳播所需的財力和物力之龐大，是任何個別的人民所無法負擔的。如果人民沒有自由辦報、辦電臺、辦電視臺和雜誌的自由，則任何法律上規定的、紙面上的言論自由和民主，是絕不可能的。所謂「社會主義民主」、「無產階級的民主」或「人民的民主」，在中共全面、徹底地控制出版和表達工具的情況下，無疑地只是一個醜陋的謊言。《中國之春》不能不在中國以外的他國編輯和發行，具體地顯示了大陸上民主條件的極端困難。每一個愛國的中國人應該想：什麼時候，中國人民才可以在自己的國家中公開、無懼地說出自己想要說的話？

第一期《中國之春》讓我們具體地、真切地感受到經過嚴酷的浩劫之後的、中國青年民主運動積極、熾熱的愛國情懷。這樣的愛國心，經由他們那種於我們為罕見的誠實和懇切的態度，以及那種從人民而不是政權的、黨派的立場，全國的而不是局部的觀點表現出來，感人尤深。

在台灣的民主運動，同樣受到在台灣的愛國、憂時的中國知識分子所關懷。由於若干複雜的政治的、歷史的和地理的因素，台灣的民主運動，向來缺少一種全中國的視點。台灣民主運動的這樣一個特點，在它尚未過分突出台灣的地方性格以前，受到在台灣和海外自由知識分子相當程度的同情、理解、支持和尊敬。但是，在缺乏公開、深入討論的環境下，運動的發展，遂不可避免地趨向於突出台灣一地的局部性性格，使原先同情、支持和尊敬這個運動的一部分自由知識分子感到苦悶和憂心。

《中國之春》把檢討、批判的焦點絕大部分集中在大陸中共體制上，卻絕不曾失去全中國、全中華民族的立場和觀點。這一個中國全局性的特點，至少是億萬愛國的中國人民開始以人民的立場，超越一時的政權和黨派，重新認識、省察、檢討和批判，並共同尋找中國未來道路的一個起點，而具有重大的意義。

決心要「對中國現在的制度及其意識形態進行揭露和批判，也要對中國社會的過去和未來的問題進行研究和探討」，並且要「介紹當代社會科學學說和人文思想，世界各國政、經制度的特點，以及各國人民在爭取自己國家的政治民主的鬥爭中所取得的經驗，為改進中國社會積累更豐富的經驗」的《中國之春》，責任是沉重的、任務是艱鉅的、道路是長遠而崎嶇的，而處境也是充滿著危難的。作為三十多年官式的、教條的馬克思主義思想體系的反動，《中國之春》的青年思想者對馬克思主義的反駁，是十分自然的事。從馬克思思想的剝離，不論是重新研究馬克思主義，或者在馬克思以外的思想中尋求新的啟示，都意味著一場艱苦、沉重的學習和思考的工作。近代中國的幾次革命的歷史、理論，實踐的檢討和批判；中國本部、香港、台灣的社會性質的研究；文革歷史的紀錄，文革之社會、政治、文化和歷史質性的探討；中共三十年歷史、社會、政治、思想和文化的調查、研究、分析和批判；馬克思主義本身和它在中國近三十年來的實際之實像與虛像；東西對立、南北對峙的世界結構之研究；跨國企業時代的現代國際資本主義之研究、分析和批判，都是擺在懷抱為著明日中國尋找一條又新又活的道路的、中國新一代革命的、愛國的知識分子跟前的巨大、艱深、需要長時期努力工作加以解決的課題。而歷史也告訴我們，這一切思想和理論的工作，離開了中國大陸人民真實、生動的生活和鬥爭，是不會有任何生命力的。這就是為什麼在國外的一些有關台灣的「革命理論」，對於島內的理性的自由知識分子看來那麼幼稚而可笑的理由。

《中國之春》，是經過「在喪失理智的年代中狂熱過」，且「曾在『傷痕』累累、萬馬齊嘯的年代中痛苦過、呻吟過、迷惘過的中國革命的、愛國知識分子，為了一個民主、自由、法治、人權的新中國而崛起的標幟。光只是那在不可置信的浩劫、幻滅之後，新一代的中華兒女那樣迅速、認真、真摯而勇敢地再起的身影，就令人深深地受到感動和鼓舞。

對於台灣的知識分子，《中國之春》運動提出了這樣的問題：為了重新探索一條通往民主、自治、法治、人權的新中國，我們能夠做些什麼？依我看來，光是要找出和大陸民主運動知識分子相共通的語言，就要花費我們很大的努力。一旦把台灣和大陸的民主運動連繫起來思考，問題便遠遠超越了三十年來我們所討論的比較局部的、暫時的格局，而指向一個更遼闊、更巨大、更複雜的思想舞臺。則台灣的愛國的知識分子，除了「更冷靜地坐下來，看書學習」，怕是沒有其他更實在的途徑吧。

《中國之春》還只是一個薄弱的開始。離開萬花爭妍、眾鳥爭鳴的中國的春天，也不知還要通過多麼長遠的寒冬、多麼暗黑的天色、多麼遼遠的、崎嶇的道路。但是，中國非民主化、自由化、法治化和人權化無以自救而圖存於人世，是毫無疑問的。深信曾經在歷史上和文化上那麼偉大、光輝過的祖國，理應有一個更好的未來的中國人民，一定會不斷地積蓄自己的力量和體驗，前仆後繼，四海一心，堅定地、勇敢地為了實現中國的民主、自由、法治和人權，奮鬥到底的！

初刊一九八三年一月《聯合月刊》第十八期

雲・序[1]

企業為了有效地達成它唯一的目的，即利潤的增大與成長，展開精心組織過、計畫過的行為。這些行為，以甜美、誘人的方式，深入而廣泛地影響著人和他的物質生活和精神生活。

分析和批判這影響的工作，屬於政治經濟學的範疇。文學不應、也不能負起這個工作任務。因此，「華盛頓大樓」系列作品，主要和基本地，不在於對企業和它的行為做出分析和批判。文學和藝術，比什麼都更以人作為中心與焦點。現代企業行為下的人，成為「華盛頓大樓」系列的關心的主題。

在現代世界中，知識和技術，越來越集中在少數幾個國際性企業的手中。除了從企業提供給我們的大眾傳播中去獲得部分的、片面的、包裝過的，常常是不正確的資訊，人們對人和他所居住的世界，一無所知。因此，如果今日的作家還像過去一樣，僅僅憑著對自己的「天才」的迷信；僅僅憑著一時的「才思」和「靈感」去寫作，那麼，他很快地便要成為那自以為一身錦繡的裸體的國王。正如同覺醒的消費者要爭取對於如山如海的商品的真相和實情的理解，作家首要的功課，是自覺地透過勤勉的學習與思想，穿透層層欺罔的煙幕，爭取理解人和他的處境；理解生活和它的真實；理解企業下人的異化的本質。

因此，「華盛頓大樓」系列小說，並不是「反企業」的小說。不，它們簡直與反不反企業根本是無關的。這些已經做成的和將要做出來的小說，其實是一個時代的自然的產物。在這個時代中，一種稱為「企業」的人的組織體，因著空前發達的科技、知識、管理體系、大眾傳播、交通和龐大的資金，而對人的生活方式、行為、思想、感情和文明，產生了空前深遠和廣泛的影響。這樣的影響，成為一切關心人類的思想家和文藝工作者的艱深的課題。

而這課題之所以艱深，是因為沒有了清晰的答案之故。曾經有一個時期，人們曾信以為有了一個確切不易的真理和答案的。無數優秀、正直而勇敢的作家，為了求得那答案，不惜乎自己的亡家和破身。而曾幾何時，那一度以為是正確、光榮、偉大的道理[2]，不轉眼間崩壞為尋常的塵泥。然則，不能已於希望、不能已於愛和思想的中國新銳思想家與文藝家們，在大苦悶與大徬徨之後，正開始另一次漫長而艱苦的探索。正好是在這樣的時代，曾經一度在革命的喊聲響徹雲霄的時刻，自動放棄甚至鄙夷過創作之筆的作家和藝術家，開始懷著羞慚和更虔誠的心，回到永遠不背叛愛與希望的文學和藝術裡，尋求安身的故鄉。

一九八三年一月

答案，是失去了。但過去的、當前的和將來的一切偉大的、啟發人心的文學與藝術，卻為我們留下永不疲倦的愛，和永不熄滅的希望。

而只要還有愛和希望，人們就能走出這漫長的崎嶇、孤單和黑夜，終至於迎見真理罷。

在這一本集子行將刊印之際，我不能不懷著羞愧、惶恐和感謝的心，去回顧一九七五年以來的我自己。尤其是在《文季》宣告復刊的這時，我不由得以虔誠的尊敬和醇美的友情，想起天驄、春明、禎和這些老朋友。二十年過去了，這些老朋友終於在各自不同的滄桑之後，又能懷著新的愛情，決心以更謙卑的心，開始文學的工作。我要特別感謝姚一葦老師，是他長時間的耐心和智慧，使我從膚淺的激狂中，帶回文學的故里的。為了師母的病長期憂傷的姚老師，在一個小小的餐飲屋，和我討論〈萬商帝君〉，並提出極為有益的修改意見。那種對劫餘人生溫厚、虔誠的情景，至今如在眼前。最後，我也要藉著這機會，向許多識與不識的，不斷支持和愛護我的朋友們，深深致謝。

一九八三年元月

為了題材的性質和整個系列計畫的緣故，把〈夜行貨車〉略經修改，序為「華盛頓大樓」的第一個故事。又記。

一九八三年一月

初刊一九八三年二月遠景出版社《雲》
收入一九八八年四月人間出版社《陳映真作品集9・鞭子和提燈》

1 本篇為一九八三年遠景版小說集《雲》之自序，收入人間版時篇題改作〈企業下人的異化——《雲》自序〉。

2 「道理」，人間版為「真理」。

戒絕「消費」這個鴉片

不要讓環境葬送在托拉斯的組織裡

富裕和毀滅

在包括台灣在內的、世界上廣泛的土地上，農業、動物用藥企業的科技，正在嚴重地破壞著生態的平衡。合成氮肥一方面使農產品遽劇增加，但另一方面，殘留在泥土中的合成氮肥，會滲入河流和地下水，汙染水質。化學肥料消滅了自然生產氮質肥料的土中細菌，農民就越來越需要依賴化肥來收獲莊稼。在其他農業的使用過程中，上述這種「汙染—依賴—大量使用—汙染」的循環，愈演愈烈，終於使豐收千年的土地，一寸寸地死亡。

其他畜牧企業上的飼料添加劑和動物用藥使我們的肉品受到過量殘留肉中的藥品所汙染；沒有人知道在五花八門的食品加工品中，含有多少嚴重損害健康的物質。當合成洗潔劑替代了傳統的肥皂，它以數倍於肥皂的總量氾濫在市場上，對皮膚造成傷害，對水質發生了嚴重的汙染。

在另一方面，現代企業的急速發展，在造成廣泛而深刻環境汙染的對面，同時造成大量的、自殺性的能源耗竭。洗潔劑的生產過程，比肥皂的生產過程更為耗量能源。合成纖維的生產也一樣。新型、巨大、快速的汽車不斷地上市，它的耗油和空氣汙染的程度，恰好和車型的新舊、大小、車速的快慢成正比。有毒的煙霧、熱氣、堆積如山的塑膠空罐（燒燬吧！嚴重汙染空氣；不燒吧，成噸永遠不會蝕爛的廢棄物）、化學和核子廢料、腐臭的河水、嚴重失去平衡的自然生態、有毒的食品、各種因為環境汙染引起的疾患……。這些，全是因為企業瘋狂追求利潤目標所必要的科技「發展」的副產品。在創造「富裕」、「進步」的時代的同時，人們以同等或更快的速度創造了自己毀滅的條件。

「成長」的品質

根據一項調查美國經濟成長品質的調查指出：從一九四六年到一九七一年間，美國的汙染水平提高了百分之兩百到百分之兩千之間，而同時期中美國總生產的成長率，是百分之一二六。康門納博士（Barry Commoner）說，這一個時期中，美國某些生產部門取得了十分驚人的成長，卻同時造成更大的能源耗竭和汙染。但是，有人告訴我們，沒有這些私人企業孜孜於開發新的生產技術和新產品，我們就沒有辦法享受現代生活中的方便、豐富和舒適。事實是怎樣的呢？生產性和成長一樣，除了量和速度之外，還有一個品質的問題。許多社會批評家已經指出，在美國，人們飼養的狗吃得飽飽的，卻幾乎有兩千萬美國人處於營養不良和飢餓的狀態。艾爾立(Paul Ehrlich)博士指出：美國官方規定的狗的標準營養指標，比人吃的食物營養標準為高。因此，許多美國貧困的家庭，甚至可以用狗的食品加工品來充糧食。霸占了全美肥皂市場的三家公司，在每年因為賣出彼此大同小異的產品而大賺其錢的同時，美國社會一直存在著住屋缺短，醫療設施不足和企業家對以保障公民健康為目的的反汙染設備投資，裹足不前。很有一些人堅定相信，人們寧可要一瓶華貴的香水，而不要清新、乾淨的空氣。

許許多多的思想家開始倡議「成長的品質」之重要性。概要的說，「成長的品質」要求低度的數量和速度上的成長。那意味著什麼呢？意味著企業投資於無汙染的科技，使企業的利潤大幅度下降；組織大幅度縮小；企業的利潤目標受到「社會利潤」——清潔的空氣、乾淨的水、健康無害的食品、自然而富有生命的土地、諧和的自然生態的平衡……。事實上，具體地說來，這意味著捨棄冷氣、汽車、化學合成製品、較少量的食物，較少質料選擇餘地的服飾、較多的體力勞動和較為緩慢的速度。

不論是現在富裕的國家或貧困的社會，這樣的「成長」、這樣的生活品質，似乎是絕對無法忍受的。正如我們中國人所說：「由奢入儉難」，富有的社會，是無法放棄既有的「豐盛」的。

而對於發展中國家，不論是右翼的法西斯帝政權，或者左翼的社會主義政權，提高生產的技術，從而更快地生產更多的消費物質，同樣被奉為至高無上的政策。事實上，能源耗竭和環境汙染的根本動力，與其說在於社會經濟制度，毋寧在於對於「成長」的價值體制。以蘇聯為例，儘管它的全部生產手段歸於公有，但中央的計畫，仍然以增進個人消費為至高的原則。在這個政策原則之下，不顧嚴重公害和汙染這個「社會成本」而向著高產率和高產額衝刺，甚至成為社會主義國家中的政治上的優先任務。在蘇聯，原本美麗的貝加爾湖浮起了無數的魚屍。不論是資本主義國家和社會主義國家，一項史無前例的、以較低的經濟成本來累積更多、更豐富的消費產品，不惜因而犧牲環境的和諧與潔淨、人類的健康和子孫後代的幸福——這樣一個運動，正在無可抵禦地推行著。「生活的品質」、「成長的品質」這些目標即使對於最樂觀的人們而言，在可以預知的歷史的未來中，恐怕還只是一個寂寞的、無人理睬的「烏托邦」罷！

企業和公害

蘇聯、南斯拉夫等社會主義國家也一樣無法減少工業發展所需付出的「社會成本」來取得更好的「成長品質」這個事實，絲毫無法使我們因而忽略西方資本主義企業能源耗竭、生態破壞之間的必然性關係。恰好相反，蘇聯、南斯拉夫這些生產工具公有，宣稱為需求而不是為利潤而生產的制度也無法改善成長品質的事實，只有更加證明了資本主義企業和公害製造的密切關聯。企業追求的是盲目而不知饜足的利潤。企業不但飢餓地尋求利潤，而且要求利潤快速、大量地增加。這種定期大量、快速增加利潤的要求，表現為公司和企業在營業額上的「成長」。這種「成長」的內容，具體地表現在這些企業行為上：新的生產技術的開發，以之更快地生產更新、更多的產品，並用廣告和行銷計畫來創造、開發和控制社會對產品的需要。於是，在企業的一方，不斷地投資、擴充，生產出史無前例之多的商品；在社會的一方，則因為企業的廣告和行銷活動，而形成瘋狂消費為基軸的消費文明，兩者之間互相創造、互相需要、循環相生，而成為一個對利潤和消費無限嗜狂的體制。而能源的高度耗竭，嚴重的公害和生態平衡的破壞，成了這個體制必然的後果。

這樣，現代科技的悲劇性的、環境公害的後果，成了「經濟成長」、「工業發展」的直接的產物。殺蟲劑和合成無機化學增進了農產品的產量，卻使土地大片地死亡；新的化學工業創造了前所未有的便利和奇蹟似的產品，卻大量地消耗著有限的能源的和嚴重的汙染；新的技術大量地提高了產量，卻耗竭更多能源，造成環境和心理的損害……。這些後果，在整個企業的周詳的計畫與規畫中，從未計及。善於精細地計算成本，善於計算得失的企業，唯獨不把企業的「社會成本」——空氣、飲水、生態平衡、能源儲量——計算在內。為了提高人的生產性，企業把組織零細地劃分，由各部門分別負起增加全企業總的利潤的責任。因此，各部門經理的責任，絕不在評估企業在積聚利潤過程中所花費的「社會成本」。企業的利潤，在現實上，毋寧是建設在對「社會成本」的有意和無意的忽略之上。公害問題的核心，便是在於企業為了生產和銷售各種產品所發展出來的科技。而這種科技，又完完全全地被一些絲毫不願意為了改革「成長的品質」花費一分一釐的企業的手中。

當然，我們偶爾也在某些大公司的年度報告書中談到某些公司花費了千萬甚至五千萬美金投資在公害控制的設施上。但是，正如聯合國的公害問題專家所說：這些看似巨大的投資，實際上只占那個企業一年總營業額的百分之一到百分之二。

有更多的企業不願意在本國愈來愈苛求的公害控制法律下關閉生利優厚的工廠。他們開始把公害工廠整個移動到落後的第三世界國家。於是，在墨西哥一家英語日報上，出現了這樣一個廣告：「放心，我們早已幫你找好了一塊地。」廣告要求那些在西方無法立足的公害企業，遷移到墨西哥來，因為墨西哥沒有反公害法！

有些公害企業寧可花大筆錢做廣告，說明它的工廠所造成的公害其實並不嚴重，而不願投資在廠內控制公害的措施上。在美國，許多大企業老板自己組成「關心公害」的組織，聘顧「專家」，為政府制定有利於企業的公害標準。在美國議會中，美國企業花費巨資從事遊說，左右公害立法。

戒絕「消費」這個鴉片

「公害的根源在企業」，這已不單純只是一些反企業的蛋頭激進流們的說詞，而是社會、政治、經濟和文化上的冰冷的事實。如果追求不知饜足的利潤的成長，是企業造成喪心病狂的能源耗竭與環境公害無可改變的體質性的原因，則唯一的希望，似乎只在於消費者——國民的一方。如果成千上萬的國民已經能為了超強布署核武器而崛起，舉行大規模的示威和抗議，那麼，生態保育主義者似乎沒有理由不相信：被日益惡化的空氣、飲水和生活環境所激怒的國民，終於會斷然拒絕消費文明，堅定拒絕企業藉著廣告和行銷計畫大量推出的各種商品，寧可為了更高的生活品質，而戒絕「消費」這個鴉片。只有等到這一天垂死的地才會開始慢慢復甦，汙染的空氣開始恢復原來的潔淨；毒惡的飲水開始澄清，而人和自然之間，在付出慘重的代價之後，重新獲得更高的和諧。

初刊一九八三年二月《益世雜誌》第二十九期，署名許南村

鈴璫花

一九五〇年。

我一個人蹲在崁頂上一座廢棄的磚窯旁邊，看著早上九、十點鐘的太陽，透過十月的鶯鎮晴朗的天光，照在崁子下一片橙黃色的稻田。崁子上面的這廢窯，隔著約略四十公尺的斜削的險坡，和崁下的一排林投樹林相接。這一整個斜坡，數十年來，一直是這附近一帶的陶窯丟棄它們燒壞了的陶器的場所。一大片或橙黑、或焦褐、或破損、或變形的陶器的屍體，在越發明亮起來的陽光裡，越發散發出一片橘紅色的微光，恍惚一看，竟把雜亂地生在斜坡上的野草，也烘托成橙黃的顏色了。斜坡的很遠的一端，正有幾個窮人的孩子，帶著一隻黑色的土狗，撿拾著可用的盤、碗、小甕之類。有一個男孩輕輕地滑下斜坡，響起一陣輕脆的陶物相擠碰的聲音，連同小孩的嘩笑和狗的吠聲，傳了過來。

事實上，方才我也撿到了幾樣很好的東西：一隻深咖啡色的煎藥壺，一隻稍微傾斜的，畫著兩隻突睛金魚的粗瓷大盤。我把它們都放在我和曾益順共有的秘密儲藏室——廢窯裡了。這時候，忽然從鐵路那邊的鶯鎮國小，飄來一陣又一陣琅琅的讀書聲。我的心中，驀然泛起了一陣寂寞。我瞞著家裡，天天跟著阿順逃學，竟而已經三天了。

第一天逃學，實在是為了太想看看曾益順飼養的小青蛇，才跟了阿順到這廢窯來的。

那一天，曾益順拉著我的手走進了廢窯。我終於看見了養在一個肚子上裂開了一條細縫的大水缸裡的，暗綠色的小蛇。曾益順得意地從另一個養著野蛙的水缸裡，抓出一隻隻灰色或者土色的小蛙，丟到蛇缸裡。那原本不住地慌忙著試圖把頭伸出缸外，卻總是不到水缸的半腰就滑落到缸底的小蛇，在我還來不及看清楚的瞬間裡，就把那不住跳動的泥色的青蛙，含在嘴中，只讓兩條掙扎著划動的蛙腿露在嘴外。青蛙「唧——唧——」地悲鳴著。那暗綠色的小蛇，卻只消幾個吞嚥，就把整隻青蛙吞食了。我看見那原本細瘦的蛇頸，因為一團蛙肉而脹大起來，並且十分緩慢地向著蛇身移動。就這樣，我們把一隻隻青蛙丟進蛇缸裡，直到小蛇再也吃不動了，懶懶地注視著兩隻青蛙瑟縮在身邊，才爬出了廢窯。

就是那天，曾益順幾經考慮，答應了讓我也共有這個廢窯，卻不是毫無條件的。

「第一，要守秘密。」

比我高了一個頭，黝黑而粗壯的曾益順說：

「第二，要把自己最愛的東西，放到窯裡去。」

第二天，我把一截姊姊做裁縫用的粉筆、一座日本人留下來的木雕彌勒笑佛，從家裡偷出來擺在廢窯裡。但無論如何，我總覺得自己的貢獻，怎麼也比不上曾益順的小蛇和一缸子野蛙，而感到羞愧。然而，曾益順卻對那一座撫腹大笑的彌勒佛十分稱意，以為有了它鎮坐在窯中，可以驅除夜中來到廢窯裡借宿的孤鬼和游魂。而從此，我們在進出廢窯時，無端地多出一道向著廢窯合十的儀禮了。

「不許這邊走！聽到了嗎？回去……回去！」

聽見曾益順的聲音，我霍地繞過了廢窯。

「阿順！」我叫著說。

我看見曾益順伸開兩手，背向著我，站在通往廢窯的小徑上，阻攔著滿身襤褸的一個小女孩、兩個較小的男孩和一條壯碩的黑色的土狗。

「這路也不是你的……」那為首的，抱著滿懷撿來的瓦盆和大小陶碗的女孩說。

「這路是我開，這樹是我栽……」

曾益順唱著說。黑狗「汪汪、汪汪！」地叫了起來。「×你娘哩，你吠個什麼×！」曾益順怒聲說，撿起石頭，向著往後逃竄的黑狗擲去。女孩和男孩悻悻地調轉頭走了。

「凸肚屍，你半路死唉……」

女孩在半路上開始咒罵起來了。狗依然汪汪地叫著。

「這路若是你的，脫下褲子圍起來吧！」女孩自恃必在石頭扔不到的距離，大聲叫嚷著，「你凸肚短命，沒好死喲！」

曾益順默默地向著廢窯走來，額頭上蓄積著一層單薄的汗珠子。當他走過我的身邊的時候，我聽見了束緊在他的腰上的魚籠裡，有東西不斷地跳動，發出沉悶的「撲、撲」的聲音。我知道，那是小青蛇的餐點——青蛙。

一陣微風帶著時強時弱、時近時遠的風琴聲，向著崁頂上的廢窯吹來。在琴韻中，我聽見這整齊的歌聲：

——太陽出來亮晃晃，
中國的少年志氣強，
志氣強唉……

啊，都第二節了，是中年級的唱說課，我想著。我於是想起了坐在風琴前時還能露出大上半身的、瘦高的陳彩鸞老師。她老是把「志氣強」唱成「住氣強」。我對自己微笑起來。

「……志氣強——」我輕輕地唱了起來。然後又學舌地，搖晃著肩身，唱著：「中國的少年，住氣強——唉……」

「早上，餵過了嗎？」

曾益順把頭探出窯外，問著說。

「嗯。」我說。

「不要餵得太飽。」阿順苦著臉說，「脹死了，找你賠。」

我看見阿順爬出窯口，草草地向著黝暗的窯內合十一拜。風琴聲和學生們的歌聲又飄飄忽忽地傳來。我們靜默地望著嵌下金黃色的、廣闊的稻田；望著在十月的微風裡無甚興致地搖曳著的竹圍，耳朵和心裡卻不約而同地傾聽著從國小那邊流洩過來的風琴聲和歌聲。

「明天，我不想來了。」

我望著遠處稻田和溪埔相接的地方，悠悠地說。

阿順喫驚地回過頭來望著我。

「我想回學校去。」我低下頭，囁嚅著說。

「好嘛。」沉默了一會，[1]阿順說，「明天，我一定帶筍龜來給你。」

「騙人。」

「為什麼？」阿順說，「咦呀，為什麼？」

「因為十月裡，沒有筍龜，」我說，「你自己說過的。」

阿順沉默了。

「有是有的。」阿順終於說，「有是有的啦。只是要往尖山的山頂上的竹林去找。老筍龜，全在那兒。這麼大……」

阿順把兩個姆指併排起來，以像老筍龜之大。

「真的？」

「真的。」阿順說，憨厚的臉上，突然輕輕地闇淡了下來，「只是我二叔不能再帶我上山去了。」他憂心地說，「我二叔，他快死了。」

「噢！」

兩個多月前，颱風帶來連日的豪雨，使大漢溪水哄哄地上漲了。風雨一歇，阿順的二叔和別的鄉下小伙子，跳到洶湧的溪流中去鈎拖大水沖下來的流木當柴火，不慎被一大塊深山流下來的大材，從胸背猛撞了一下。及至被救上岸來，阿順他二叔當下就吐了幾口殷紅的血水。據說就從那時直躺到現在，不能起來。

我們倆又沉默起來，聽著嗚嗚的風琴聲。

「我帶你去看兵仔好了！」

「真的？」

「真的。」

「我不敢。」

我睜大眼睛說。

學校後壁，有一大片黑松林。就在松林下邊，有五棟鶯鎮國小最古老的教室，全撥給了軍隊住著。學校三令五申，不准許學生過去。因此在學童的心中，黑松林下的一區，成了神秘的禁區。

「我都去看過好幾回呢，」阿順笑了起來。

「騙人。」我說，「你又騙人了。」

「騙你？」阿順瞇著眼睛說，「為什麼？咦呀，為什麼？」

我們於是把書包全扔進窯子裡。阿順沒有書包，只用一條大白布巾將書本、簿子和便當紮實地打著一個小包。我們離開了廢窯，沿著相思樹林裡的一條紅土小路走下去，然後抄過一個長滿了月桃花的小丘。我忽然聞到一股奇異的香味：混合著蔥、蒜、辣椒的菜香。

「他們在吃飯哩。」阿順說。

阿順帶著頭慢跑起來。

「快去看，」阿順說，「你就沒看見他們怎麼吃飯的。」

我們跑過了小丘，跳下一條廢棄的舊鐵路，在一片蔓草中來到一個陳舊的，已經封閉多時的學校後門。一進了後門，便是一個廢棄的小園。園中豎立著一塊石碑，紀念往昔日軍征台時北白川宮親王在此營帳設立行宮的往事。台灣光復以後，碑石雖在，碑上的文字，卻早被人用水泥塗去了。廢園再過去，是一片古老的黑松林。駐軍把五棟瓦頂木造的教室，分別設為廚房、軍官辦公室和營房。

我們躲在紀念碑的石臺後面，看著士兵們圍蹲成三個圈子，用鋁碗、大漱口缸盛飯，就著擺在地上的菜盆裡的菜吃飯。

「好香。」阿順說。

「不香。好怪的味。」

我反駁說。

「好香。」阿順說，「你不知道的，我吃過兵仔吃的飯。」

「你騙人。」

我說。我睜大了眼睛看著士兵們蹲在地上呼呼地吃飯。有些人也站著吃。我問阿順：

「為什麼他們不在屋裡吃？」

「不知道。」

「為什麼不找個飯桌吃飯？」

「不知道哩。」

「他們為什麼現在才……」我說，「才吃早飯？」

「這你就不知道了。」阿順說，「他們一天只吃兩頓飯。」

「你又騙人了。」

「為什麼？」阿順又瞇著眼，不耐其煩似地說，「咦呀，為什麼騙你？」

「你聽誰說的？」

「聽我們曾厝那邊一個人說的。」阿順現在乾脆就站著趴在石臺上。「他每天都挑菜去賣給兵仔。」

「你還是蹲下吧。」我說，「你這樣，他們會看到你的。」

「看到怎樣？」阿順笑了起來。

「他們會用扁擔打死你，然後抬出去埋掉。」

「這還不是我告訴你的？」阿順說。

阿順曾說過，曾厝那個挑菜去賣給兵仔的人，有一回挑了菜去，正好有一個犯了軍紀的兵，在另外的教室裡挨打。哀號的聲音，先是淒厲，繼而衰竭，再繼而是呻吟，只聽得「鬮撲、鬮撲」的拷打聲。過了幾天，那兵死了，幾個兵用毯子裹著死屍，用擔架抬到公墓上埋了。

「其實，也未必是被打死的哩。我們曾厝那個人說的。」阿順說。

阿順接著說，兵仔裡頭有些人患下痢，治不好。「也是我們曾厝那邊的人說的。到他們廁所挑出來的大肥，全是稀的多。」

我忽然覺得有些臭氣。我看見一小間木造的廁所，斜斜地敞開著脫落了一個門鈕的木門。一個步履蹣跚的兵，一邊從廁所走出來，一邊在繫著腰帶。

「走吧。」我吐了口水說。

我們於是悄悄地退出了那一扇廢閉不用的學校的後門。一群白頭翁在相思樹林上喊喊喳喳地叫著。

「多嘴的白頭翁，」阿順不高興地說，「多嘴的白頭翁！」

阿順於是撿起一粒碎石，往頭頂上的相思樹梢擲去。白頭們振著翅膀飛走了，停在不遠的樹梢上，卻又依舊鼓噪起來。

「我二叔，他死定了，」阿順憂煩地說，「前年我們隔壁的阿冬姑要死了，這些死白頭也來竹圍裡吵了兩天的嘴。」

「其實，我也未必就非要那些老筍龜不可的。」

我彷彿歉然似地說。我於是也撿了幾顆石頭，遠遠地扔到白頭們正在聒噪著的樹影裡。白頭們果然鼓翼飛起了，在樹枝間跳躍了一回，就飛向更遠的林間，又開始在更遠處嘰呱、嘰呱地叫著。

走出相思樹林，眼前一亮，通往桃鎮的火車道，便長長地橫在我們的眼前了。阿順頓時忘卻了白頭聒噪的惡兆，三步兩步跳上鐵軌，伸開兩臂平衡著自己，在鐵軌上踩著細碎而熟練的步子。

「阿助，這樣，你會嗎？」

阿順說。

我興奮地踩上鐵軌。我雖也本能的伸直了兩臂，去平衡在鐵軌上不住地搖晃的自己的身體，卻總是踩了兩步、三步，就要跌下來。而阿順則不但已經在鐵軌上走了好一段距離，還一邊嗡嗡地唱著歌：

——張燈結彩喜洋洋，
勝利歌兒大家唱。
唱遍城市和村莊，
台灣光復不能忘……

我們上二年級的那年，台灣光復了。一時間，許多中國歌曲，以國民學校為中心，唱遍鶯鎮的每一個角落。那時候，學校和民眾，動輒遊行，揮舞著青天白日旗，沿街高唱著例如這首〈台灣光復歌〉。可這幾年來，卻忽然唱得少了。我想起一首直到四年級時男生們一玩「騎馬戰」時總要唱的一首歌。於是把兩手插在口袋裡，兩隻腳乾脆就踏著枕木走著，一邊大聲地唱了起來：

——八年抗戰，八年抗戰，
勝利終是我。
……

阿順和我，像這樣地一個踩著鐵軌——當然，即使阿順的技藝再純熟，間或也不免於跌下鐵軌，格格地笑了起來——一個踏著枕木，一邊走，一邊唱著大凡想得起來的，讓我們高興的歌。鐵路的一邊，是長滿了柔嫩的茅草的小坡地；鐵路的另一邊，則是由石頭和水泥砌成的，約莫有一丈來高的路基。路基上有一條小路，間或有破舊的客運車走過，則總要揚起一片褐黑色的泥塵。

「阿助，不要唱！」在十數步前的曾益順忽然大聲叫了起來，「靜靜，不要唱！」

我疑惑地看著阿順臥在鐵路旁邊，把右耳緊緊地貼著鐵軌，笑著說：

「聽！火車來了。」

我極目望去，在鐵路的盡頭，並不見火車的蹤影。在晴朗的天空下，只看見鐵道旁邊的電線桿，齊齊整整地排成一線，和鐵道一齊向著鶯鎮以外的廣闊的世界延伸出去。兩隻老鷹正在左近的天空慵慵懶懶地畫著從容的、不落跡痕的圈圈。

「聽！火車來嘍！」阿順說，「趴下來聽，像我這樣。」

我把耳朵貼上微溫的鐵軌，立即聽見轟轟的車聲從鐵軌傳到我的耳朵。那有節奏的車聲，並且以固定的比率增加它的明快的節奏和音量。現在我們坐在枕木上，等待火車出現。遠遠地有不知名的鳥鳴傳來。我們終於看見了一縷黑煙，在鐵路的盡處裊裊地上升。

「來了。來了！」阿順跳著站了起來，「你瞧！火車來了！」

我們終於看見了黑色的車頭了。火車快速地向著我們駛來。我們跳到茅草坡上，聚精會神地看著火車越來越近，聽著強力的蒸汽聲和轟隆隆的車聲。火車終於飛快地以優美而又雄偉的姿勢，在我們的面前，順著鐵路轉過微小的彎度，疾馳而去。

「嗬呀！嗬呀！喂呀！」

曾益順在茅草地上向著疾馳的火車跳躍著，大聲地叫嚷。當火車駛遠，阿順忽而默默地目送著它遠去，臉上掛著一層的寂寥依戀。

「阿助，我問你。」曾益順忽然說。

「嗯。」

「阿助，如果高東茂老師在火車上，他會看見我們——嗎？」

「不知道。」我沉思著說，「我不知道。」

我確實不知道。有誰知道呢？

高東茂老師，是阿順那一班「看牛仔班」的級任老師。我們上了五年級的去年，學校在家長會有力者的壓力下，決定把在經濟上和「智力」上無法升學的學生另外設立「職工班」。在校務會議上唯一的、極力反對分班的高東茂老師，志願接下「看牛仔班」的級任。

「他教過我們唱很多歌，都是你們沒教過的。」

曾益順說著，便寂寞地、輕聲唱了起來：

——槍口對外，
齊步向前。
不打老百姓，
不打自己人。
……

我其實也記得，高東茂老師除了教他們「看牛仔班」打算盤和記帳之外，還增加圖畫、唱歌的課。高老師並且不顧校長的反對，帶著全班學生到鶯鎮附近的衛星村莊如二甲和大埤，去幫窮苦學生的農家種地、整頓公共衛生；帶著學生到田裡學習種菜、施肥、除蟲的知識。高老師並把學校公認為「素行頑劣」、又貧窮、又調皮的曾益順擢升為班長，要他向班級報告筍龜的生活史，使雖在「升學班」中而玩心仍重的我，在暗中欽羨不已。而正就在那時候，曾益順的話裡，突然多出了許多比較生澀的內容，例如說：分班教育是教育上的階級歧視；說窮人種糧食卻要餓肚子；說窮人蓋房子卻沒有房子住……

「他打過你一個巴掌，你不會記恨吧？」曾益順說。

現在我們仰躺在茅草坡上，看著遠處峽鎮的一抹青綠色的山。從小就聽說那山是鄭成功征台的時候，帶著官兵路過住著鳶精的那座鳶山，被鳶精生喫了許多兵丁。鄭成功一怒，開了火炮制服了鳶精，地方才平靜[2]下來。我沉默著，一面細細地咬著含在嘴裡的一株細嫩的茅草莖，吸吮著淡淡的甜汁。分班何嘗是我樂意的呢？尤其和素常要好的朋友——特別是和有滿肚子精彩的鬼故事；一到了夏天，就可以把筍龜裝滿他那巨大的空飯盒，帶來賣給住在鎮上的我和別的同學；又特別知道去什麼地方釣魚；知道瞞著家人去河裡游水之後要如何躲開家人的調查的曾益順——分開，看著他們懷著卑怯和怨恨疏遠，在我的幼小的心中，常常湧起自己無從解說的悲傷。

那年夏天，許多同學照舊向阿順預訂了筍龜。但一天天過去，阿順就是若無其事地不帶筍龜來。有一天，下了第三節課，五、六個同學跑到「看牛仔班」找曾益順要筍龜。

「筍龜全看牛去了，沒有。」

曾益順說著，斜著眼，挑釁地迎上前來。

「你明天帶來好了。」我忙著解圍說。

「明天也沒有。後天也沒有。大後天也沒有！」曾益順說，「沒有。你爸爸我，不給。怎樣？」

謝樵醫院的兒子，高大的謝介傑冷不防猛然向曾益順的肩膀一推，竟使曾益順跌坐在四、五尺遠的地上，撞翻了一個書桌。他茫然地坐在地上，蒼白著臉，顯然不曾料到這突然的攻擊。

「沒有筍龜，還錢來！」謝介傑說。

就在這時，高東茂老師走進了教室。除了我一個人，來要筍龜的同學，全都一哄而散了。高東茂老師一個箭步欺了上來，揮出一記沉重的掌摑，準確地甩在我的右臉上。

「還沒有到社會上去，就學會欺負窮人麼？」

高東茂老師怒聲說。

我覺得有些目眩。整個「看牛仔班」裡，一時鴉雀無聲了。當我惘然地轉身離去，正瞥見阿順一臉的驚惶和內疚。就是那天放學的路上，當我走過高大的邱記窯廠旁邊的一條小路，高東茂老師和曾益順忽然從車牌邊走了下來。

「莊源助，老師對不起你。」高東茂老師微笑著說。我抬頭望著高瘦的高東茂老師，看到他一張蒼白的臉，用一雙像是為了什麼而長時憂愁著的眼睛望著我。

「分班是……大人做的壞事。」高東茂老師說，「老師的錯，在於用一個壞事來反對另一個壞事。啊，不懂吧？總之，老師對不起你了。」

我自然是不懂的，可是不知道為什麼，兩個五年級的學生都同時流下了眼淚。

「我們都不要讓別人教你們從小就彼此分別，彼此仇恨，」高東茂老師說，「啊，彼此……」

寒假結束以後，回到學校，卻不見了高東茂老師。「看牛仔班」換了一個脾氣暴躁的女老師。曾益順被撤去了級長的職務，又開始恢復打架、鬧事和逃學的舊態。但唯獨在小徑上經高東茂老師恢復起來的兩個少年的友情，卻從此不曾再鬆動過。學生中，沒有人知道高東茂老師去了什麼地方。看牛仔班的同學曾向任課老師問起過，卻立刻被制止了。那一年，整個鶯鎮出奇的沉悒，連大人們也顯得沉默而懼畏。即使平時喜歡和農會總幹事許有義、謝樵醫院的「謝先生」、邱記窯廠的邱信忠這些地方「有志」，集中到被同學們的母親們齊聲咒詈的「秀鳳酒樓」去喝酒打牌的我的父親，也只待在家裡，默默地吃飯、默默地到台北上班。

「高老師那麼好，為什麼不說一聲就走了呢？」

我說。我吐掉嘴裡的茅草稈子，重又挑了一隻嫩莖放在嘴裡，學著水牛在嘴裡磨著。茅草在我的嘴外輕輕地搖曳。天氣逐漸炎熱起來了。

「誰知道呢？」

阿順說著，坐了起來，隨手抓住一隻大頭螞蟻放在自己的手掌上，任它張惶失措地爬行。

事實上，曾益順早已聽說過，在舊曆年前一個細雨的夜裡，一輛吉普車開進了高老師家窄小的庭院，兩、三個人下來敲高家的門。高老師撞破了屋後的一扇窗子，衝出細雨中的闇夜，消失在通往大湖鄉一帶的稻田裡。然而他把從大人的耳語中聽來的這事，深深地鎖在幼小的、迷惑的心裡，即使對像我這樣的好友，也不輕易吐露。

「有誰知道呢？」阿順嘆著氣說，「如果你想跟我去抓青蛙，就不要再提高老師。」

這時忽而又有一列火車奔馳而來了。阿順彈簧也似地躍了起來，對著火車，賭氣似地尖聲叫喊：

「嗬呀！嗬呀！唷！——呀……」

「嗬呀！嗬呀！唷——呀……」

我也跟著揮舞著兩臂，向著火車高聲叫喊。

等到火車去遠，在一個光禿的紅土丘陵邊的彎口上消失，一切重又恢復到只能聽見遠處的鳥聲時，我們倆便開始順著茅草小坡往下走去。翠綠色的小蝗蟲從我們走過的茅草床中，向著兩邊飛竄，在空中留下劈劈拍拍的振翅之聲。

「看！那隻紅衣的！」阿順叫了起來。

一隻碩大無比的，湛綠色的蝗蟲，正從我們的眼前飛躍而起。粉紅色的內翅，在陽光中變成一團明媚的粉紅色的彩球，悠然地飛向遠遠的茅草地上。

走下茅草小坡，就是一片經年屯積起來的溪埔了。白色和灰色的大石頭，是歷年來幾次山洪留下的遺物。我們在一段段芒草[3]叢中走著。白花花的、粗大的芒草花，就像古代駐紮的兵營插著的軍旗，一排又一排，一團又一團，迎著西風，威武地飄揚著。一種不知其名的黃色的水鳥，在芒草稈上慌忙地跳躍，「嗶！嗶！嗶！嗶！」地叫個不停。

「阿助。」曾益順說。

「嗯。」

「……」

「我看，打明天起，你還是回學校去的好。」

「我在想：高老師知道了，恐怕也是會生氣的。」

「已經都三天沒去了。」

「……」

「那，你呢？」我說：「高老師也不見得高興你這個樣。」

阿順沉默地走著。他忽然唱起來：

——同胞們，

請聽我來唱；

我們的

東鄰舍，

有一個小東洋。

幾十年來練兵馬，

要把中國亡[4]，

……

即使阿順的歌聲有些粗笨和沙啞，那歌聽來猶原有些淒楚。

「教我唱。」我說。

「也是高老師教的啊。」

「教我唱吧。」

阿順於是有一句沒一句地教唱，而我也有一句沒一句地跟。一直唱到最後一句：「一心要把中國亡呀伊唷嘿」，我卻呼呼地笑了起來。

「為什麼是『伊唷嘿』？」我說

阿順抓著頭皮，說：

「看，鈴瑺花！」

我一抬頭，看見了一大片用溪石堆高的地基，周圍用鈴瑺花樹圍成了籬笆。籬笆上開滿了一朵朵標緻的鈴瑺花兒。五瓣往上捲起的、淡紅色的花瓣，圍起一個嬰兒拳頭那麼大的鈴子。長長的花蕊，帶著淡黃色的花粉，像個流蘇似地掛在下垂的花朵上，隨著風輕輕地擺盪，彷彿叫人都聽見「叮呤，叮呤」的鈴聲。

籬笆裡的狗，忽而凶狠地吠起來了。這使我有些駭怕，伸了一隻手緊緊地拉著阿順的衣角。

「屋裡沒人嗎？」我說，「狗要是真衝出來，怎麼辨？」

「他們一家只母女倆，」阿順說，「這個時候，應該全在園裡做活。」

繞過鈴瑺花的籬笆，就望見在一片荒漠的溪埔上，開墾出三分地大小的菜圃。菜圃的周圍，都用白色或者灰色的石頭砌成矮小的圍牆。遠遠地有一位穿著黑衣的老婆婆和一位穿著褪了色的花布衣裳的閨女，彎著身子，在園裡做活。

「『客人仔蕃薯』這個人，聽過吧？」阿順說。

我們坐在鈴璫花樹的陰影裡，解開上衣的鈕釦，坐在石頭上，望著在太陽底下細心地為園裡的菜蔬澆水的母女。我搖了搖頭，說不知道。

「你什麼也不知道。」阿順歎著氣說，「真不知道你們升學考的是什麼玩意。」

曾益順於是講了一個故事。這故事自然又是阿順從他們曾厝那邊的農民在晒穀場上吃晚飯聊天的時候聽了來的。

約莫五年前吧，在全是福佬人世代鬮居的鶯鎮，突然從南部的客莊搬來了一家姓徐的客家人。由於語言不通，又不免在福佬人的鶯鎮受一點點歧視，他們就選定了這片荒廢的屯積溪埔地，蓋起農舍，養著雞鴨，把一片荒草和礫石之地，開成幾分園圃，種起了蕃薯。由於據說是南方客莊帶來的異種，種出來的蕃薯，倒也格外地香鬆。擺在市場上賣，「客（家）人仔蕃薯」之名，非但竟不脛而走，甚且還成了鎮上和四處村莊的人們指著這孤單地在荒亂的溪埔中開地種菜的一家人的稱呼了。

但這初來鶯鎮時就帶著胃病的徐阿興，在把蕃薯園改種了各種菜蔬的那年，竟撒手死在胃病上。「奇咧，胃病也有痛死人的嗎？」鶯鎮的人議論著說。但因著客家婦女勤勞刻苦的慣習，徐阿興的女人和獨一個閨女，在沉默的哀傷中，結結實實地接下了整地種菜的工作。

到了去年年末，鶯鎮上的兵忽然多了。徐阿興的女人在菜市場上逢了一個出來採購菜蔬的，青年的、徐姓的炊事兵，便成了「客人仔蕃薯」家的客人，兩相認起宗親來。這年輕的炊事班長，每逢星期假日，便到溪埔的徐家幫忙挑水、整地、種菜。日子一久，徐阿興的女人漸漸有意把女兒許配與他。每當節日，硬是到國校松林下的營區門口，央求著讓那炊事兵出來過節，使那年輕的炊事班長成了弟兄們嘩笑的對象。

「後來呢？」我說。

「可憐喂，那炊事小班長，也得了痢疾，拖了個把月，竟也是死了。」

這時，我看見了那穿著黑衣的婦人在園中直起腰來，用袖口擦去臉上的汗水。那是個高大的女人，太陽早已晒黑了她的臉。

「她們都是命中帶剋的女人。」

阿順把嘴附在我的耳朵，細聲說。

「剋夫？」

「噓！」曾益順緊張地望著菜園裡的女人，說：「輕一點說。笨！」

「什麼意思？」我細聲說。

「走吧。」阿順無奈地說。

在我們離開「客人仔蕃薯」的家和菜圃之前，我盡情地採了兩手滿滿的鈴璫花。太陽爬得更高了。腳底下的泥沙開始有些燙人。好的是到處都有因為地下水而潮溼的、黑色的地帶，使我們得以在覺得燙腳的時候，跳到黑色的泥沙上去歇歇。現在，我開始把鈴璫花撕開了，撒在乾燥的、白色的石頭上。忽然間，我看見了一隻土色的蛙，從我的身邊縱身躍起，不消幾個跳躍，便消失在石頭的陰影裡了。

「青蛙！」我高興地說，「看，青蛙！」

曾益順回過身來，面對著我，倒退地走著。

「肚了餓了。」他說：「你不餓嗎？」

我想起來留在廢窯中的便當，便說：

「回去吃便當吧。」

倒退著走路的曾益順被一個石頭絆倒了。猛一個筋斗，使他跌坐在地上。我於是不禁格格地笑了起來。然而坐在地上的阿順，卻一本正經地說：

「我們吃花生去！」

我們於是開始向著溪邊跑了起來。比起我來，曾益順跑起來又快又俐落。由於不善於踩著比較大的石子跑，幾次讓尖硬的細石刺痛了腳底的我，不得不放慢了速度。「想吃花生的，就跑快些喲！」曾益順歡呼著說。我終於跑到了溪邊一片黑色的砂埔上。砂埔再過去，是一道約莫有六尺多寬的，混濁的溪水。溪水再過去，是一大片黑色的砂地。極目望去，除了防風的竹圍，盡是翠綠色的花生園。園上隔著老遠，便搭著一間以稻草蓋成的看守的草寮。我看見早已脫得只剩下一條內褲的阿順，向我招手。

「我游水過去對岸，偷些花生，」阿順說，「你拿著我的衣服，一看見對岸上有人來，拿著衣服在草叢上胡亂地打，一面要高聲喊叫：打蝗蟲唷！打蝗蟲唷！」

阿順於是背著我脫下褲子，走進水裡。走到水浸及他的早熟的腰身時，阿順便開始蛙泳。他游得一點水聲也沒有，卻堅定地向著對岸挺進。當他靜靜地抵達了對岸，迅速地回頭望了我一眼，這才使我想到：自己的職責，應該在監看那一整片花生園。由於正午的暑氣，現在花生園看來好像是隔著一個滾水的大鍋一般，使得一片翠綠，整個兒在熱氣中輕微地顫動著。除了幾隻灰色的野鴿子，整個花生園子裡，看不見人在走動的影子。

阿順俐落地匍匐著前進，把身體趴得很低。他一逼近花生園的邊緣，就開始迅速地從黑色的沙地中，拔起一棵棵伸手可及的花生。由於沙地鬆軟，他看來不必賣多少力氣，就把一串串白殼的花生拔出泥沙。

現在他抱著滿懷的花生，以立泳往回頭游過來了。他依舊小心地，充滿著陰謀那麼樣沉默地游著，只聽見沉悒的水聲，汩汩地流著。當他在這一邊站出水面時，帶起一片白花花的水，嘩嘩作響，使我緊張得拚命地向對岸張望。他抱著帶葉帶莖的花生，迅速地向著我所站立的岸上跑來。但是頭一次，我看到與我同年齡的他的雞雞，竟發育得差不多像個大人了，在他的快跑中，很是纍纍地搖動著，使我驚異得目瞪口呆。

「哇——哇——」阿順說。

阿順堆著一臉狡慧的、興奮的笑，把抱在懷中的一大把花生，丟在一大叢老芒草後面的沙地上。他伸手接過我遞給他的衣褲，突然若有所思地，背過身子去穿起褲子。

「這些花生，夠我們吃個飽了。」他說。

我驚魂甫定，才喃喃地說：

「阿順，不想你已變了大人了。」

他先是一楞，繼而便嗔怒似地說：

「×！不要笑我，你也會的。」

我其實竟沒有絲毫調笑的意思的。那時候，我只感覺到一種於當時為無由言宣的，對於自然的敬畏罷了。他開始用雙手在鬆軟的泥沙地上挖起一個小坑，並叫我四處去找些乾枯的芒草稈子，或者大水流來的碎木枝來，鋪在坑洞裡。他然後得意地從衣服口袋裡摸出一盒火柴，點燃了柴火。我一面依他的指令，把花生的莖葉去掉，只剩下一個拖著大串大串十分豐實的黃白色的花生的根。等到最旺的火一過，我們便把所有的生的花生投入火坑中，迅速地用乾燥的砂子封平了燙人的砂坑，並且還堆成小小的砂丘。

我們於是在不遠的兩棵茄冬樹下並躺了下來。從樹下這樣完全地仰視，看得見明亮的、淺藍色的天空，透過並不縝密的、又隨著溪床上的風不住地搖曳的、茄冬的葉影，在我們的眼前開了又合，合了又開，久而竟覺得整個天地穹蒼都在輕微地、溫柔地搖動著、旋轉著，彷彿幼小時睡過搖籃的記憶，都在這遼闊的天籟中甦醒過來了。

「其實呢，」阿順說，「我一直到十歲了才入學的。」

他說，由於出生於貧乏的佃農家，一直到他十歲，台灣光復的那年，他都不曾入學。

「光復那年，我們曾厝那邊，有一個遠親，被日本人從監牢裡放了回來，」阿順說，「看了我還不曾讀書，就說：現在是咱中國的時代，人人都要讀書識字，建設中國什麼的……」

阿順於是入了小學。據阿順說，過了兩年，他那「曾厝的遠親」，牽涉了什麼事變，就從此再沒有回家過。

「那時，阿爸說，不讀了。讀書做讀書人，做官有分，殺頭也有分，阿爸說了，我們還是當顒牛，顒顒的過日好些。」阿順說，「就是在三年級那年，阿爸把我拉在他身邊種田，說是再也不讓我讀書了。」

阿順說，又過了一年，二甲那邊的高厝，從中國大陸回來了一個青年。他原是日本徵了去中國大陸打仗的。可一去了大陸，卻投到中國那邊做事了。這年輕的人，恰好就是高東茂老師。

「二甲的高厝，同我們曾厝，因為我們先人拜過兄弟，彼此走得很近。」阿順說，「阿爸這回又聽了高老師的話，送我來上學的。」

「你不想再回學校嗎？好歹先畢業了……」我忽然說。

他沉默了。過了許久，他忽然說：

「餓不餓？」

「嗯。」

「一直到高東茂老師當級任，我才開始覺得：莊里人，並不就是沒路用的人。」

他沉思著說，把右腿翹在左腿上。太陽越發的亮麗了。現在他把左手臂彎起來遮住仰視著的他的雙眼，而我則側身而臥，正好看見不遠的沙堆上半埋著一隻深綠色的小汽水瓶，叫人想著嵌在瓶頸裡的玻璃珠子。

「高老師走了。再沒人把放牛的當人看喲……」阿順唱歌般地說。於是他歎了一口氣，坐了起來。

「餓不餓？」他終於說。

「嗯。」

兩個小孩用枯樹枝撥開悶烤著花生的砂坑。

「可當心！這砂還是燙人的啊。」他說。

我們又回到茄冬樹下去吃花生。那些年，花生是最普遍的零食。砂炒的、鹽水炒的、炒蒜泥的……幾乎在每一家雜貨鋪子裡，都用玻璃缸子分類盛著賣。你要買罷，老闆就把手伸到玻璃缸裡，拿起缸裡的小茶杯，杯子裡墊著厚紙，量給你的時候，他還把大姆指壓進杯子裡。就這樣，算你一杯多少錢，幾乎到處都這個賣法，也真不知道哪一個精靈的老闆第一個想起來的辦法。儘管人人都知道其中之「詐」，可是愛吃花生的，卻人人都認可了這個「詐」。

然而這火悶的花生，卻有一切砂炒的、鹽水炒的和蒜泥炒的花生所沒有的香味：新鮮，帶著一股生豆的香味，和被燒焦了的花生殼燻出來的獨特的芬芳。

我們把花生吃滿了兩個肚子，還剩下許多，我們把它統統裝進了每一個口袋。曾益順開始打嗝。太陽早已爬到我們的頭頂上，茄冬樹的影子變得越發的小了。偌大一個溪床，開始燥熱起來。每一個大石頭輻射出來的熱氣，使周遭變得格外的燠熱。

「回去，睡個午覺。」阿順說。

「到我們的窯子嗎？」

「嗯。」

我想起廢窯裡那股清冽的涼爽來。這兩天，都是在那兒睡的午覺。頭一次，總覺得養在水缸裡的小毒蛇會隨時探出頭來，滑落在我的頭上，緊張得睡不成覺。而阿順卻早已打著輕輕的鼾聲了。這時候，不遠的芒草叢裡，忽然竄出一團土灰色的東西來。阿順跳了起來，直追了出去。

「野兔子！」他叫著說。

他跑了幾步，站立在那裡，看著它飛快地消失在炎熱的亂石中，只剩下一片白色的芒花，在風中若無其事地晃動著。

「×！野兔呢！」阿順回過頭來，興奮地說，「好肥的一隻，×伊娘咧！」

我站在茄冬樹下，忽而在野兔消失的方向看見一座很小的山丘。在它的頂端，有一間彷彿小亭子似的黑色的影子。

「嘿！看見了麼？」

我高興地叫了起來。曾益順困惑地尋著我看出去的方位。一點也不錯，那就是「水螺台」

了。在離開我家後面不遠的地方，有一座小山，我們鄰右的孩子們都稱它為「後壁山」。
「看見了麼？那就是我告訴過你的『後壁山』。」我叫著說，「看見了罷？」
「噢。」他說。
我從來也不曾知道，從它的後面看起來，「後壁山」上的相思樹林看來會那麼樣的婆娑有致。從小到現在，我曾或者獨自一人，也或者和幾個玩伴，在那日本時代留下來的，專為了空襲警報器——人們稱為「水螺」的——蓋起來的山頂上的小亭子下，胡亂地眺望過我現在站著的這一大片荒蕪的溪埔。但是從這溪埔反過來看山，則這是第一次。山底下有一小片細竹林，中間的一塊，竟有些焦黃了。竹林旁邊，生著一些雜木，猶記得其中的一棵還能在秋時先是開出一種四片的白花，其後便結出一種果肉硬澀的淡紫色的果子。從這雜木層往上，便是一片墨綠色的相思樹林。在晴朗的天空下，相思樹葉在瘦高、黝黑的枝幹上，渲染著大大小小的、由葉子織成的球形。在它的最外層，又布置了一層嫩綠色的新芽，在明亮的陽光中，發出溫柔的綠光。
我和曾益順終於從「後壁山」的背後，登上了它的山頂，肩並著肩，坐在一個紅磚亭下。亭子上頭，就是一個木頭釘好的小棚，裝著廢棄多時的警報馬達。在戰爭的末期，每當美國的飛機出現，它就發出響徹整個鶯鎮的，駭人心魄的空襲警報。所好的是，真正落在鶯鎮上的炸彈合起來只有三顆：一顆落在集中了許多窯廠的、尖山一帶，炸斷了兩、三隻窯廠的煙囪；一顆落在日本人所經營，於早已廢置的「西松組」焦炭廠旁邊的水稻田中，卻不曾爆炸。

「另外有一顆就落在那邊，」我指著山腳下靠右的派出所，說：「偏就是落在一個防空壕上，一口氣炸死了幾個日本人和台灣人警察，還有他們的家屬。」

在這個亭下，我們可以看見絕大部分的鶯鎮東區所有人家的、陳舊的瓦屋頂。升著青天白日旗的地方，就是派出所了。現在看來，非但看不見轟炸的一點點痕跡，即連日本人經營過的院子裡的一些花木，還茂盛地長高過派出所的屋頂。

「你來學學雞叫。」阿順忽然說。

我笑了起來。是我告訴他的。我喜歡在周日的清早，獨自在這裡學公雞啼叫。在那個年代，即使在鎮上，幾乎每隔幾家，就有人自己飼養著雞鴨，準備在年節或者待客時使用。此所以每當我來這山上對著錯錯落落的、鶯鎮東區的屋頂，學著雞啼時，立刻就有附近的公雞炫耀似地、熱心地應和起來。而它們的啼聲，又得了更遠一些的公雞的響應。不要多久，差不多全鶯鎮的東區一帶的公雞，都此起彼落地唱和起來，使自以為得計的，這「後壁山」上的少年，獨自享受著指揮者的快樂。

「喔、喔、喔——」

阿順用兩手護著嘴，笨拙地、沙啞地學著雞鳴，然後獨自笑了起來。

「不像。」我說。

「喔、喔、喔——」

「這種時候，雞也不叫的。」我說。

然而偏是在山的西邊，遠遠地竟有一聲聽起來還半大不小的公雞的啼聲，在風中傳來。

「聽！叫了，嘿！」阿順高興地叫了起來。

「喔、喔、喔——」

他又向著西邊的屋頂盡心地學著。但不論他怎樣的想學像些，回應他的，卻單只有鎮上的稀疏的市聲罷了。

「看到嗎？那就是我家。」我說。

我指著山的西邊的，從一個高高地突出於屋頂上的破舊的鴿子籠，往右邊計算了四個同是灰黑色的屋頂，告訴他，那透露著老榕樹頂的地方，便是我常提起的，我家屋後的深可二丈餘的一口古井。

「兩丈多深？」他搖著頭說，「我不信。」

兩丈多深，卻是一點也不假的。在鶯鎮，尤其是在這東區，非但每一口井都有一、兩丈深，而且水質又不好。清晨打開水缸，常常可以看見在水面上浮著一層暗色的水鏽，間或也漂著並不鮮豔的油光。也正由於井特別的深，鐵轆轤的生鐵軸心也就消耗得特別的快。把木桶墜下去，那轆轤總要發出好久的、悲切「唧唧」聲，才聽見木桶甩在遙遠的井底的沉滯的撞水聲。而後婦女便得用雙手去使出全身的力氣，把臂部歪在一邊，一節節從井中拉上裝滿了水的水桶。而由於水少，井邊婦女們吵架的事，尤其多見。

我也告訴阿順，井邊的一家，就是我說過的外省人金先生的家。

「你說是給他老婆做飯、洗衣服的金先生嗎？」他說。

光復以後，在鶯鎮，也陸續來住過一些外省人。但也不知因何都終又搬了出去。金先生之不同，在於他是唯一的單身來到鶯鎮的外省人。他長得高大，頭髮總是光光鮮鮮地上著髮油。由於語言不通，他總是用笑嘻嘻的臉，連比帶寫地同人談話。而每值他笑開了口，便不由得要露出一排黃澄澄的、微暴的金牙來。他還常常喜歡穿著寬鬆的褲子，總是白色的棉襪，穿黑色的布鞋。即使是現在，我也不清楚當時他做的什麼行業，但覺得在當時他似乎頗有些勢力，連鎮長、派出所裡的人，都對他恭恭敬敬。

就是那年的夏天，那時已接近四十歲的金先生結了婚，租下了我家後院井邊的一棟古老的日式房子。

「不是說，外省人租房子，一住就占著不放麼？」他說。

大人們是常這樣說的。不過，在鶯鎮，似乎也還不曾發生過這樣的事。四年前才從上海回鄉來的金先生的房東余義德，便是一向極力聲言絕不租房子給外省人的人。但這回他卻不但租了房子給了金先生，卻連一個二十歲的女兒也嫁給了他。

「那房東，在上海的時候，是替日本做事的。」我回憶著大人們的耳語說，「說是在上海，全家住在日本人的住區，講的全是日本話，不許兒女說一句中國話。」

「為什麼哩？」

「不知道。」我說，「大人們，都是這樣說啊。」

笑嘻嘻的金先生搬來後院那家日式房子的時候，我曾擠在小孩堆裡去看過。金先生把桌子、椅子、床鋪，一概搬到榻榻米上。上榻榻米的時候，金先生並不脫掉他那巨大的黑布鞋，也不怕踩髒了乾乾淨淨的榻榻米，從而頗引起左右鄰舍的主婦們的議論。然則議論歸議論，房東的余義德先生不久就當上了鎮公所的戶政課長，並且開始在官式的場合，以帶著土音的上海話，談著三民主義，談著建設中國之類的事了。而婚後不久，金先生左右鄰舍的主婦們，立刻又傳出金先生如何竟會下廚做菜；如何竟幫著新娘洗衣服；如何整天對新太太輕聲細氣，體貼入微，而豔羨不已。

「哎唷」，在井邊洗衣淘米的女人們驚嘆的說：「外省男人怎麼跟我們的男人全不同款哩！」

「我就不信，」阿順不以為然地說，「我就不信外省男人都怕老婆。例如那個周宏時老師。哼！」

曾益順果然舉出了好例子。周宏時老師，是學校裡唯一的外省老師。他的一口濃重的湖北口音——例如國家的「國」字唸成「鬼」字之類——一時間使學校的國語教育弄得無所適從。而這周老師，就是成天皺著眉心，不只是動輒狠打學生的手心，回到那陳舊的教員宿舍也常對老婆、孩子拳打腳踢，高聲咒罵。

太陽開始有些偏西了。在這小小的山上，風一直不斷地從後面的溪埔吹來。向著左前方極目望去，尖山一帶林立著的窯廠的煙囪，開始吐著黃黑色的濃煙。有一列長長的貨車正向桃鎮駛去，在遠處的樹影中忽隱忽現，而終至於消失了。我和阿順就是這樣地說著各自的見聞，消磨著長長的、逃學的午後。我帶他去看過一個左側山腰的灌木叢中的一個陳舊的鳥巢，告訴他，那一對鳥是怎樣的比野鴿略小，胸前有著一片深紅色的、發亮的羽毛，並且產下一對翠綠色的蛋，阿順卻只頑固地說：

「我不信。」

「騙你，就死！走不回家！」我賭咒說，「分明我還趁鳥兒不在的時候，把蛋摸出來放在手裡玩過的。」

「我不信，蛋有綠色的？」他說，「那你說，後來呢？」

我於是又花了許多唇舌，告訴他母鳥知道人動過它的巢和蛋，賭狠不要巢和蛋，就一去不返了。

「這你就說到內行話了，」阿順沉思地說，「鳥，是會這樣的。」

我又帶他去看一株我秘為「私有」的野蕃石榴樹。在那個年代，凡小孩就必須自己到自然中找零嘴兒吃。酢漿草的又肥又長的白莖，嚼起來是酸中帶著些甜的；早晨蝴蝶尚不曾採過蜜的牽牛花兒，拔開花瓣，用舌尖去舐花心，真有一絲蜜蜜的甜味。還有一種指頭尖那麼大的野草莓，貪心地採了一口袋，卻讓紅色的甜汁染髒了衣服，而誰要是發現了一棵野蕃石榴樹，總要秘為「私有」，直等到吃膩了，也或者快過了結實的季節，才漫不經心地對玩伴「公開」。我於是帶著阿順去找我那至今尚未「公開」的野蕃石榴樹，一路上告訴他我初發現了它是如何結著纍纍的碩實；如何地上都爛著熟透的果子；如何每一個蕃石榴都留著鳥兒的啄印。但當我們走到，卻出乎我意外地，樹上連一顆待熟的、青澀的果子都沒有。即連地上，也找不著一顆稍微成形的落實。

「看吧，」阿順笑著說，「我說過，我就是不信。」

「不！你非信不可。」我著急地說，「一定讓人找著了，採個精光。」

「我想拉屎。」他忽然叫人啼笑皆非地說。

他三步兩步找到一個草不搔著屁股的地方蹲了下來。在這人跡罕到的野地，經他一說，自己也無端地想去蹲著。我於是也走到另外一頭蹲下來。

「有蛇沒？」他在那頭笑著問。

「從沒見過，除非在山洞裡。」

「山洞？」

「對啦！」我高興地想起來：「從這兒再往左邊下，在半山腰上，有個碉堡。」

「碉堡？」阿順又笑了，「我不信。」

「待會就帶著你去，」我一邊用力，一邊說，「日本人怕美國人登陸，從峽鎮那邊打過來，砲口便開向峽鶯橋那邊……」

「我不信。」

「碉堡的旁邊，隔十來步罷，開著一個山洞，直通到用水泥砌成的碉堡裡。」

「嗯……」

現在輪著他在用力了。

「光復以後，洞裡面塌過一部分。」我說，開始折下一截枯枝揩後面，「有時候，有野狗在裡頭生小狗呢。」

「可是你說的是有蛇住裡頭。」

「可不是，龜殼花！不騙你！」

「你又見過龜殼花啦。」他笑了起來。

「見過。當然見過！」

「什麼樣子，龜殼花？」

「細細的脖子，」我拉起褲子，眼睛往上翻，努力地想著那次點蠟燭跟鄰居的陳大哥進山洞裡「探險」那一遭所見過的龜殼花，「三角形頭的[6]嘛，肥肥的身，粗短的尾巴，像是被剁掉了尾，初初才好了似的。」

「是毒蛇，哪一種不是這樣？」他又笑了起來。「我問你是什麼花色？」

「蛇身上是六角形的花，」我不假思索的說，「花上帶著一點點紅。」

我聽見他窸窸窣窣地穿著褲子。

「你說對了。」他走出草叢說，「帶我去罷。」

「現在洞裡面怕都塌得不成樣子。」

「沒關係。」

「也許有野狗住著。」

「也沒關係。」

「我看，下回去罷，帶著棍子和蠟燭。」

「要不就根本沒什麼碉堡了，」阿順笑了起來。

我們於是一邊踩著幾乎要被怒生的羊齒漫遮了的小路，一邊挑著結實的石頭握在手裡，由我帶頭，走向碉堡去。

阿順終於看到了幾乎要被雜草遮住的，水泥砌成的砲口。「啊，真是一個砲口。」他驚歎地說。如果不是在砲口上隔著三尺多深的水泥臺，曾益順一定會把他的手伸進那幽暗的砲口去的。我於是告訴他，從山洞走進去，如果沒有塌壞，就可以走到這個碉堡裡的。

然而當我們走近洞口，忽然看見一個人影正要奪著洞口衝出去。就在那一瞬間，我聽見阿順一聲悲厲的叫聲：

「高老師！」

那人緊緊地握著一枝短棒，收住正要奔逃的雙腳，回過頭來。啊！那是高老師麼？髒髒的長髮，深陷的面頰，凌亂而濃黑的鬍鬚，因著消瘦和汙垢而更顯得巨大、散發著無比的驚恐的，滿是血絲的眼睛。

「高老師……」

曾益順開始流淚。我則只是傻楞楞地站在一邊。現在我逐漸認出這鬼魂一般的人，確實是高東茂老師了。他開始以極度恐懼的神色，左右盼顧著。

「進去。」

他指著洞口說。那聲音像是發自一個極其老衰的老人。阿順毫不躊躇地走進洞口。

「進去！」

高東茂老師驚恐地、壓低了聲音，斥責猶豫不前的我。我終於擠在阿順的身邊，瑟縮地蹲著，把眼睛睜得大大地看著高老師彎著腰也走了進來。我逐漸聞到他身上發出來的異味了。他的一身衣服很單薄，汙穢而且破爛。他靠著比較陰暗的一面石壁，坐了下來。他幾次躲避了我們兩雙疑惑、哀傷而又同情的眼睛，終於低下了頭。

「走吧。」他微弱地說，「走吧。」他忽然驚醒似地抬起頭來，睜開寓藏著無量數的懼怖和憂傷的眼睛，「不要告訴別人好嗎？不要告訴任何人。」

「高老師。」阿順說。

「不可以告訴任何人。走吧。」高東茂老師說。

「高老師，要不要我們回去帶些吃的東西？」阿順說。

「不要。你們走吧。」

「我馬上就回來。」阿順央求著說。

「走吧！」高東茂老師似乎急躁起來，望著黑暗的山洞深處，對著自己絮絮地說著什麼。

「高老師，」阿順說。

「走，走！」高東茂老師忽然用高亢的聲音說。他的一隻手裡緊緊地抓著木棒，卻輕輕地抖動著。他的另一隻手直指著洞口。

曾益順滿臉的淚痕，開始把每一個口袋裡的花生掏出來，放在地上。我也學著他的樣，把所有的花生全掏了出來，和阿順的堆成一個小花生堆。

「高老師，明天早上，我送飯來。」阿順拭著眼淚說。

「走吧！」高老師張著空洞的、愁苦的眼睛說。

阿順和我出了山洞。天色逐漸地晚了。兩個人從後壁山一直走到崁頂的廢窯，一路上都沉默著，一句話也沒說過。直到我們在廢窯各自拿了書包，紅腫著眼睛的曾益順才說：

「阿助，我們誰都不能說出去。」他嚴肅地說，「明天一早，我們把我們的便當都拿去送他吃。」

「放心，我一定裝一個結實的大便當。」我說。

第二天早上，我迫不及待地跑到山洞口，卻看見曾益順早已呆呆地坐在洞口。我走近一看，整個山洞裡，除了亂石和一些沿著洞壁的岩石汩汩地滲落的水滴，在晨光中，卻空無一物。

「高老師還在睡著罷？」我細聲說。

阿順搖了搖頭，說：

「他早走了。」

「你沒往裡找吧？」

「找過了。」

「沒在？」

他搖著頭，忍著忍著的他的眼淚，就靜悄悄地掛了下來。

我進了山洞，走了幾步，恰好就在左轉的一個小坑道上，看見一塊鋪在地上的破舊的毛毯，和幾個粗糙的陶碗。碗邊還留著三、四個熟透了的蕃石榴，它們的濃香和山洞裡獨有的霉味，混合成一種奇異的氣味，直向鼻前襲來。毛毯的另一端，是一堆剝開的花生殼。

我走出洞外，看見曾益順早已走在幾十步外了。

「阿順！」我叫著，匆匆跟了上去。

他沒有回答，只是一逕撥開怒生了滿地的羊齒，往山下走去。我默默地跟在後面，偶爾叫他幾聲，阿順只是沉默地走著。我就這樣跟著他一前一後地走在清晨的大漢溪埔上，看見他久久就抬一次手拭淚的背影。一直到我跟過了那滿開著鈴璫花的花樹做籬笆的，「客人仔蕃薯」的女人的家，不知為了什麼，忽然覺得我不應該再這樣跟著阿順。讓他一個人吧，我忽然對著自己說。我緩緩地立定了腳，在那欣然地開著粉紅色的鈴璫花的籬笆下，目送著阿順一邊拭淚，一邊走遠了。

而那年的夏天，我考取了台北的C中初中部。這以後的一年中，我逐漸從大人的口中知道了逃離山洞的高東茂老師，不久就被捕獲了。並且又在其後不久，有人在台北車站的一個告示上，在一排都被重重地用朱紅的墨勾劃過的名字中，找到「高東茂」三個字。而說來怪奇，就那一年，故鄉鶯鎮的事故也特別的多。例如在鐵橋下發生過一宗溪鎮和桃鎮的流氓火併的事件，把一條壯碩的漢子，用掃刀劈下整個肩膀，橫屍在大街上；鶯鎮國小的那一大片漂亮的黑松林，忽然得了蟲害，不消幾個月，全部枯死了，被駐軍砍了當柴火；笑呵呵的金先生的原配夫人忽然帶著兒女從大陸來了台灣。被金先生遺棄的余義德的女兒，恰好就吊死在「後壁山」上。而余義德先生雖然離開了鎮公所，卻也坐到鶯鎮農會總幹事的位子上去了。

至於曾益順，則自從在鈴璫花下的一別，三十多年來，一直都沒有再遇見過。而我和我的全家，在我考取大學工科的那年，舉家遷來這首善的都會。一直到近年來，偶爾在報章雜誌上讀到一些反共宣傳文章[7]，才在連自己都不甚了然的情懷中，重又想起高東茂老師來。而雖說是想起了他，其實再也無從清晰地想起高老師的面容。但唯獨高東茂老師的那一雙倉惶的、憂愁的眼睛，倒確乎是歷歷如在眼前……

一九八三年三月二十日

初刊一九八三年四月《文季：文學雙月刊》第一卷第一期
初收一九八四年九月遠景出版社《山路》
收入一九八八年四月人間出版社《陳映真作品集5．鈴璫花》，二〇〇一年十月洪範書店《陳映真小說集5．鈴璫花》

1　初刊版無「沉默了一會，」。

2 「平靜」，初刊版為「平安」。

3 「芒草」，初刊版均作「蘆葦」。

4 「要把中國亡」，以及後文「一心要把中國亡」，為賀綠汀創作的抗戰歌曲〈保家鄉〉，此處原詞為：「同胞們，細聽我來講，我們的東鄰舍，有一個小東洋，幾十年來練兵馬，東亞逞霸強，一心要把中國亡，咿呀嗨！……」。

5 洪範版為「我們還是戇牛」，據初刊版補「當」字，作「我們還是當戇牛」。

6 「三角形頭的」，初刊版為「三角形的頭」。

7 「讀到一些反共宣傳文章」，初刊版為「讀到諸如王希哲、劉賓雁的文章」。

自尊心和人道愛

電影《甘地傳》觀後的一些隨想[1]

命運的旅程

在殖民者母國大英帝國接受了完整而高等的法律教育的甘地，其實是完成了一種依照殖民者的形象改造後的甘地。他西裝革履，留著西式的頭髮，接受西方高等知識分子的全盤價值。他真實地相信過，完成了自己的英國化改造後，他和大英女王下一切英國高等知識分子之間，在生活上、社會上、政治上是完全平等的。他於是一身英國紳士的打扮，來到英國的另一個殖民地南非，理所當然地打了一張頭等火車票，在舒適的車廂中，毫不自覺地瞭望著另一個遭受英國殖民主義所蹂躪的荒蕪的非洲大地。

然而，尖銳的種族歧視，使他在這首度的南非之旅中，遭到了最深刻的侮辱。在不屑與他共乘頭等車廂的白人的舉發下，他被半途攆下火車。就在那個不知名的、荒涼的非洲小車站，甘地甦醒了過來。

對於廣泛的第三世界，這種情形一直到今天仍然是極為真實的：不論是在新的或者老的殖民地，殖民地知識分子從殖民者那兒接近了現代的知識、技術和文化，一時對自己的傳統文化和知識起了仇視、輕蔑、怨毒的心。他們於是聽信了殖民者，極力按著殖民者的形象去改造自己，極力要和自己民族的傳統斷絕關係。這固然造就了許許多多像來到非洲前的甘地，終其一生西裝革履，吃西餐、講英文的印度紳士，在衣不蔽體、三餐不繼的億萬印度同胞中走來走去，但也造就了在殖民者所給予的知識中張開了眼睛，或者像甘地那樣一直到用自己的體膚感受到殖民者深刻的壓迫和侮辱之後才甦醒過來的殖民地知識分子，去團結自己的同胞，同殖民者展開長久而艱難的抗爭。

在南非，他遇見了把反抗深深地沉埋在心中，卻在印度苦力同胞與英國殖民者的夾層中隱忍偷生，過著中產階級生活的印度商人和知識分子。甘地，憑著他從英國學來的法律正義這種單純的信念，展開了他的抵抗。他帶領著在南非印度人民的口號，是「我們同為女王的臣民，應該享有一切女王臣民所共有的權利。」

在歷史和生活還沒有教育甘地更深刻地認識到英殖民主義的本質以前，甘地要求取得女王之前的平等的單純性，預告了甘地日後行動和力量的最豐富的泉源：對於真理和人的尊嚴的單純的、毫不假借的信仰。

回到印度以後，為了更深地理解他自己的祖國和人民，在破敗、擁擠的三等車廂中，他橫越了赤貧的祖國。西裝頭不見了，西裝革履變成一身素樸的民族衣裳，頭等車廂改成三等車廂。一路上，他看見在貧困、無知、疾病、壓迫、文化解體和信心失喪中煎熬和喘息的祖國和印度人民。命運的旅程啊！在南非，殖民者的恣意的侮辱教育了他，使他張開了眼睛，在廣袤的、荒蕪的、貧困的祖國，殘破的山河和水火的人民教育了他，首先是印度人民的，然後是全世界被壓迫人民的甘地，就在這命運的旅途中一寸一寸地形成，終而成為搖動了整個大英帝國，震撼了一切種族壓迫體制的巨人。

單純的信念

對於單純的真理的單純的信仰——和毫不妥協的實踐，這就是印度聖雄甘地偉大力量的泉源。他單純地相信：人，包括壓迫者在內，有不容任何差別的尊嚴。他單純地相信：壓迫、掠奪，不只是施加於奴隸和被壓迫人民的罪惡，也使壓迫者墮落，成為罪人。他單純地相信：壓迫，不但對於被壓迫民族造成道德、精神的淪喪，物質和社會的滅破，壓迫的毒汁，也同時深深地攻入壓迫者的心臟，敗壞他們的文明、精神與道德。他單純地相信：手段與目的是合一的。為了達成自求解放的道德目標，他嚴格地、不容妥協地要求抵抗和鬥爭手段的道德性格。他單純地相信：暴力、流血、互相殘殺，徒然使一個道德的抵抗者矮小化，與壓迫者同樣淪落為罪人。他也單純地相信，同英國殖民體制做鬥爭，不單只是為了求得印度人民的解放，也為了拯救英國人民，不讓英國人民被自己施於別人的殖民主義的毒瘤散播出來的毒素所毒害。他單純地相信愛。為了愛殘破的祖國和水火中的人民，也為了愛在壓迫的罪惡中墮落的統治者，他堅定地走上不抵抗的抵抗之路。

甘地的信念，或者有印度傳統哲學的神髓，卻絲毫沒有它的繁瑣。甘地的信念，受到職業革命家的嘲笑和蔑視。然而，恰好是甘地對人應有的形象的單純至極的信念，恰好是甘地那排除了一切權謀、得失和利害而信守著萬古常新、簡單而又深刻的信念——愛和真理，使一個半身袒裸，裹著自織的土布，瘦小甚至佝僂的印度老人，搖動而終至於崩壞了巍峨的、堅固的、龐大無比的英帝國主義的大廈；使相互對立、仇視、紛爭的民族重新團結；使處在文化解體、信心淪喪的人民重新找回自信和自尊⋯⋯。

解放後的血腥

甘地之死，也極富於歷史的象徵意義。甘地沒有死在殖民者的牢房裡，也沒有死在殖民者的刑場上。正如一個親吻使拿撒勒人耶穌釘死在十字架上，另一個親吻之後，甘地死在自己同胞的槍彈中。

經過長遠、艱苦的鬥爭，二次大戰後的殖民地世界，初步取得了解放和獨立。然而，解放後的殖民地，卻一仍充滿了所謂「解放後的血腥」：連綿不斷的殺戮、監禁、紛爭和猜忌。固然，新式殖民主義是這一切大規模自相殺戮的一個主要因素，但「獨立」後殖民地人民失落了一種如甘地那樣對人的真誠的信念，失落了對真理和無差別的眾生之愛——而這些，在整個第三世界的傳統文化中，一直都以不同的樣式豐盛地存在著——也是一個極為重要的因素罷。

今天，階級差別、貧困、疾病、無知、文盲、和政治上、宗教上、種族上的紛爭、猜疑、殘殺、壓迫、文化解體、民族自信心的喪失，像一場廣泛的慢性疾病，荼毒著包括甘地的印度在內的遼闊的第三世界。正是在這個基磐上，過去的西方壓迫者和榨取者，一仍以它的資本、商品、技術和管理，君臨著古老的亞洲、非洲、和中南美洲大地上，吸取它的血汁，破壞它的文明，崩壞它的精神，而形成了深在的危機。那麼，甘地能夠給今天的殖民地奴隸的後裔們什麼樣的啟發呢？答案也許是：從自己民族的傳統和文化中尋找像甘地那樣單純而又萬古常新、簡易而又深刻的信念，重新為自己建造對人、對生活和對世界的信念，並且像甘地自紡自衣一樣，批判地拒絕西方以強大的組織加於我們的消費商品和消費文明，堅定地相信眾生之愛，堅定地拒絕相互殺戮和猜忌，為民族團結，世界和平和正義，頑冥不懈地奮鬥……。

羞愧的眼淚

在觀賞《甘地》的戲院中，步入中年期的自己，竟數度歀歀地流下眼淚。那是自己羞愧的淚，是自己責備的淚，是尊敬和感銘的淚。把愛和真理習慣地掛在嘴上，卻經不起甘地一生行蹤的深刻的批判和責備的我，是何等的不堪。但我也眼見有不少的青年，竟不耐三個小時的片長，中途紛紛離開戲院的情況，而感受到另一種深沉的悲哀。

初刊一九八三年五月《中華雜誌》第二十一卷總二三八期
收入一九八八年四月人間出版社《陳映真作品集9・鞭子和提燈》

1 《甘地》(Gandhi,或譯《甘地傳》)為Richard Samuel Attenborough於一九八二年執導的傳記電影,片長三小時十一分鐘。

LOKKA HAKKI—YHI—！

一個偶然的機會裡，在友人家中讀到一本油印的小冊，這名為《高山青》的小冊，創刊於今年的五月一日，是台灣高山族知識分子辦的雜誌。其中專題文章的標題，是這樣寫的：

我們必須要說，
台灣高山族正面臨著種族
滅亡的重大危機！

讀完這篇文章，我知道我剛剛讀完了一篇具有歷史意義的文章。

至少是民國三十八年以來的三十多年間，台灣高山地區各少數民族，在台灣的生活和歷史中，是長期噤默不語的。在強大的社會變遷衝擊下，不由自主地向漢族同化的過程中，沒有一個山地少數民族的知識分子和文化人為自己說話，更沒有一個有良心的漢人知識分子為台灣山地少數民族說話。前揭的文章，當然是用漢語寫成的。但文章的文化、歷史和意念上的深度，恐怕即使是在黨外年輕的筆陣中，也難於一見。

山地社會的崩解

文章一開頭，就提出了這樣的問題：

> 假如比較文明民族和落後民族的發展情況，在社會不是彼此孤立的狀況下，一個「相對性」落後的民族，是否必須遵循文明民族的社會發展途徑，以掙脫其本身歷史條件和地理條件的桎梏？或是可以堅持其民族發展的「相對特殊性」，走其「獨自的」歷史特殊的道路？

意思是說，今天台灣山地少數民族，應該隨著漢人的同化政策，向著漢人的社會和文化同化呢？還是應該起來主張在保持台灣山地少數民族獨有的文化特點這個基礎上，走自己獨特發展的道路？

說中華文化博大精深；說台灣社會富裕繁榮，因此台灣山地少數民族，只要歸化到中華文化、台灣社會，不必費力走「自己的道路」，這是地地道道的民族沙文主義。但是，主張把少數民族固定在台灣山區，把他們的生活固定在部落共同體這個社會發展階層，供人玩賞、研究，也是粗暴的民族差別政策。中國，一向是由多民族集聚起來的完整而統一的國家。但是她一貫缺少現代的、合理的、科學的民族政策。應該充分、真誠的尊重各少數民族的文化、語言、宗教、社會結構、政治組織，並且在這樣的條件下，發展各民族人民間的友愛與團結，取得各少數民族的同意和授權，對外成為一個統一而又完整的國家。任何民族沙文主義的、民族差別和強制支配，不但理應受到少數民族的抗拒，也應受到有良心的漢民族的批評。

正如前揭文章所指出：台灣山地少數民族，在先是葡萄牙、西班牙、荷蘭等西方殖民者，繼而是漢民族的驅迫下，從肥腴的平地，退居貧瘠的山地，過著基本上屬於部落共同體的社會生活。日本統治期間，採取封山隔離的政策，禁止平地的近代經濟對山地發生解體的影響，意圖將台灣山地社會長期固定在封建社會以前的部落民族共同體社會。光復以後，政府的基本政策，是協助山地「開發」和「進步」的政策，這其實是促進部落共同體社會越過封建社會，吸收到目前台灣的資本主義工商社會裡去。

山地文化的解體

這種「吸收」運動的過程，在文化上，表現為民族自尊心的喪失；民族語言的荒廢；由於沒有可資紀錄的文字，山地少數民族無從自自己的文學、詩歌中，去豐富、發展和美化自己的語言；是傳統民族風俗、文化的停滯乃至於消亡。平地漢人的消費文化、貨幣經濟和商品，每天每刻，不斷地侵蝕著以部落共同體為條件而存在的山地少數民族的傳統文化。

如果站在台灣少數山地民族的立場看，這是一個令人悲憤、傷痛的事實。

當然，這未必就是漢人設計好以「惡毒」民族壓迫政策所造成的結果。不，這其實是連平地漢人也無法操縱的，台灣社會向著資本工商社會狂奔的規律所造成的。正如同消費文明不斷地促成山地社會和經濟的變貌，使山地傳統文化趨於崩解一樣，在國際性企業強大而深入的「行銷」計畫與活動中，消費文明也日復一日地消蝕著台灣傳統的事物。整個廣大的、古老的第三世界，也正在西方強大的國際企業活動下，面臨著社會凋敝、文化解體的命運。台灣山地少數民族的文化與社會的危機，恰好給予我們平地漢人一個生動的教材，從中去理解自己在社會與文化上所面臨的諸問題的縮影。

山地民族母性的戕害

這種解體的過程，表現在山地少數民族個別的人的命運時，又是什麼樣的境況呢？前揭文章沉痛地說到：

台灣高山族的文化、語言，在平地強勢消費文化和強勢語文的影響下，迅速趨於滅亡。（山地）人口向平地外流，男人成為高勞動力，低所得且無保障的工人（如漁船工人、建築工人、運輸工人）；女性則大量地向著平地色情行業的深淵淪落。山地少女從事色情行業的影響，不僅是使山地男子尋找合適對象時發生困難；也不僅使山地的公共衛生和健康產生很大的危機，同時也使族群歧視的觀念更為加深，更為嚴重的是，使固有多山族道德規範與社會系統完全崩潰。

種族語言、文化的迅速消亡；種族母性的外流（與他族通婚）和娼妓化，社會體制的崩潰，在在顯示：台灣高山族正面臨著種族滅亡的重大危機。

凡是稍有人類兄弟的心情的，即使是漢人，讀了這一段無限悲憤、淒楚的控訴，應該很少不眼熱喉塞的。

已經有調查指出，觀光地烏來的山地泰耶族社區，整個地娼妓化了。這不是民族母性的「外流」而已。這其實是民族母性最深刻的戕害和斲傷。如果讓漢人與山地人民易地而處，對於這種面臨著全民族滅絕的危機，我們會有什麼樣的感受呢？

種族歧視的實體

冷靜地反省起來，在台灣漢人與台灣山地少數民族之間，似乎沒有類如日本人對「部落民」、對在日朝鮮人那種種族歧視。印度階級社會中對「不可接觸」賤民的壓迫與歧視，北美洲對印地安人、黑種人的歧視，也不存在於台灣。在台灣，並沒有這種普遍存在的事實：規定山地人不許可做哪幾種的職業，規定漢人不可迎娶山地女性，或漢人女性不可嫁給山地人；若干公共場所或交通工具不准許山地人民進入或利用，或歷史地規定山地人民只准許從事哪幾種低賤的工作。

目前，山地童工、雛妓問題，是一種社會問題，而不是民族問題。山地社會和經濟解體，貨幣經濟、商品經濟進入山地社會，使急需貨幣以交換商品的山地人，向著惡毒的漢人高利貸資本伸出無知的求索之手，把自己的子女典押給娼寮與工廠。

這種情況，同樣也發生在貧困的漢人（包括本省人與大陸人）身上。社會解體後，男性的山地人民走向重勞動工人，女性淪落於煙花，這其實是一個複雜的社會性流動所造成。在運輸、綑工、漁船工、窯工這些勞動部門，以及在幽暗廣大色情世界，同樣淪落著包含外省人和本省人的男性和女性。

但是，整體而言，山地人民的社會的抑壓——男性從事重型低級勞動，女性的娼妓化——連同它的種族差別合起來理解，即社會的、一般的受支配地位，與種族的、一般的受支配地位同時存在時，構成了台灣山地少數民族整體地受到抑壓的事實。還必須指出的是：山地（和漢人）女性的淪落，又與日本「買春觀光」有密切的連繫。而日本對台灣的性的侵凌，又與日本在台灣的企業，有複雜的關係。這是已有人做過調查與研究的。

漢人的罪感

漢人來到台灣後的歷史，從台灣山地各族人民的立場來看，是一部侵凌、收奪、剝削山地人的歷史，這是無可諱言的。

社會的、經濟的、民族的抑壓，不必都是壓服者民族蓄意的政策（例如過去日本對台灣人民的榨取政策）的結果。「自然的」、社會自己的無情的規律——例如漢人初來台灣時封建的生產關係對山地部落共同體產生關係的侵蝕，以及現在台灣資本主義經濟對山地部落共同體經濟的崩解運動，同樣造成社會的、經濟的、民族的壓抑。那麼，漢人的一般，在歷史上對善良的、美麗的台灣山地少數民族負有道德上的深刻虧負，是不爭的事實。而這個事實，應該普遍地存乎漢人的良識中。

漢人在歷史上沒有、或者極少有對各少數民族人民懷抱過深刻的，對奴隸主一般的歧視，這是光榮的一面。但是現代的漢人應該重新審視自己意識中和社會事實中對於中國各少數民族人民的抑壓，並且發展出真誠尊重，團結少數民族人民的態度，深入批判歷史上殘留下來的漢人的罪負，漢人才能發展成一個有尊嚴、和平而光榮的民族。

值得我們深思的是：對於覺醒的台灣山地少數民族人民而言，他們歷史上苦難的根源，在於漢人三百年來在台灣的拓殖。對於他們，漢人就是漢人，沒有「中國人」或「台灣人」的差別。這是值得某一些人深刻反省的要點。

民族不論大小，一律平等

也許有些人會認為：這篇文章的旨趣，在「挑撥」漢人和山地少數民族人民間的「矛盾」。事實上，客觀上不存在的矛盾，是「挑撥」不起來的。中國人民在近三百年來，受盡東西方帝國主義的壓迫，深刻理解民族受到壓抑的痛苦，並且也英勇地起來反抗過這種民族壓迫。我們反對別的民族壓迫我們，就必須反對自己去壓迫國內外其他弱小民族。漢民族，是可以和國內其各民族人民和平相處，互相尊重、友愛和團結的。這種友愛和團結的條件，是多數的，文化上比較「先進」的漢民族，應該經由教育充分批判漢人沙文主義錯誤，以現代的視野，學習充分尊重國內少數民族人民的文化、藝術、風俗、宗教、社會制度和傳統的政治組織，互相學習，互相支持，互相友好，互相團結。在長久的歷史中，漢人基本上不是壓服、奴役、榨取他民族——如南非、北美的白人壓服黑種民族；如十九世紀西方列強支配亞洲、非洲、中南美洲人民——的一個民族。這是一個光榮的傳統和紀錄，也從而具備了適當、正確地對待國內少數民族的文化的、歷史的基礎。就以台灣來說，意識上、情感上和現實上深刻歧視和憎惡、蔑視台灣山地人民的事，比起南非、美國南方對於黑人；比起日本人對境內的部落民，相形之下，可以說是不存在的。因此，在一定的條件下——制度現代化的，經由社會學家、民族學家、法律專家、山地各族人民代表共同研商後的民族政策，在知識上、輿論上公開，深入、自由地討論目前台灣山地各族人民所面臨的問題，經由教育宣傳「民族不論大小，一律平等」和國內各民族間相互和平相處，相互尊重的觀念，等等——防止台灣山地各族人民在文化上、種族上瀕臨滅絕之危機，進一步協助他們民族向上發展，在中國，在台灣，是絕對可能的。台灣的漢人應該自動、全面、積極展開對台灣山地人民的理解、研究，從而在民族間相互團結，相互尊重的條件上，迅速採取政治的、法律的、經濟的、文化的措施，改正三百多年來的錯誤，改善台灣山地同胞的命運。否則，長此以往，發生台灣漢人和山地人間的苛烈的衝突和不幸事件，絕不是不可能的。這只要大家設身處地為今日山地人著想，估量他們今日所處的危機和令人悲傷的命運，就可以思過半了。

善良、美麗的民族

台灣山地各族，是善良的民族，和平的民族，美麗的民族。西人和漢人早期有關他們的紀錄，都顯示出他們是善良、和平、純樸的人民。他們愛好和平，但當他們在壓迫前無從退讓時，也會決然而起，以無比的英勇、團結和堅毅的民族魂魄，做最堅定的抵抗。著名的霧山事件，生動地表現了他們不屈的靈魂。他們體魄健美，鼻子挺拔，眼睛大而明亮，是美麗、迷人的民族。他們更有漢人所難於比擬的音樂上的天賦，和嘹亮、宏潤、寬厚的歌聲。他們有敏捷的體能，在體育和舞蹈上，顯露出令人驚嘆的才華。

這樣的一個民族，和我們共同生活在島上長達三、四百年，應該是漢人的朋友、弟兄、同胞。這樣的一個民族，怎麼能任它逐日走向全民族滅亡的命運？

最近以來，有些人開始關心我們的生態與環境。這是好的、對的。有些人關心水筆仔的存亡，這是好的，也是對的。有些人研究台灣許多瀕臨絕種的動物與植物，並為它們大聲疾呼，這更是好的，對的。

但是，面臨民族滅絕的台灣山地各族人民的命運，是不是更值得我們寄予最深切而嚴重的關懷嗎？

台灣山地民族復興運動

台灣山地各族人民，需要一個全面的民族自覺運動和復興運動。但這個運動的主體，是山地人自己，任誰也無權、無法代庖。漢人不論再熱心，也只能站在協助的地位上。

山地各民族歷史發展的研究，山地文化（宗教、習俗、語言、文學、藝術、工藝、律法，等等）的調查、研究和紀錄，山地文學和藝術的發展，山地歌曲的紀錄、整理和出版，山地各族文字的創立，山地社會的調查與研究，山地知識分子、青年和人民的自由結社權，有關山地保護與發展的法律之制定，對山地人口販賣的嚴格禁絕，保障山地各族人民為振興自己民族所需的一切必要的言論和結社權，發展以山地各族利益為主體的山地教育，山地人的報紙、雜誌、出版事業的保障，山地公共衛生品質和醫療體制的檢討與建設……都是當行、可行的事，有待山地的覺醒的青年去做長期、艱苦的奮鬥。

LOKKA HAKK－YHI－!

台灣的人民，山河和文學，是美麗的。當然是美麗的。但是，如果一味忘我的歌頌自己的美好，卻以對其他人民的忽視和輕蔑作為代價，則那歌頌是妄佞的、偏狹的、毒害的。如果在台灣的漢人不知道以愛和尊重弱小民族為條件去愛自己和尊重自己，他就不配向現實的政治索取正義。一個在自覺或不自覺中對其他民族、其他地區的人民抱著差別、歧視、輕蔑的人，有什麼權利要求別人以正義、民主、自由……去待他呢？

偶然間讀了《高山青》，激起了心中久存的情懷。我一直有一個願望，要為台灣高山族人民，以他們的歷史和命運寫一部長篇小說，略贖漢人對他們的罪愆。看到《高山青》中有山地青年寫這麼好的文章，高興得要流淚。

我必須向這篇文章的作者，以一個漢人的地位，向他俯首說：「對不起！」
然後我要以在綠島監獄學會的，泰耶族相祝福的話對他說：
——LOKKA HAKKIYHII！
——保重喲！

初刊一九八三年五月《鐘鼓鑼》第一卷第五期

台灣公共衛生中一位偉大的拓荒者：陳拱北教授

先驅者精神

你們在觀念上，應該持有「先驅者精神」。大家要團結，克服各種行政上、財務上、社會文化上的困難，甘願受苦、忍耐，但要強韌、繼續地在技術上，利用所學的公共衛生技術作為武器，為人民、和人民一起合作，向一個工作日標邁進。

——摘錄於《台大公共衛生學苑》創刊號中，陳拱北教授所撰〈先驅者精神〉一文

孔子曰：「為政以德，譬如北辰，居其所，而眾星拱之。」那麼，陳拱北教授真是人如其名。他一生澹泊名利，為促進人類健康，奉獻畢生的精力，不僅執今日台灣公共衛生界之牛耳，更蜚聲國際。陳教授於台大醫學院執教數十年，目前國內較年輕一輩的公共衛生界人士，

率皆先生門生。一直到今天，他們猶如眾星拱北辰，大家都在繼續追隨他的腳蹤前進。

隨著公共衛生的進展，陳教授當年在公共衛生界這塊荒蕪的土地所播下的種子也已發芽、成長。許多計畫、理想，藉著學生後進的努力，逐一實現。撫今思昔，除了敬佩陳教授具有高瞻遠矚的灼見外，更深深緬懷他的德範和懿行。本社編輯特走訪台大公共衛生學系吳新英系主任、楊志良副教授，衛生署醫政處葉金川代處長、陽明醫學院公共衛生科藍忠孚教授及陳拱北教授夫人——柯秀貞女士等，將陳教授生平種種感人的事蹟，以及其對公共衛生的卓越貢獻，和遠大的理想為文誌之，以供醫界人士們憑弔與紀念，並為人世杏林長留此一佳美典型。

譽揚中外公共衛生界的「K・P」

陳拱北教授於民國六年十二月廿七日生於台北市松山區一個基督徒世家，自幼即在充滿溫馨與愛的家庭中長大。陳教授深受基督信仰救世精神的感召，立志學醫，早歲遊學日本。民國卅一年，以優越成績畢業於日本慶應義塾大學醫學部，仍留母校附屬醫院耳鼻科服務一年，民國卅二年返台。陳教授當年感於預防醫學與國民保健的重要，決心從事公共衛生的教學與研究，即於民國卅二年七月進入台北帝大醫學部衛生學教室（即今台大醫學院公共衛生學科的前身），自助教、講師、副教授升至教授。民國四十四年起，陳教授接掌台大公共衛生研究所所長及學科主任，前後計十七年之久，他也因此在門生弟子中和台灣杏林中獲得了「所長」這個雅號。

陳教授一生好學不倦，多次出國進修，曾獲慶應大學醫學博士、美國明尼蘇達大學公共衛生碩士，並獲美援會及聯合國世界衛生組織的資助，前往美國哈佛大學研修預防醫學及公共衛生行政一年，再赴歐洲考察公共衛生教學。

陳教授的努力與成果，譽揚中外，常被邀請出席參加國際性學術會議，並負責主持小組討論。為了協助友邦推展公共衛生，多次應聯合國世界衛生組織聘為顧問，派駐菲律賓、越南及韓國等地，指導改革公共衛生行政及改善鄉村衛生。民國五十五年十二月至五十六年四月間，他被派駐越南三個月間，正值戰亂，陳教授仍不畏艱危，穩毅地進行並完成了工作。

民國五十八年，陳教授應聘赴美擔任華盛頓大學客座教授講學半年，且兼任約翰．霍浦金斯大學資深講座員。於五十九年二月十日，榮獲最具學術權威的哈佛大學Cutter演講會邀請作特別演講，以「將來醫事人才訓練在東南亞」的專題，獲得極高的評價與榮譽。哈佛大學的這一個權威性的學術演講會，以往僅有十名的學者獲邀演講，而且多屬歐美著名學者，其中，陳教授為唯一的東方人。這篇論文也獲得了聯合國世界衛生組織總部殊高的佳評。

陳教授經常透過公共衛生教學示範中心等機構，聘請了許多外籍公衛專家來華協助、講習，陳教授的英文簡稱「K. P. Chen」。「K．P」竟成了國際上耳熟能詳的名字縮寫，代表國內外公共衛生及醫學人士對他的尊敬，仰慕和親切的友情。

公共衛生史上一場漂亮的勝仗

陳教授畢生獻身公衛，台灣地區的公共衛生工作，若沒有當時陳教授及眾先輩們的當初經營擘畫，就不可能有今天的成就及規模。

台灣烏腳病流行病學的調查肇始於陳教授。他多年致力於嘉南地區的烏腳病調查，與隨後的飲水改善及追蹤研究。如今，嘉南烏腳病地區皆已普設自來水，當地居民的健康及生活狀況，已經獲得顯著的改善。而烏腳病在烏腳病患區中的新生的一代裡，也逐漸絕跡了。

陳教授這個研究本身，成為舉世聞名的流行病學研究實例，在流行病學經典之作——Mac Mahon的〈Epidemiology〉中，曾不止一次列舉陳教授的研究成績作說明之用。

在陳教授從事調查烏腳病時期，曾經陪伴陳教授走遍嘉南地區每一個鄉鎮的藍忠孚教授回憶當時的情況，說道：「陳教授不是純為私人的興趣去研究的。他逐一的採訪病人，深入地去了解他們的家庭生活背景，並提供他們最需要的幫助。遇到貧困的患者，總是設法轉介到『芥菜種烏腳病防治中心』，好讓他們能安心地免費接受治療。」藍教授接著說：「這種關懷和人道主義的服務精神，自然而親切的將他的信仰表露無遺。陳教授令人孺慕的長者風範，不僅在我們心中烙印下永不磨滅的形象，也成了導引我們前進的一盞明燈。」

民國四十四年，陳教授主持新竹芎林地區地方性甲狀腺腫防治計畫。他首先在新竹芎林地區實施食鹽加碘，經過三年，成功地控制了原本在當地極為氾濫且困擾已久的缺碘性甲狀腺腫，成為台灣地區公衛史上一場漂亮的勝仗。從那時起，全省食鹽均開始加碘，至今缺碘性甲狀腺腫在台灣地區已成為一種罕見疾病了。

陳教授亦曾為台灣省環境衛生實驗所在全省主持了四次空氣汙染對人體健康影響的調查研究。如今，類似的研究仍然繼續在全省各地進行。這些研究，對於台灣地區空氣汙染防治計畫的設計與評價，具有十分重要的參考價值。

防癌工作的推展

癌症登記及其地理分布的研究，是陳教授去世前所進行的最龐大的研究之一，也是台灣地區前所未有的創舉。由於深憂慮於台灣每年死於癌症的人數與日遽增，陳教授決定全心傾力於防癌工作的研究與推展。他在台灣各種防癌組織中工作，諸如國科會、衛生署、陶聲洋、台大醫學院等防癌組織中擔任過各種重要職務，並於民國六十五年五月，應衛生署邀聘，赴美考察癌症防治問題兩個月，廣泛蒐集資料，研擬了一份「中華民國癌症防治計畫」，分為長期與短期，從癌症病例登記，加強防治機構網，以至全面性推行子宮癌與乳癌的防治等，綱舉目張，極為詳盡。

陳教授並實地調查過台灣地區癌症死亡的地理分布，為台灣的癌症流行病學及病因學的研究，提供了許多助益頗大的線索，奠立了良好的基礎。目前，癌症登記已成為一普遍的例行工作。陳教授對於慢性病防治工作實有不可磨滅的功勞，而這樣的努力，對未來醫療保健的發展，將有深遠的影響。

「陳教授病危時，在病榻上仍然念念不忘這個研究，十分關心我們在《台灣地區鄉鎮市區別及其他分類地區別各種癌症死亡率彩色地圖》這本書的編彙工作。所有的打字稿，他都一一過目、改正。這種嚴謹不苟的研究精神和體恤人民疾苦的慈悲心懷，在我的心靈上造成了極大的撼動。」醫政處葉金川代處長敬穆地說道。

除了上述各項研究，陳教授還主持過老人健康問題、腦血管疾病死亡的流行病學等多項研究，並曾發表多篇研究報告。民國六十六年十一月底，他抱病參加在日本東京舉行的第十屆亞太醫師聯盟大會，發表了以「台灣的老人問題及其對策之商榷」為題的專題演講。返國後，即發病住院，這是他在無數次國際會議中所發表的最後一次演講，也是他無數著作中最後的一篇。陳教授可說是為台灣公共衛生工作而鞠躬盡瘁了。

完美的醫療保健系統

陳教授最為人紀念、稱道的，便是對未來公衛發展的構想和對醫療保健系統的具體規畫。其中包括醫藥衛生人力的調查研究、社區醫學計畫的推行，及衛生水準的評估研究等，使台灣地區衛生人力的各種狀況得以有一清晰而完整的資料，對於日後衛生人力供求的調整規畫，有很大的助益，也為衛生服務建立了標準的評估體系。

陳教授重要的研究論文代表作──〈三十年後的醫藥衛生〉，為台灣地區公共衛生的未來，勾畫出具體的藍圖。而事實上，今天台灣許多醫藥衛生的發展，都是依照這個構想去進行的，諸如澳底保健站的成立與發展、台大住院醫師輪調蘭嶼服務、一般科的設立與醫師的訓練，台北市急診救護系統的成立、種種慢性病防治、心理衛生、復健、公害防治、職業衛生的工作，和最近大力提倡推行的全國醫療網、加強農村醫療保健四年計畫、全民健康保險，都是很好的例子。

因為陳教授的鼓勵而踏入醫療保健領域的藍忠孚教授說道：「陳教授的思維十分縝密，他每次做一個計畫，總是經緯並容，每一個角度都能照顧到，無論是在分析、歸納、判斷、或計畫方面的能力，都令人十分折服。」

「K．P的頭腦像個陀螺似的，總是轉個不停，幾乎每天都有新的idea。除了由衷的佩服他的高瞻遠矚和真知灼見外，最感人的莫過於他那對社會、同胞永不止息的愛心與關懷。」與陳教授相處卅年的台大公衛系吳新英主任述懷地說著。

一個人強沒有用

「K．P常常告訴我，一個人強沒有用，必須努力栽培下一代，才能繼續開拓公衛的大道，造福更多的人！」陳教授夫人陳柯秀貞女士懇摯的說道。

陳教授除了獻身公衛事業的發展外，更致力於學校教育、公共衛生專業人員的養成教育，和社會衛生教育工作。

陳教授在台大執教數十年中，不知為台灣公衛界造就了多少精英。「當初我志願在公共衛生學科擔任助教時，陳所長曾坦誠地告訴我：『做公共衛生的人，休想賺錢。公共衛生的終極目的，是為民眾全體的健康服務，我們的教學研究也是朝向這個目的。』他那種明知困難重重，淡泊一生，卻又腳踏實地，按部就班的創業精神使得許多學生、前輩深受感動，終於決定步入公共衛生的行列。」吳新英主任說。

作為一個教師，陳教授十分認真、負責，而且講課十分生動，見解透澈，目光遠大，常是引發醫學生對公衛產生興趣的啟蒙師。陳教授講授的課程有：「公共衛生導論」、「公共衛生行政」、「社會醫學」、「醫療保險與社會安全」、「社區衛生」等，陳教授淵博的學識和豐富的經驗，使他的講座成為一道道豐盛的知識和智慧、人格的饗宴。

除了上課以外，陳教授極鼓勵學生參與社會服務的實際活動。自民國六十一年的蘭嶼醫療服務隊起，他每年都率領由教師和學生組成的醫療服務隊，前往全省各偏遠地區展開醫療保健服務與調查。他和服務隊的足跡，遍歷了蘭嶼、澎湖、平溪、貢寮、布袋等地。他也帶領過全省防癌宣傳隊、東港、四湖家庭計畫宣傳隊。「這些活動，除了為當地的居民提供醫療服務外，更有意義且影響深遠的，是讓我們這些學生能實地了解社會，將關懷付諸行動，並以分工合作的實際事務經驗，為我們日後服務社會打下堅固的基礎。」葉金川代處長說道。

陳教授極強調團隊合作精神在公共衛生工作中的重要性。「他認為團體活動是一個team work，大家應該分工負責，不應有自私、愛出風頭的念頭。」台大公衛系楊志良教授接著說。

陳教授本身也極為注重醫學倫理教育。他常在課堂中或學生雜誌上寫文章，高舉醫學人的倫理操持的重要性，來勸勉後進。他並且親自調查三所醫學院醫學生的社會背景、學校生活經驗與意見、對醫師的看法、以及將來的願望，來理解學生，作為塑造醫學人的重大參考。其對教育的關注，因此可見一斑。

將醫療服務帶到全省每一角落

為了配合公共衛生教學研究，和加強公共衛生人員訓練效能，陳教授籌設了「台北公共衛生教學示範中心」，禮聘國內外專家來講學授課，使學生及學員們獲得實地觀摩及臨床經驗。

陳教授於擔任台灣大學公衛研究所所長期間，曾經舉辦過多次全省公衛人員講習訓練班。同時，為了加強軍中公共衛生的發展，他接受軍醫申請參訓，使軍隊的公共衛生更臻完善。陳教授期望學員們結訓後，回到遍及全省各地的工作崗位時，能把更高標準的醫療服務帶到全省每一角落去。

為了提高社會大眾的衛生教育水準，陳教授時常利用繁忙無比的公餘之暇撰稿、演說，並兼任衛生署、勞保局、教育局、中華民國公共衛生學會、台灣醫學會、馬偕醫院、高雄醫學院、健康世界雜誌社等機構中各種不同的義務職務，為各樣醫藥衛生活動奉獻力量。陳教授本身也是教會長老，十分熱心於教會的服事，尤其特別關心痲瘋病患者的照護工作。他四處為痲瘋病人募集醫藥費，發表演講，呼籲支持，曾當選為痲瘋救濟協會的理事長。

在他入院的前一天，陳教授還帶病前往師大做了一場防癌演講。他學生為了掛心他的健康，曾勸他辭退一些工作，他卻回答說：「趁我們還活著的時候，盡我們的力量，多做一些事。」這種不辭劬勞的態度，特別在陳教授離世之後，凝聚成一股虔誠的力量，啟發和驅策更多的人們，奔向以醫學服務人群的道路上去。

飽穗下垂的金麥

陳教授的身材高大，服飾整潔，他的聲音帶著純樸的台灣腔，大多時候總是以一張真誠的笑臉向人。

談到他的為人，每一個接觸過他的人，沒有不稱道他那發自肺腑的誠懇和熱心。「他最大的特點就是熱心助人，與他相處以來，從未聽他向別人說過一個『不』字。」楊志良教授回憶說，「因為他的人際關係非常周到，各方面人頭也熟，因此別人有了困難，總是第一個想到他，而他，不論貧富貴賤，均一視同仁，非常樂意幫忙。」

舉凡有人經濟困難、感情波折、找工作、寫介紹信、排難解紛、尋求支持等等形形色色的問題，只要找到他，他一定有求必應，代為奔走說情。他的學生說：「我們都覺得奇怪，他已經這麼忙了，怎麼抽得出時間來忙別人的事？」

新店安坑有一個人，病重住在醫院，沒有錢支付醫藥費。這事輾轉傳到陳教授耳中，他立刻很熱心的去和台大醫院交涉，代這位素昧平生的人付清了所有醫藥費，而且再三叮嚀不可以讓當事人知道。——像這樣，他幫助過的人簡直無法計算。

陳教授自奉儉樸，而待人十分寬厚，在金錢上的奉獻，他從來不吝嗇，曾經為教會的新建工程，獻上大筆的金錢。

「K．P的個性十分謙和。無論他在國際會議擔任多麼重要的角色，回來絕不會提起，只告訴我們會議的詳細內容，而他在會中的卓越表現和所受的稱譽，往往還是由國外學者口中輾轉傳來。」吳新英主任說，「哈佛大學有一位教授就告訴過我：『K．P在哈佛是外國留學生的代表』。」

陳教授和學生在一起時，率真、幽默，談笑風生而毫無師生的隔閡。「在臺上，他是我們尊敬的師長；臺下，他是我們最喜愛的朋友，只要有他在，空氣都會變得熱絡起來。」藍忠孚教授說。

「K．P可說是公衛界上多才多藝的奇人，無論是運動、棋藝、唱歌、演講等，每樣都有一手，加上平易近人的個性，極易與年輕人打成一片。」吳主任說。

在陳教授帶領的醫療服務除中，他總是全隊的靈魂人物。自事先的策畫、聯絡到最後的檢討工作，樣樣都親自指導、協助負責的同學。「有一次，我們到彰化作空氣汙染調查，夜晚投宿在當地國小教室，酷熱難眠，主辦機關早為陳教授預備一間舒適的宿處，可是他堅持要和我們住在一起。」藍忠孚教授說。這種和學生一起生活，同甘共苦，隨遇而安的精神，使他成為最受學生愛戴的師長。

他的恩愛三十七年的妻子——柯秀貞女士，當然是最了解他的人。她說：「K．P脾氣好，不喜歡麻煩別人，生平聽過他最嚴重責備人的話，就是：『事情怎麼會變得這樣？』。他也是最『好款待』的人，什麼菜都吃，從來不挑剔。幾十年來，每天中午一個便當，每天深夜一杯茶，他就很滿足了。」陳教授夫婦鶼鰈情深，彼此了解，從不爭吵，因此他們的家庭生活雖是簡單，卻充滿著幸福。他們夫婦一同關心年輕人，對教會熱心。客廳牆上「模範幸福家庭」的獎狀就是他們婚姻最好的註釋。

最後的奉獻

大家對陳教授的愛戴與景仰，到了他臥病期間，更集中地表現了出來。當開刀檢查確定他得的是最難纏的胰臟癌後，醫師們決定不把結果告訴他，免得他洩氣。

不知道病情的他依然活得很忙碌。每一天，每個小時，陳教授依然不是在病床上想許多正在進行的醫學計畫，就是跑出去演講、聚會，或寫介紹信，實在不像一個身罹絕症，時日有限的人。

及至病況危重，他的病房外掛起了「謝絕會客」的牌子，但是每天仍有無數的公衛界、醫學界同人、門生好友前往簽名祝福。更有好多醫學院的學生，多次前往病房門口探視，駐足流連，不忍離去。

住院期間，有一次，陳教授突然發生上消化道大出血，負責照顧他的王榮德醫師非常著急，趕緊用廣播器廣播徵求志願捐血者，一時竟有十多位O型血的同學趕來，爭先恐後的要捐血給他們所最敬愛的陳教授——他們溫熱的血流入陳拱北教授的脈絡中，代表師生之間一份濃郁而崇高的摯愛。

病情惡化時，陳教授每次由昏迷中清醒後，仍惦記一個個的研究計畫和他所關心、照拂中的人影。那時，一位照顧他的阿巴桑因為太勞累、沒睡好而有心臟衰竭的現象。他每次清醒，總是叮嚀王醫師：「阿巴桑你要幫我看看。」

胰臟癌應是一種具有劇痛的病。但奇異的，陳教授卻沒有遭到痛苦的折磨。他告訴陳師母說：「我的肉體沒有疼痛，但精神卻非常痛苦。」陳師母述懷的說道。「直到最後一刻，他一直念念不忘未完成的研究和公衛的未來，要我幫他完成。」

民國六十七年二月二十三日早上，他的血壓一直往下降，脈搏愈來愈微弱。十二點鐘，陳拱北——這一個充滿人間至愛的，高貴的靈魂就這樣平靜的離開了他所深切愛過的人間。

陳教授逝世當時，陳太太於極大的悲慟中，仍強振精神，遵照陳教授的遺囑，將他的遺體捐供病理解剖教學之用。

陳教授活著時，燦爛地把自己點燃給這一代，死後，也用自己的遺體默默的做了對於醫學研究最後的奉獻。

佳美腳蹤

陳教授在台灣光復後，毅然由日本慶應醫院回到台灣。那時，台灣的醫學相當落後，由於人們對於醫學和衛生常識普遍的缺乏，以致傳染病、流行病以及一些不科學的觀念大行其道，造成人們肉體的痛苦和大量的死亡。

基於對生民塗炭的憂腸，他斷然放棄醫生的高薪厚利，改行「公共衛生」——一個新而冷門的學科，從一名小小的助教做起。

這個決定在他守舊的家庭中掀起了軒然大波。除了他以媒妁之言娶回的妻子不斷地支持和鼓勵之外，培植他求學、習醫多年的親友們都大為反對。

「K．P的愛國心很強。他十分痛恨外國人看不起台灣，也很難過台灣當時的醫藥衛生怎麼那麼落後！」陳師母說。

他的朋友問他：「您當教授，一個月能領多少薪水？如果開業當醫生，一個月能賺多少？」他卻回答說：「如果大家都出來開業，都想過最優裕的生活，那麼誰去培養中國的醫學生？」他又說：「如果我開業，一個月能看五百個患者，一年也不過看五、六千人。但如果我一年培養了一百個學生，他們或出去開業，或服務社會，對醫學和人類的貢獻不是更大了嗎？」

他總是這樣為大我的利益著想，而把個人的利益放在一邊。事實證明他的選擇是對的：他那讓我們尤怨其短的六十一年生命，真正發揮了無限的影響力，為我國的公共衛生奠定了堅實穩固的基礎，也成為台灣醫學保健一個緊要的一環。

陳拱北教授，像一粒飽滿的種麥，彷彿浪費般的被埋在沃黑的泥地中。但是未來，它將透過更多的子粒而再生，讓公衛界、醫界的精英效法他的腳蹤前進，為我國的公共衛生蔚成一片金黃的豐收，也為我國同胞帶來真正醫療保健的福祉。

初刊一九八三年五月《立達杏苑》第四卷第一期，署名千真

仙人掌，加油！

我們只知道他們患了精神疾病，我們遠遠地逃避他們，生怕發生了什麼！……一任孤獨啃噬著他們的心靈，無助使他們陷於絕望……我們是否試著打開這扇心門，接納他們，關懷他們……？

仙人掌咖啡屋

仙人掌咖啡屋座落於高雄醫學院旁，處於僻靜的山東街。為了更進一步瞭解仙人掌咖啡屋，及在仙人掌咖啡屋服務的精神患者，我們來到了這間咖啡屋。它的占地並不大，走在這條街上，一眼望去，不覺令人產生相當深刻的印象。棕褐色木門前方種植一排排參差的仙人掌，不屈不撓的挺立在沙土上，招牌兩旁綴飾著振翼高飛的鳥兒，象徵著「飛離杜鵑窩」的喜悅。熠紅的燈籠，溢出了心靈的光和熱。踏入室內，鵝黃柔美燈下，籠罩一片和暖的光輝。室內窗型隔間釘飾著鐵絲編織成的網格，鐵網下緣與檻架的距離，遺留一段空隙。雅緻的陳設與色彩的調配流露出陳設者的內心情感。

我們在服務員的引介下見到了仙人掌咖啡屋主持人——侯聰慧先生。

侯聰慧先生是位和善可親的年輕人。據他自己透露，實際年齡只有二十三歲，然而從他的眉宇和談吐之間，似乎看來比實際年齡稍長。仙人掌咖啡屋的成立，就是出自他的構想。他曾經經歷一段與精神病魔纏鬥的歷程。他親切地招待我們。「為什麼將咖啡屋取名為仙人掌呢？」我們探問著。侯先生誠懇地說：「因為仙人掌是一種生命力很強的植物，常在生存環境惡劣的狀況下茁壯，向狂沙和陽光奮戰。」他一邊抽菸一邊說：「我希望康復的病患也能在最惡劣的環境成長，效法仙人掌的精神，開放最堅實最美麗的花朵來。」他又接著說或許有人認為仙人掌是種芒刺植物，其實就是因它在惡劣環境中，為求生存的一種自我防衛本能，使人不容易接近。「這與社會大眾對精神病患懷著某種畏懼，從而不敢接近，有相同之處。」

和精神疾患纏鬥了兩、三年的侯聰慧先生，一邊帶病治療，一邊索求各種有關精神醫學的書來讀。「在醫院精神科裡，有些有關精神醫學方面的書刊，我都取來閱讀。」他說，「例如有關精神病患保護性工作，北市療的『復旦之家』，志文出版社出的一些精神醫學相關書籍，我都讀過。」因此當侯聰慧在文榮光醫師和整個高醫精神科同仁細心照拂下逐漸好轉，和醫師、護理人員共同討論精神病人復健工作時，他提議開一間咖啡屋，讓病情較穩定的病人出來店裡工作，藉著工作踏出他們回歸社會的第一步。

對於侯聰慧的建議，醫院和家長真是憂喜參半。喜的是侯聰慧的構想富有創意，未必不可行。憂的是大家沒經驗，資金也不夠。最後在侯聰慧父母動人的愛心和另一位T姓病人的家長以及高醫精神科的極力協助下，終於在去年十二月一日成立。「我自己喝了十多年咖啡，懂得一點咖啡的煮法。我也學過室內裝潢。」他笑開了口說，「於是自己設計，自己買料，請人包工，就搞出來了。」

談起過去生病時種種苦痛，他餘悸猶存。「精神病人不但需要家庭的理解、愛護、鼓勵和接納，也需要整個社會向他們伸出溫暖的援手。」他沉思著說，「我是個過來人，我這一生最大的願望，是為精神病人社會回歸的工作，盡全部的力量。」

有不少病人一旦精神疾病康復，則思離開舊時惡夢更急，極力不讓別人知道他的歷史。侯聰慧先生為什麼不一樣呢？「直到我碰見文榮光醫師，我才知道除了藥物治療，社會的愛和援助，會增進病人康復的機會。」他說：「文醫師自己就是這樣去愛、去擁抱他的病人的。」他回憶接受文醫師治療時，文醫師甚至把他接回自己的家，讓出整個三樓充當侯聰慧的畫室。「繪畫是一種治病的途徑，」他說：「但文醫師、文太太全家人對我無懼的愛心，給予我很大的啟示。

常人尚且為病人如此，病人自己更應該負起一部分責任來。」

侯先生與其繪畫世界

侯先生是一位憂鬱症患者。兩年多前，在他入伍前一次感情挫折，使他瀕於愛與恨的激烈衝突與矛盾下，終於導致崩潰。精神上的病變，轉而經由身體的胸痛、頭痛、嘔吐、失眠、食欲不振與自傷表現出來。碰到文醫師後，文醫師知道他有繪畫上的興趣，對他進行繪畫輔助治療，鼓勵他透過油畫發洩出來。他畫出一張張色彩瑰麗、奪魂懾魄的畫。他的作品其中一幅掛在仙人掌咖啡屋牆上，畫中的構圖令人觸目驚駭：一個人低垂著頭，臉部表情因痛苦而扭曲。一雙交叉纏繞的手，其中一隻執握匕首，另一隻手抗拒執匕首的那隻手，而予以反揪、拉扯。由畫中清晰地表現出畫家內心的痛楚與掙扎。據他自己的解釋，執匕首的手代表著「原我」，另一隻手象徵著「超我」，由於超我的那隻手的奮力搏救，終於使他免於毀滅。

侯先生又解說著另一幅充滿藍色的憂鬱那幅畫。「這是病房裡，一個個病人無聊、漫無目的的走著。」整幅畫由不同深度的藍色構成，孤單的走著的人，也是藍色的。

另一幅是他的自畫像，畫面上表現出他那份抑鬱與無助的神情。這些粗糙，原始的作品大多是在他發病期間畫的。望著侯先生說明時平靜寧和的神情，多麼希望他這一份痛苦掙扎的心境，也隨著歲月與身心康復而逐漸遠去永不回返。

信心的重建

在仙人掌咖啡屋內幫忙的人員，飲料調理員和會計，大多數是義務來幫忙的。幾位高雄醫學院學生常常輪流協助。高醫精神科四位住院醫師也常來探視精神患者病情，對病人復健效果加以評估。

在仙人掌咖啡屋，我們也訪問了正在接受復健訓練的精神疾病患者，其中包括了W先生與T先生。慾」患者。[1]自幼即喜愛喬裝女性，然而在生理上仍然是堂然男子。他白天在仙人掌咖啡屋內服務，為的是在這裡做好變性手術前的心理重建，學習扮演好一個正常女性的角色。他說：「自小學起，我就認定自己是個女性，放學回家後就換上女人的衣裳，裙子。處在這種心態下，從小到大，內心一直有一段長時期的痛苦掙扎……。看過精神科醫師、整形外科後，醫師勸我先『改裝』一段時間，慢慢適應。改裝後，令我覺得十分愉快，我覺得自己很幸福。」

目前，他在仙人掌就是女性打扮、胭脂、口紅、眼影、時尚衣服……乍看之下，除了個子高一點幾乎沒有人會看出他是易裝男性。這一段「角色變換」練習期間，他必須注意談吐、行為，做一些女人應做的事，例如：煮飯、待人接物。直到醫師認為他能充分適應後，將考慮為他進行變性手術。

「文醫師對我真是恩同再造，」他說，「他鼓勵我，關心我。現在我已經敢易裝上街了。別人看我，我就回瞪他一眼。有人還吃我的豆腐……這真叫人開心。我等待全心全意去做一個女人。」他笑了，竟而有幾分嫵媚。

另外一位T姓患者，也在這兒穿梭服務。他個性內向，顯得幾分羞怯。多年前他面臨著聯考的沉重壓力，在屢次落榜的嚴重打擊下而發病。據文榮光醫師指出，他所患的病為妄想症，思想常與現實脫離。目前雖未有最佳藥物，可完全治療此病，然而進一步復健醫療是目前最迫切需要的。在仙人掌工作能幫助他適應現實生活，並協助他勇敢地踏出社會。仙人掌地點設於高雄醫學院附近。醫護人員可以就近照顧患者，藉著在仙人掌咖啡店工作，使他嘗試與社會接觸，以便恢復他的自信心。

T先生注意聽筆者提出的問題，然後簡要，緩慢地回答。在結束對他的訪談時，坐在一邊的文醫師高興地說：「這是他第一次和陌生人坐下來談——而且還接受錄音！這是個很好的進步啊！」

沉默的力量

T太太也在仙人掌咖啡屋幫忙。她是一個清秀，嫻靜的家庭主婦。當被問及知悉他丈夫生病時，有什麼感想，她說：「我是個比較保守的女孩，篤信佛教，深信凡事皆有姻緣。當我知道丈夫罹病時，我的父母安慰我，鼓勵我向前看，勸我與其怨嗟，破棄婚姻不如積極幫助他，用愛和耐心助他康復，期待下半輩子幸福和平靜！」

「你們是怎麼認識的？」我們問她。

「當初是媒妁之言嘛，父母同意，雙方父母皆在佛堂認識的！」

「為什麼會想到來仙人掌？」

「來此一面照顧丈夫，一面幫忙仙人掌咖啡屋……看見丈夫確實好轉，心裡就充滿安慰和希望。今天是他第一次和陌生人坐下來談，並且談著自己的事……」她一邊回答，閃爍的目光中不覺流露出堅毅果敢的光輝，由她一顆熊熊燃燒的愛心匯成一股強大憾人心弦的力量，默默地支持著T先生。

身為精神病患的親人，那種不亞於病人的苦痛和煎熬；那份忍耐、關切和愛心，是我們難以想像的。患者的父親——T老先生是一位成功的生意人，此次T先生來到仙人掌工作也得自其父親的鼎力支持。當我們回到台北，特地拜訪了T老先生，聽T老先生喁喁地述說著其子發病的經過：

「我的孩子從小就顯得很木訥，怕生人，當初也並不十分在意。在他參加四、五次聯考均未考上後，送他到日本求學，一年後即發病……，曾到台大精神科看過醫師，後來經人介紹，輾轉到高雄找文醫師……」言語中幾度充滿自責，然而深摯親情的關切與滿懷的熱望都從神情上表露無遺。

為了病兒，T老先生真是歷盡了艱辛。「一直到遇見了文醫師，我們才開始懷抱希望。」T老先生說：「我開始明白，病兒的康復不是絕望的。只要家庭和社會攜手，共同以愛心和耐心擁抱病人，協助他復健，加上藥物神速的進步，病情的控制和治療是可能的。」從文榮光醫師那兒，T老先生知道了日本社會為精神障礙者所做的感人的工作。為此，T老先生迢迢赴日，和「全日本精神障礙者家屬連合會」（簡稱「全家連」）負責人連繫，取回許多資料，作為將來在台灣精神病患社會回歸工作的參考。「我並且特地為文榮光醫師申請參加日本有關的組織，以保證隨時從日本獲至相關的資源、情報、和援助。」T老先生準備為了將來在台灣展開精神病人復健工作，盡量貢獻出他的心力。

「作為病人的父親，我深深了解病人和病人家屬的痛苦。」T老先生說：「只要有希望，我們應當準備做永不疲倦的努力，救助自己和別人的家屬病患。」

侯聰慧的父母對病兒的關愛，更是無微不至。「幾年來聰慧成了我們家庭的焦點。」侯先生說，「他笑了，我們也跟著開心；他有點不對勁，我們也跟著愁雲慘霧。我們還是願意做一切可以做的，來協助他康復。」仙人掌剛成立的時候，聰慧渾身是勁。他設計、監工、計畫、找材料。開幕後，生意一時很好，他心情也好。「但是最近生意淡了。我們看他為仙人掌憂心，我們也跟著擔心。」侯太太說，「只有仙人掌長大、茁壯，慧兒才會一天天更好起來。我們真擔心一旦仙人掌枯萎了……」。

愛是無盡的希望，一如溫絢的朝陽，吐露光明的曙色……。回想起仙人掌咖啡屋主持人侯先生的雙親，鼓勵其子毅然地踏出人生的旅途。這些高貴的情操，充滿愛與血淚的身影，一直在我的腦海裡盤旋不已。

仙人掌工作坊

「仙人掌工作坊」與「仙人掌咖啡屋」鄰接。本來是仙人掌冰菓室，無奈經營不善，因此改成工作坊。讓精神病患們做一些加工工作。我們在這兒採訪了C小姐和Y先生。

Y先生，也是聯考壓力下的犧牲者，他自稱自己個性內向、孤僻。幼年時，在學成績十分優良，然而在一次的患病後不慎成績落後，天性好強的他，豈堪忍受絲毫的退步，又加上是家中的獨子，父母親全心的寄託就在他一人身上。遂使他強迫自己加倍用功，一分一秒都不懈怠，終於導致精神恍惚……。在醫護人員悉心的照料和開導下，他逐漸地康復。

當他被問及是否還願意參加聯考，他回答：

「來到了仙人掌，使我恢復了信心，也許目前還不參加聯考，完全康復後還要參加的……」語調中充滿著肯定與期望。

一位C姓少女，訴說著她為什麼來到這兒工作：「當我生病的時候，不得已離開原來服務的工廠，病癒後，他們也不再收容我……」這位C姓少女毫不諱言地指出在她病癒後，回到社會，欲如以往一般正常工作遭遇到的種種困難。

事實上，精神病患亦是有血有肉的人。他們有感情、有精神、生理上各種正常需要，需要溫馨的關懷和協助。在他們獲得治癒時，又是多麼企盼社會大眾以一個正常人來對待他們。然而一般人囿於傳統觀念，再囿於對精神疾病的知識缺乏，無法敞開心扉接納他們，這對一個重創初癒的人而言是何等的殘酷。望著門外一株株仙人掌，象徵著一個個追尋自由的軌跡。他們正在沙漠中奮勇掙扎，盼望著被認知與瞭解，而不再是過去與外界隔離，隱閉在小範圍內，任憑人們投以好奇與觀看的心理……在一陣嬉笑聲中走近了檻欄，又帶著來時的哄笑，戲謔聲逐漸遠去……。

踏出社會的橋樑

像C姓少女這種情況，在罹患精神病者中是屢見不鮮的情形。當她們滿懷著希望與信心回到社會上想謀得一份屬於他們的工作，別人卻以異樣的眼神望著心靈曾經受創的精神患者，歧視與冷漠充斥在每個角落。社會大眾懼怕他們的哭笑、攻擊與擾亂，家人們害怕家醜外揚的心理打破了家庭與外界原有的正常關係。使他們在康復後重新獨立奮起的過程中受到種種的戕害。

一般的精神患者在社會人士的歧視心態下更畏於面對社會。縱使癒後踏入社會，也不免懷抱著畏懼心態，缺乏挑戰力，於是再度從繁複社會人際關係中潰敗下來。嚴重的就舊病再發，回到醫院去。文榮光醫師說：「仙人掌咖啡店的成立，主要在幫助癒後的精神病患心理與工作能力的重建，期能發揮病人踏出社會時的橋樑功能。要使社會瞭解精神病並非如想像中的瘋狂與恐怖。在今日，精神醫學，急速地發展中，過去那些被認為毫無治癒希望的精神疾病，隨著醫藥發達，逐步可加以控制。另一方面，增進患者信心，使病患將觸角伸向社會，學習如何與人相處。

據文醫師說，目前台灣北部幾家大型醫院，也曾嘗試成立精神病人的復健機構，但因未得政府足夠的支持，且病人多居於被動地位，缺乏積極參與的意願。「仙人掌咖啡屋的最大特點係由病患出資經營，完全是病患的構思與理想，患者抱有主動參與自助助人自立自強的態度，在國內仍是一大創舉。」文醫師說。

一位在仙人掌服務的吳姓精神科社會工作人員指出：藉著在仙人掌工作，使病患集中精神，動作迅速，積極進取，身心各方面都獲得顯明的進步。她甚至看見有些患者病情改善迅速，已能再度回到工廠做作業員，也曾有一位患者在此工作之後，回到補習班補習準備參加中醫執照考試。「這些都足以顯示，此一橋樑機構的設立，對精神病患者確具改善的績效。」吳小姐說。

喚起社會對精神病患的瞭解與認知

據文醫師說，精神疾病分類極為廣泛。它不單指精神分裂症或精神官能症，還包括有情感性精神病，妄想性精神病等。疾病的產生，也多因病人在各種內在外在的精神壓力衝突下，不能良好地適應，致使病患在掌管情感和心緒的腦葉邊緣系統發生病變。另外有些精神病變是中樞神經系統化學傳遞物質的不平衡而產生，當然絕不是一般迷信所說精神病是魔鬼附身或是上天對病人罪行的懲罰。

若干資料顯示：台北市政府曾經探討過一般人對精神疾病的看法，依不同的社會、文化背景做調查。結果發現一般接受調查之家屬對精神疾病之治療及復健仍持明顯悲觀及拒絕的態度，並有恐懼及羞恥之心理。同時調查也顯示：年輕人在教育及價值體系上的改變更反映在對精神疾病態度的改變上，他們對精神疾病較少有悲觀和拒絕態度。一般人對精神醫學專用語彙並無充分的瞭解。譬如有許多人未能區別「精神疾病」與「精神病」之差異。這一方面是由於精神醫學之中文用語較難瞭解，一方面也表示一般人對精神疾病缺少充分的認識……。

針對社會對精神障礙的認識不足，文醫師已經初步和病人，病人家屬、醫生、護士、家長、社工人員申請組織「高雄市康復之友協會」，並已獲社會局核准成立。為喚起社會對精神病患的瞭解與認知，文榮光醫師指出，康復之友協會今後努力的方向分為兩個階段。第一階段：透過傳播媒介、小說、影片之報導，期使社會人士改變固守多年的不正確觀念。第二階段：將如何照顧精神病人的知識，教育康復之友協會會員。「若在充足的資金下，也可以仙人掌咖啡屋為模式，向其他各縣市擴大，使各地都有一個良好的精神障礙者社會復歸的復健站。」文榮光醫師說。

精神障礙者的醫學人權

精神病人和其他病人一樣，應該有他不可被忽視的人權。特別在他們接受相當治療後，他們有權享受社會的關心、照顧，受到與常人同樣的待遇。文榮光醫師指出：特別是近年來精神藥理學的長足發展，大大改變了精神醫學的面貌。今天醫生可以不必太擔心精神疾病治療藥物的副作用，而親見現代藥物如何有效地控制，改善和治療精神病。「大略說來，今天有$\frac{1}{3}$的病人可以完全療癒；另$\frac{1}{3}$可在長期服藥下在一生中控制好病情。只有另$\frac{1}{3}$的病人，目前還沒有好的藥物，但已能獲至某種程度的改善。」文醫師說，「認為精神疾病無法救治的悲觀時代已經結束了。事實上許多先進國家都已證明：優秀的藥物，進步的治療觀念，再加上家庭、社會的支持和愛心，精神疾病的治療展望，是十分光明的。」

日本全家連的工作

在日本方面，為了加強精神醫療，促進精神病患早日康復，回歸社會，他們有計畫的將各個精神病院家屬會與區、鄉、鎮家屬支會結合起來，組成「各縣市家屬連合分會」，並結合各「縣市家屬連合分會」成立「全國精神障礙家屬連合會」（簡稱「全家連」）。

「全家連」每年邀請全國家屬及醫療、福利、行政等各有關人員舉行一次盛大的全國大會。並在各地區向大眾呼籲精神障礙者問題的重要性。每月發行「全家連」指導刊物，郵寄給每位贊助會員及特別贊助會員。內容包括精神病的知識、精神醫療現狀、家屬的體驗、病患手記、全家連的活動，全國大會報告等。「全家連」的主要工作目標在於充實社會精神復健醫療設施、除去社會對精神病患所抱持的錯誤偏見，促進醫療中心制定精神衛生法，傳播有關精神醫學的各種知識。並由「全家連」與全國精神病患家屬及有關人員共同攜手，向行政機關竭力爭取種種措施。如：醫療負擔的減輕、公共病院精神科的增設、復健設施的擴大等。

這一個民間團體十分活躍且具有極大影響力，他們積極的為爭取精神患者合法權益和福利而努力，又加上專業人員幕後的協助支持。這些因素造成了日本地區精神醫療的現代化、科學化、人道化的趨勢。而這些也都值得我們學習與效法，更有待國人的努力與加強！

加油！仙人掌！

此次南下訪問仙人掌咖啡屋，使我們瞭解仙人掌的全體工作同仁及家屬，他們正為邁向良好的精神病人復健環境，喚起社會對他們的認識而竭盡最大的心力。我們企盼由高雄市「康復之友協會」的成立能激起社會的回響，帶動其他各地方的精神病患及病患家屬的結合。由病患與家屬間的交流，擴大為各縣市間的聯繫與協調，並進而達成全國性的連絡，使全國各地的精神病患都能獲得良好的復健環境。然而這一目標與理想猶待社會各階層的整體配合和各方給予精神與財力的協助！我們祈願社會上每個人士都能進一步瞭解精神患者的需要，認識仙人掌，協助仙人掌，為他們加油！讓他們一日日的茁長、壯大！「我們特別希望全省醫界先進來『仙人掌』看看。」侯聰慧說：「我們需要更多像文醫師、像高醫精神科全體醫護人員的人們做我們的朋友。」走出「仙人掌」，筆者用雙手緊握著侯聰慧的雙手。「加油！侯先生，加油！仙人掌……」。

初刊一九八三年五月《立達杏苑》第四卷第一期，未署名

1　「慾』患者。」原文如此，此處有文字脫漏，似為「W先生為『變性慾』患者，」。

藝壇老梅

談畫家李梅樹的藝術生涯[1]

二月六日中午十二時二十九分，因「慢性阻塞性肺炎」，高齡八十一的台灣老畫家李梅樹，終於鬥不過病魔的糾纏，在冷雨的催喚下，揮手告別了這個他極端摯愛的世界。十多年來，他一直患有肺氣腫。一月初曾因胃出血住進台大醫院。一月廿八日又因肺炎住院。起初，在醫生的調治下，病情大有起色。豈知六日竟因痰堵住氣管而告不治。消息傳出，他的親朋門生和整個台灣畫壇咸感震驚，皆為這位享譽藝壇的畫家同聲哀悼。尤其他在地方建設上的貢獻，更是令地方人士懷念不已。他八十多年的歲月可說充滿著絢爛、華美的色彩。

在土地廟庭長大的孩子

李梅樹，台灣省三峽鎮人。民國前十年二月四日出生，父親名李金印、母親李劉永，祖先世代經商，家境甚為富裕。長兄在當地開設保和醫院，聲名顯赫。兄弟姊妹四人，梅樹排行第二。

梅樹的家人皆喜愛音樂，長兄且是三峽青年音樂團團長，各樂團的樂器長年寄放他家。李梅樹在耳濡目染之下，和藝術發生了感情。先天環境的薰陶，造就了日後在藝壇上大放異彩的李梅樹。

小學時代（公學校），經常和伙伴嬉遊於祖師廟前，那時正值廟宇重修，李梅樹穿梭於廟中殿堂內，經常對那些出神入化的浮雕，發生濃厚的興趣，時時流連其中，這是他和祖師廟第一次的接觸。

負笈東瀛

李梅樹在公學五、六年級時，接受日本教師遠山岩的指導，正式接觸到西畫，也從此對水彩畫、鉛筆畫有了初步的體認。

公學校畢業後，考入農業實業科就讀，其後再考入台灣總督府國語學校（即今省立台北師範學校）。這所學校設有美術、音樂、工藝等藝術課程，李梅樹在進入國語學校後，他對繪畫的執著和求知欲便與日俱增了。首先，他深深感覺到「不經一番寒徹骨，哪得梅花撲鼻香」。於是他下了最大的決心，要在繪畫上崢嶸頭角。志向立定後，他便開始向日本郵購有關美術知識的書籍刊物，自己利用時間鑽研，自我鞭策摸索，日日沉浸於油畫的領域裡。

民國十一年自師範畢業後，原本打算赴日研修美術，但因父親的反對，只得留台從事六年的義務教學工作。在這段期間，他先後執教於瑞芳公學校、三峽公學校、尖山公學校。雖然經過六年漫長的公職生活，他赴日習畫的志向，一直未因歲月的磨蝕而淡化。他的心中仍然漲滿著待機而發的負笈東瀛的弓弦。民國十一年，日本名畫家石川欽一郎來台，任教師範學院。當時他已畢業離校，但為了吸收新知，乃利用暑期返校參加石川所籌組的「暑期美術講習會」。

「有志者事竟成，鐵杵磨成繡花針」，李梅樹在日積月累的耕耘下，開始嚐到了豐收的甜美滋味。第一屆台展，他以一幅〈靜物〉入選，第二屆台展又以一幅風景油畫〈三峽後街〉入選。由於接連的入選，家人反對的聲浪從此平息，而在三峽這個古老的小鎮，在藝術上從此吐出一朵奇葩來。之後，在家人殷切的祝福下，滿懷著壯志的李梅樹，踏上了開往異鄉——日本的船舶，開始了他另一段璀燦的繪畫生涯。

民國十七年，他首次呼吸到東洋的空氣。初抵日本，為了準備嚴格的東京美術學校入學考試，應考前的一段日子，他每天上午八點至十二點去川端畫學校，下午一點至五點移到新宿同舟舍，晚上八點到十點在本鄉研究所等三個地方練習素描，馬不停蹄的跑，永無歇止的磨練，年輕的李梅樹渾身散溢著中國年輕人傳統的韌性與幹勁。

為了隨時武裝自己，他買了一尊維納斯頭像放在家裡，晚上返家後，又繼續畫到凌晨兩點才就寢。

在故鄉時，根底本就很好，再加上赴日後的苦學勤練，終於皇天不負苦心人，來自台灣三峽小鎮的鄉下子弟——李梅樹，終於順利地通過了東京美術學校的入學考試。

東美一年級，李梅樹師事長原孝太郎，二年級則由山林萬吾教授人體素描，三、四、五年級則在岡田三郎助教室研究油畫。

二年級時，晴空起霹靂，大哥病危的消息，使得在異鄉原本就孤寞的他，乍聽之下，大為震駭。待他急速返台，大哥已不治了。大哥的過世，使家庭成日籠罩於一片愁雲慘霧之中，順理成章地，親友以「家庭需要他幫助」為由，反對他赴日的波浪再度湧起。身心遭受重創的李梅樹，飽受周遭所加諸的精神壓力。然而，雄心如鋼、意志如梅的他，排開了眾議，在家事處理告一段落後，毅然地和畫家陳植棋聯袂赴日，繼續他未完成的學業，繼續追求他崇高的藝術理想。

向榮譽的「帝展」進軍

李梅樹似乎天生就和「獎」離不開的。除了一、二屆台展入選外，東美四年級時，以一幅〈自畫像〉入選第七屆台展。民國廿三年，第八屆台展舉行，他又以一幅八十號油畫〈切番薯之女〉入選。這幅作品其後為台北市政府購藏。民國廿五年，其作品〈休息之女〉又獲台展特選第一席，並獲頒授台灣總督獎。民國廿五年，〈納涼之女〉再度獲得第十屆台展特選，同時被推薦為免審查。

一連串的在台展中得獎，李梅樹並不因此而志得意滿，他為了求得更深一層的肯定，眼光投向帝展。為了問鼎帝展，他未雨綢繆，於民國廿八年再度赴日，自個兒租了間畫室，在寧靜的斗室中，默默地日夜與畫為伍。這段時日，他的名作〈紅衣〉誕生了，此作著眼於描寫逆光變化之美，李梅樹就以此作入選帝展。

民國廿九年，日本為慶祝開國二千六百年，舉辦「紀元二千六百年奉祝展」，規模浩大，李梅樹又以〈花與女〉一作入選。

民國卅年，當他準備赴日，為第三次的帝展而努力時，太平洋燃起了戰火，在老友力勸下，只得取消赴日的計畫，因而，也使他失去了進階「無鑑查」資格的機會。

兼重形象・明暗・色彩寫實主義的藝術家

李梅樹曾對學生說：「成就一件藝術品有形態、明暗、色彩三大要素。有人在形態上求精準，在某些場合就有重形態而失色彩之美；或重色彩、明暗而失神態之美。鮮有三者兼顧的。我自習畫以來即執意把握這三大要素與構成的研究。」這是他獨特的藝術觀點。而這藝術觀點在他的畫裡，我們可以找到吻合的證據。在他的作品裡，無論前期或中、後期，在風格方面容有出入，但在形態、色彩、明暗方面，李梅樹都採取兼顧並重的原則。

五十年代，當抽象繪畫之風正熾時，他曾表示他的看法：「藝術工作者如果對所感動者為何，或所表現者為何，自己都毫無所知，他人亦諱莫如深，則其藝術價值就不存在。」所以他的作品強調寫實。他的創作觀是：「對象物體的個性與特點重於畫家自我個性」。因此，在其作品中，都細膩審慎地安排了畫面所欲表達的情節內容，換言之，畫面裡人物的神態表情以及背景，通常很容易引起我們聯想起一個情節。

在他強調寫實的作品裡，可以發現到人物占大部分，其次是風景，再次是靜物。人物都不是模特兒，而是身邊熟悉的親朋。他畫村人的純樸、善良，樂天、安命，他作品中為數居多的女人，取材都是隔鄰的田園村姑，每一個人物都自然逼真，洋溢著親切祥和的氣息。風景畫取材於三峽的風光，每一作都散發著鄉園的青草芳香，自然鮮活，絕非人工造景所能比擬。另外幾幅外地風景畫取材自台灣的名勝地如太魯閣、墾丁公園、火炎山、蘇澳漁港等。靜物裡的水果都是他平常喜愛吃的。

對於李梅樹的作品評價，眾說紛紜，莫衷一是。台灣早期評論家王白淵說：「其作品以寫實主義為主，即初期作品之藝術價值較高。」旅美畫家謝里法以「啊，萬里長城——油畫家李梅樹」，來形容他在台灣畫壇上的突出地位。畫家林惺嶽甚至把他的作品稱為是台灣油畫史上最優秀的作品之列。

李梅樹對於外界的批評，向來就保持沉默，一逕的貫徹自己的寫實路線。他對於每一幅畫都花上數十天乃至數個月的光陰才完成。其中有一幅百號作品，整整花了兩年才完成，這和那些幾十分鐘完成的即興作品是不可相提並論的。

淡泊名利．愛掖後進

他一生對於名利非常淡泊，對他而言，金錢的價值在藝術之下，因此許多的收藏家與畫廊主人，欲收購他的作品，都被他以「尚未完成」為由，加以婉拒了。對他來說，作品是自己的靈魂，出賣自己的靈魂是一件痛苦的事。李梅樹的學生李健儀追念恩師時曾表示：在他的印象裡，恩師只賣過三次畫，一次是為了幫學生籌備畢業巡迴展，需要經費；一次是為了祖師廟；另一次是二、三年前美國一家畫廊為了介紹台灣特殊畫家的作品，他才割愛了兩張五十號的油畫。

李健儀在藝專時結識李梅樹，由於他也在追尋寫實人物的畫風，所以李梅樹對他頗多指點。常常帶他到自己的畫室去，他終於一開眼界。李健儀說，李梅樹的畫室約莫有八十多坪，裡頭堆滿了一幅幅油畫，每次他去，恩師都會特別打開燈，讓他仔細觀賞。恩師並且勉勵他，對自己生活的鄉土要深入去接觸，這句話李健儀說他永遠都不會忘記。

熱心美術教育

李梅樹從事繪畫有六十年之久，而其中投身美術教育近二十年。二十年的漫長歲月，使得李梅樹桃李滿天下，而使得我國的繪畫藝術得以代代密接，永恆伸延。

民國五十一年，首次接受中國文化學院的邀聘，出任研究所教授，五十三年續受聘為大學部美術系教授。李梅樹並且自請擔任課程最重的大三、大四油畫課程，把他花盡一生心血投入的油畫，悉數傳授給後進學生。

民國五十三年七月，由於施翠峯先生的推介。接受國立藝專校長鄧昌國的邀請，出任藝專美術科主任。由於早年曾往日本觀摩考察當地藝術學校的設備、制度，使得他就任後，得以施展其抱負。像鑑於雕塑組的學生學習題材僅限於頭像、胸像等小品，他便力倡等身大人體像之製作。他從校外聘來了男、女模特兒，供學生作寫實研究的對象，他並且一再要求學生先奠定寫實功力的基礎後再求表現。

民國五十五年他與施翠峯、洪瑞麟等前往韓國、日本考察當地美術教育，回國後深感國內美術設備不足。於是將美術雕塑組改立為雕塑科，並且興建一棟五公尺高的雕塑教室。積極地為培養雕塑的人才而努力。三峽祖師廟第三次重建時，他將廟內有關塑造部分的工程，提供給學生利用寒暑假參與實際製作的實習。為台灣雕塑界培養出與民間藝術交流的新生代。

民國六十一年，應文化學院創辦人張其昀之聘，擔任該校終身職華岡教授。並於六十四年任教師大美術系。在三校的教學生涯中，李梅樹的作風素來是嚴謹的，因此學生對他都敬愛有加。民國五十九年，他對外募款台幣貳拾萬元，購買有關雕塑、西畫、國畫等書籍五百多本，在藝專設立美術研究社作為卸任的紀念。

民國六十八年十一月，李梅樹代表美術界參加國建會，他在會中大聲疾呼，殷切地向政府建議：

(一)建議將國立藝專升格為擬議中的國立藝術學院，他表示藝專已有二十多年的歷史，設有藝術各部門，只要再增置一些設備，不難成為良好的藝術學院；如再新設，學生出路成問題，必形成人才浪費。

(二)現代美術館的籌建應盡速付諸實行，並應考慮包含兩大部門：常設現代美術館及理想的美術展覽場所。

(三)對剛剛蓬勃萌芽的畫壇採取保護政策，暫緩對畫家課徵賣畫所得稅。年來社會對美術表現了前所未有的關心；畫家也受到鼓舞，極力創作。政府若於此時課稅，將扼殺美術發展的生機。

(四)每年利用政府或民間基金會對畫家的獎掖活動，挑選其最佳作品典藏，作為以後評審之參考，並為社會教育保存所需的水準上之優秀作品。

(五)各階段的美術教育課程，應顧及實際需要，延聘專家擬定。

李梅樹與美術運動

民國十七年渡日本，在陳植棋處參加赤島社的籌備事項，是他參與美術運動的開始。「赤島社」是個屬於職業畫家的組織，以正式受過藝術教育者為主，成員有陳植棋、張秋海、陳澄波、陳承藩、陳慧坤、張舜卿、范洪甲、郭柏川、楊三郎、藍蔭鼎、陳英聲、何德來、李梅樹、倪蔣懷。赤道社後來因陳植棋的去世而停辦，前後只維持了六年，辦過兩次展覽。它與七星畫壇為台灣第一代前輩畫家醞釀了更具體而遠大的活動計畫。

由於「赤島社」解體後，除了台展外，台灣畫家便無其他參展的機會了。於是自東美學院畢業後返台，李梅樹便邀同楊三郎籌組畫會。同年十一月十二日，台陽美術協會成立典禮終於在台北鐵路餐廳舉行了。當時的成員包括李梅樹、陳澄波、陳清汾、顏水龍、廖繼春、楊三郎、李石樵、立石鐵臣等八人。該會每年春季舉行公募展覽會、使年輕的畫家們除了台展以外，多一次發表的機會。

光復後第一屆省展開辦，李梅樹受聘為審查委員，以後便連任下去。民國六十二年，他又與畫友創立中國油畫協會。民國六十六年起擔任中國美術協會理事長。一心一意地為推動台灣的美術發展而憚精竭慮了。

李梅樹與三峽祖師廟

三峽祖師廟所供奉的神像是黑面祖師公——陳昭應。這尊經過千山萬水自福建安溪奉迎而來的神像，於日寇入侵台灣時，遺失於戰火中。三峽鎮民歷經七十三年的找尋，終於在民國五十七年二月廿四日上午，在一百七十多部摩托車的開導及廿輛遊覽車護送下，把祂從台北市環河北街中迎了回來。

三峽祖師廟完成於乾隆卅四年，稱為「長福巖」。此後歷經三度重建：道光十三年被地震所毀，當年重建。光緒廿一年，日軍據台，為烽火所毀，兩年後重建；現在仍在進行的第三次重建工程則始於民國卅六年。

民國卅六年李梅樹以一個受過嚴格西畫訓練的畫家來主持祖師廟的重建工作，一開始便和來自全省各地的建築、木雕、石雕等師傅起了衝突。由於眾師傅以為李梅樹只不過是個門外漢，繪畫和雕塑完全是兩碼子事，他提出的意見，眾師傅都置之不理。比如他不滿意前殿一對石獅，要求重雕，師傅們不理會，他只好親自動手，花了整整兩個月，把偌大的石塊刻成粗具形態的石獅，才交給師傅去修整。從此，他的意見在師傅心目中產生了影響力。

而由李梅樹一手策畫的重修工作，在廟繪中表現了他獨特的風格。最明顯的是前殿內壁上的浮影，起初他計畫要在這些牆上作壁畫；因為考慮壁畫易為香火薰黑而作罷。這些浮雕有的是參考漢代的武梁祠石刻，然而漢代無論陰刻或陽刻者都以線條為主；而祖師廟的浮雕明顯地是西方概念下的產物。所以在浮雕方面，間接表現了李梅樹的思想。

中殿有一對「百鳥朝梅」石柱，柱身各盤繞一株粗大的梅樹，樹上棲著各種千姿百態的鳥類，雕刻得極盡繁巧。由於李梅樹構想每隻鳥都不一樣，而雕刻師傅刻盡了台灣的鳥類，也仍然湊不足百隻，後來只好連國外的鳥也一併雕了上去。對於這對石柱，李梅樹表示：「梅花是國花，『百鳥朝梅』含有萬邦來朝之意。」

除了前殿內壁的浮雕外，祖師廟其他細節上也都顯出受外來因素的影響。比如：

(一)牆壁、柱子全部採用石材，這點和西方建築有關。而石板的接合都利用「線腳」來掩飾，因此不易察覺接合的所在。「利用線腳」是西方古典建築慣用的手法。

(二)每根石柱的柱頭都雕刻倒捲的樹葉紋樣，此點與希臘、印度建築有相當深的關係。

(三)中殿內擺置八尊銅像圓雕。其中四尊造形較為誇大，其模樣與一般民間廟宇的羅漢酷似。這四尊是取材自封神榜的「風、調、雨、順」四大金剛。另外四尊姿勢較為自然，臉部的表情也較為寫實，是李梅樹和藝專雕塑科的學生表露出他們所受的西方寫實訓練的最佳例證。另外，這八尊銅像的盔甲和日本奈良東大寺的金鋼像幾乎完全相同，留學過日本的李梅樹或許也受到日本雕塑藝術的影響。

三峽祖師廟在民間藝術漸趨凋零沒落的今天，它的出現正有振衰起弊的作用，我們從屋頂的剪黏到屋簷下的吊籃，從斗拱、插角到石柱、石珠，從花石堵、花窗到每一片石壁，發現到無處不凝聚著民間藝人畢生的技藝與匠心。這種特殊罕見的事例，恐怕也只有李梅樹的出現才有的了。

誰來接棒？

李梅樹在冷冽的雨中悄悄的走了。在病榻的日子裡他仍牽掛著祖師廟的工作，曾問他的兒子：「誰來接棒呢？」是的！誰來接棒呢？面對著這座藝術滿堂的廟宇，三峽甚至整個台灣，何處再能找到第二個李梅樹呢？

初刊一九八三年五月《立達杏苑》第四卷第一期，未署名

1　本篇初刊《立達杏苑》時，文首有下列文字：「本文的資料曾參考及摘錄《雄獅美術》一九八〇年第一期，由黃才郎、莊伯和、江春浩三位先生為文的有關李梅樹與祖師廟的報導。在此特別申明。」

向著更寬廣的歷史視野……

古老的東方有一條江，
它的名字就叫長江；
遙遠的東方有一條河，
它的名字就叫黃河。
雖不曾看見長江美，
夢裡常神遊長江水；
雖不曾聽見黃河壯，
澎湃洶湧在夢裡。
……[1]

幾年前，偶然在電視上聽見這首歌，漫不經心地看著字幕打出來的歌詞，在不知不覺中受到深深的吸引。聽完整首歌，胸中喉裡，竟哽著一股酸熱。「啊！有這樣的歌麼？」我不禁在心中呼叫起來。

沒有多久，這條歌就唱遍了台灣的大街小巷。民眾、青年、學生對這首歌熱烈的反應，既連對於它的作者侯德健，怕也是一樁意外又意外的事。

長江、黃河、中國人

長江、黃河；長江之水，黃河的澎湃洶湧的浪濤；中國；龍；「黑眼睛黑頭髮黃皮膚」的中國人；百年前列強在中國的隆隆砲聲……這些詞句和形象，深深地引動了沉睡在我們內心深處的民族情感。儘管作為歌曲，這首歌絕不是毫無瑕疵的；儘管從歌詞的文字標準來看，這首歌詞還有明顯的音韻、修辭上的問題，但它終於唱遍了台灣，唱遍了全世界凡有中國人的地方。

這說明了什麼？

也許海峽那邊的宣傳家，會毫不假思索地說什麼這是台灣人民亟思「回歸祖國」的表現云云。這當然絕對不是真的，今天，還有哪一個中國人願意去接受一個官僚主義、特權主義、缺少民主和自由，說的和做的相距不啻天壤的制度呢？

但這首歌確實深深地打動了我們靈魂的深處，因為它唱到黃河、長江這兩條絕不僅僅是具有地理學意義的河流；唱到絕不單單是人種學意義上的，「黑頭髮、黑眼睛、黃皮膚」的「龍的傳人」；它所唱的「百年前」「隆隆的砲聲」，也絕不只是一件單純的歷史紀事。這首歌整體地唱出了深遠、複雜的文化和歷史上一切有關中國的概念和情感。這種概念和情感，是經過九千年的發展，成為一整個民族全體的記憶和情結，深深地滲透到中國人的血液中，從而遠遠地超越了在悠遠的歷史中只不過一朝一代的任何過去的和現在的政治權力。

當我們在一個來訪的外國交響樂演出中，聽見樂團禮貌地奏出一首素樸的中國樂曲，我們立刻便感覺到一種發自內心深處最喜悅的共鳴；當我們在林懷民的舞臺上看見的大鵬在碎鼓聲中奔走翻躍，或聽見陳達蒼茫的〈思想起〉從音響設備中盈場而來，我們甚至熱淚盈眶，含著湧自內心的微笑，死命地鼓掌。為什麼？因為它們牽動了深深地瑟縮在我們心中奧遠處的記憶和情感。而這種激動的體驗，只要我們願意公平、誠實地說，是絕無本省人和外省人的區別的。而且，只要肯公平、誠實地思考，這一份情感，是絕無須乎依存於任何一個世俗的，於歷史中為暫時的權力的。

空想漢族主義

有少數一些人，會認為對中國的情感，因省籍條件而有不同。如果說〈龍的傳人〉這首歌只有「外省仔」（甚至「中國人」）才會喜歡，怎麼也無從說明這首歌持久（已有一、二年吧）而廣泛的流行性。「這只不過是一種『空想漢族主義』罷了！」他們說。他們主張「台灣在與中國本土相隔絕的地理、社會環境下，經過了四百年獨自的移民、開拓、及近代化資本主義歷史發展，而形成在社會上、心理上與『中國．中國人』不同的『台灣．台灣人』」，從而，他們在檢討台灣人民於日據時代悲壯的反抗日本帝國主義的民族運動的歷史時，對於當時台灣大部分知識分子，特別是「民族派」台灣知識分子所秉持以抗日的「祖國中國」、「中國的台灣」的觀念，恨恨然加以指斥，指為「空想漢族主義」。

就說幾百年來，福建和廣東的漢人向外遷徙，一部分到了台灣，一部分到了南洋、北美洲。幾乎同樣的「開拓」、「移民」，並且有些經過了更徹底的「近代化資本主義歷史發展」（如在北美洲的漢人），卻說唯獨立台灣的漢人會發展出相對於「中國．中國人」的「台灣．台灣人」意識。侯德健和許多不分省籍的青年，共同經歷了台灣近三十年來歷史上空前的「近代化資本主義發展」，卻還單純地懷著對中國歷史、文化和地理的摯熱的感銘。遠在尚未進入農業時代的猶太人不單亡了國，而且四處漂泊，經歷了不止「四百年」的「移民」、「開拓」、流徙，並且不但在各寓居國「經歷」了遠比台灣還徹底的「近代化資本主義歷史發展」，還成為整個西方「近代化資本主義歷史發展」的中心——美國的華爾街中舉足輕重的大資本家集團，卻似乎還不曾發展出相對於「猶太・猶太人」的「紐約・紐約人」意識和主義，反而在亡國數千年後，建設了一個新的軍事帝國主義的以色列國家。以上這些疑問，都充分說明了：當為一個主觀的政治偏見服務時，被惡用的歷史唯物論，是多麼幼稚、可笑。至若說台灣社會的矛盾，是「中國人」民族對「台灣人」民族的殖民壓迫和剝削，則只要看看組織在資本主義台灣社會的所謂「中國人」與「台灣人」之間的關係，絕不是所謂「中國人＝支配民族＝支配階級」對「台灣人＝被支配民族＝被壓迫・剝削階級」的關係，一如過去日本人之於台灣、朝鮮人或英國人之對於印度人，就十分明白了。

儘管是這樣，我們仍不能說那是一種「空想的台灣人主義」。不，至少只對於那些人而言，「台灣・台灣人」意識，斷不是「空想」的。它有現實的，物質的，甚至島內和國際文化和政治的條件。近兩年來，筆者看見它在一小撮輕狂的小布爾喬亞知識分子中蔓延，並且自始帶著一種令人傷痛的、落後的反華意識，發展到對於參與和堅定支持黨外民主運動的外省人，也毫不顧及起碼的禮貌，可以當面對人任意識刺和挑激的地步。這其實已不只是思想上的幼稚，也是政治上的嚴重小兒病了。

國共雙方的錯誤

然而也就在這一份幼稚上，它就益為可同情的。「台灣．台灣人」主義的錯誤，不應該僅僅由那些少數人去負責。全體中國人都有一份責任。從戰後三十年的歷史看來，對待在因日本殖民主義而歪扭的歷史中生活的台灣人民，無可諱言，國共雙方都犯了十分嚴重的政治上的錯誤（台灣音樂家江文也的遭遇，只是中共在這方面的錯誤的一個小小的例子而已）。而在這個錯誤上，存在著右的和左的台灣分離主義發生的基礎[2]。一切對分離主義的批判，不能不在這個投影於全民族的良識上的歷史錯誤之前，心存哀矜的傷痛。

而如果把這一份哀矜與傷痛，向著更寬闊的歷史視野擴大，歷代政治權力自然在巨視中變得微小，從而，一個經數千年的年代，經過億萬中國人民所建造的、文化的、歷史的中國向我們顯現。民族主義，是這樣的中國和中國人的自覺意識；是爭取這樣的中國和中國人之向上、進步、發展、團結與和平；是努力使這樣的中國和中國人對世界與他民族的和平、發展和進步做出應有的貢獻的這種意識。而這一切，必須先要有一個自由、民主的、民族團結的環境。以無數慘痛的代價，越來越多的兩岸中國人民體悟到這迫切的需要，並願為中國的自由、民主和民族團結而奮鬥。

無關乎國民黨的「失敗」

侯德健背著他的吉他悄然走進了大陸。但這絕無關乎中共的「勝利」，更無關國民黨的「失敗」。他只不過是去看一看長久奔流在他的血液中的，在夢中神遊並且傾聽其澎湃和洶湧，經數千年歷史和文化所形成的父祖之國罷了。任何統戰腔調，任何指責其叛變之指控，都是對於自然的民族主義情感的羞辱。然而，單獨的、個人的神州暢遊，畢竟不若長留在兩岸，為中國的自由、民主和民族團結做一點一滴的，長時期的，認真、忍耐和嚴肅的努力，來得對苦難的民族有意義吧。[3]

初刊一九八三年六月十八日《前進週刊》第十二期
另載一九八三年九月《台灣與世界》第四期
收入一九八八年五月人間出版社《陳映真作品集12．西川滿與台灣文學》

1 引自侯德健一九七八年十二月十六日創作詞曲的〈龍的傳人〉，此曲因侯德健一九八三年前往中國大陸而遭禁唱。首句原歌詞為「遙遠的東方有一條江」。

2 「台灣分離主義發生的基礎」，人間版為「台灣分離主義之發生學的基礎」。

3 人間版文末附有編者按語：「蔡義敏的駁論〈「父祖之國」如何奔流於新生的血液之中？——試論陳映真的「中國結」〉，刊一九八三年六月廿五日《前進週刊》。」

為了民族的團結與和平 1

正杰、祖珺：

謝謝你們把蔡義敏先生的大文〈「父祖之國」如何奔流於新生的血液之中？〉影本送來。

從朋友的電話中聽說你們把拙文〈向著更寬廣的歷史視野……〉登出來，我真是大喫一驚。那天深夜文章寫好，我就覺得這篇文章無論如何不應該發表。我把那種心情寫在附在稿子上的短箋中給了你們。我交了文章，只表示我沒有爽約。在短箋中，我曾叮嚀你們千萬不要發表。但如今既然發表了，一切責任仍應由我完全負起，而且，我十分樂意負起這個責任。

所謂「台灣民族主義論」

你們說，這篇文章很可能引起一場廣泛的論戰。這原是一件好事。被少數一些人詮釋成為「中國人」民族與「台灣人」民族的矛盾的台灣地區內部的省籍矛盾，實在應該有一個自由的環境，進行公開而深入的討論。所謂「台灣民族主義論」，牽涉到廣泛的歷史哲學、台灣史、台灣社會史和對於台灣的政治經濟學的分析和評估。由左翼台灣分離主義、非國民黨民族主義和國民黨等三個不同的意識形態，進行學問的辯論，是解決所謂省籍問題的最好的方法。事實已經證明：不准別人還嘴的，「台灣人和大陸人都是中國人，只差先來後到」論，「國民黨和大陸人民八年抗戰，解救了台灣同胞於日帝倒懸，台灣同胞應感謝德政」論和「台灣沒有政治上的歧視。重要權利握於大陸人手中，是因為大陸人比本省人更有行政經驗」論，這些官式的宣傳，早已經破產。如果國民黨硬是不肯實事求是去面對這個由歷史積累下來的歷史問題，一味使用高壓禁止公開討論，則這個原本可以在一定的條件下（例如公開、自由、認真的討論）解決的相對性矛盾，就會逐步在高壓、苦悶、欠缺溝通的情況下，演變成對民族團結造成重大裂痕的、無法調和的絕對性的矛盾。

但是，在目前，正如我在給你們的短箋中所說，完全沒有討論這個問題的主觀和客觀的條件。在目前情況下，任何主張台灣人是一個「獨立的民族」的言論，都是為國民黨所不容，甚至可以據而入罪，逮捕和判罪的言論。從而，批評「台灣民族論」的言論，不論多麼獨立於國民黨官式意識形態，在客觀上都不免有為國民黨作倀的嫌疑。因此，我只有婉謝參加「論戰」了。而且，這個題目既然由我「無心」間「挑」起來，則靜靜地挨人幾個拳頭，我是甘之如飴的。（其實，對於某些人特別在近一年來在這裡、那裡，用這樣、那樣的方式，說別人是「漢族沙文主義」、「愛國沙文主義」、「中國民族主義」，我們一直是隱忍的。）

因此，凡是因為拙文而非打我幾拳不足以洩忿的人們，我只要說兩點：第一，要很當心自己的拳頭，免得為他人所乘。第二，盡量寫出好文章。因為批評不必只出於論敵的我。每一個認真、嚴肅，有一定文化和知識素養的讀者，都是他們沉默而清明的批評者。

人權有保障，社會有正義

然則，我還是止不住要說一些題外的話。

希望台灣的政治有真實的民主和自由，人權有保障，社會有正義，是絕大多數在台灣的本省人、大陸人共同一致的願望。黨外諸君子，不論經由民選而已藉身於公職的，或者生氣蓬勃的黨外雜誌中的俊秀，為了他們艱苦和勇敢的工作，長年來深得這些渴望台灣更為進步、更有民主和自由的人們的尊敬和感謝。

但是，為什麼凡是要台灣更自由、更民主、更有社會正義的人，就非說自己不是中國人不可呢？為什麼支持和敬愛黨外民主運動的外省人，到頭來只落得一個「有良心的中國人」，「進步的中國人」的「名義」，和那些自稱為「台灣民族」的人隔著一道永不可團結的鴻溝呢？為什麼「國民黨的教育」教給我們以中國人為榮，以中國的山川為美，以中國的瓜分為悲忿，一定是可恥、可笑呢？難道當「國民黨的教育」教我們的一些科學知識也應一概加以否定嗎？為什麼大陸人就一定沒有資格去愛台灣呢？那些對台灣的每一種草木都能直呼其名，大聲、流淚抗議台灣生態的破壞的人們之中，不是也有許多大陸人嗎？在政治監獄中，在無情的社會的最低層，不是同時有本省人和大陸人呻吟之聲嗎？大批大批冷血地辭退工人，仗著政治力量欺負工人的，不也有許許多多本省人嗎？（當然，他們會簡單地說，那是「買辦台灣人」！）為什麼現實生活中上相互友愛、相互幫助的青年中，要硬生生地分成「中國人」和「台灣人」？為什麼在長期婚姻關係中建立起來的岳父母、媳婦女婿、姊夫妹夫、嫂嫂弟媳、姪兒姪女、阿公阿嬤、外公外婆……這些親屬情感中，非要用「中國人」、「台灣人」加以分割呢？為什麼凡是自然地以自己為中國人，並以此為榮的人，黨外民主運動都不能容納？

讓我們平靜地想一想。想了之後，如果認為一切在台灣的正直的、追求民主、自由和社會公平的人之間，不應該、不能夠分成對立的「中國人」和「台灣人」，那麼讓我們在內心深處堅定地說「不！」，並且讓我們在國民黨和「台灣民族派」者之外，堅定地、自動地藉著坦誠的溝通、討論，藉著同胞手足之情，發展有意識的民族團結與和平的運動。

堅決反對破壞人民團結

讓一切追求民主、自由與進步的本省人和大陸人有更大的愛心、更大的智慧，互相擁抱，堅決反對來自國民黨和左的、右的台灣分離論者破壞人民的民族團結。尤其是和上一代的仇怨無涉的、新一代的青年、知識分子，更要獨立地思想和相互探討，然後同時學好同樣優美和豐富的普通話和台灣話，廣泛地到台灣的每一個角落，看一看這一塊美好的土地，去接觸這麼善良的人民，堅定、和平地發展出一個人民的、獨立於國民黨和「台灣民族」派的民族團結運動。

讓我們懷著同情和一份憂傷、嚴肅、認真地去研究和討論一切「台灣民族」論，讓我們平靜地、科學地找出真相和事物的真理，讓我們絕不對不承認自己是中國人的同胞，隨便指責他們「數典忘祖」、「沒有國家民族觀念」。讓我們深刻認識到，這於歷史中僅為一時的台灣分離主義，其實是中國近代史上黑暗的政治和國際帝國主義所生下來的異胎。讓一切自己承認是中國人的人們，懷著深刻的悔疚，用最深的愛和忍耐，堅定不移地為反對在人民中製造仇恨與分裂，[2]為增強民族內部的團結與和平，在各自的生活中做出永遠不知疲倦的努力。

這種憂慮和認識，其實應該很廣泛地存在於深切關心黨外民主運動的本省人和大陸人的心中。那麼，從現在開始，讓我們認真地、光明磊落地把這個關切表現出來。因為客觀的政治環境不容許公開探討這個問題，讓我們開始在私下展開討論。一切酷愛進步、自由、民主的大陸人和本省人之間，應該超越現有的政治禁忌，在每一個人的私下生活範圍內，自己展開民族內部的溝通與對話，並且經由這個溝通與對話，展開中國人民自己的民族和平與民族團結的、長期性的運動。祝你們進步！並且預祝批評拙文的文章中有真正的好文章，開我閉塞。

映真

六月十八日

初刊一九八三年七月二日《前進週刊》第十四期

收入一九八八年五月人間出版社《陳映真作品集12・西川滿與台灣文學》

1 本文中述及〈向著更寬廣的歷史視野……〉和蔡義敏的〈「父祖之國」如何奔流於新生的血液之中？——試論陳映真的「中國結」〉兩篇文章，依序發表於《前進週刊》第十二期（六月十八日）和第十三期（六月二十五日），本篇是陳映真對蔡義敏的回應文。據文末所署寫作日期排在六月，依三篇文章之前後回應脈絡，排在〈向著更寬廣的歷史視野……〉之後。

2 人間版無「堅定不移地為反對在人民中製造仇恨與分裂，」。

試論吳晟的詩[1]

虛幻的現代主義

整個五〇年代和六〇年代，是西方「現代詩」絕對支配台灣詩壇的時代。在這二十個漫長的歲月中，台灣的新詩充滿了晦澀、奇詭、怪異、甚至是無意義的片詞和句子。人們似懂非懂地大談「語言的張力」、「思想的跳躍」，造就了許許多多平常散文都寫不通暢的大小詩人。在思想上，這個時期的詩，以極端的個人主義和內省、唯心主義為特點。詩人不關心自己以外的人，不關心社會、不關心生活，更不關心世界。在這個時期寫出來的無數作品中，後人將無法從中看出一時代人民的普遍情感，看不見這時期人民的生活，也無從理解這時期人民的願望和困難，勝利與挫折。五〇年代以迄六〇年代的台灣現代詩世界，是一個沒有時間、沒有歷史、沒有生活的、極端內化的、唯心論的、靜止死寂的無人世界。

中國近代文學藝術中的現代主義，在四〇年代，也曾以比較素樸和幼稚的樣式，存在於極端少數幾個中國詩人的作品中。但是，在長達二十年的長時間中，在台灣一省的文學中產生廣泛深入的支配作用，並也一時被當作進步和自由的象徵，在中國文學思想史中，不能不說雖是畸型、卻不可忽視的存在。

文學、藝術的現代主義之生長，需要有一定的土壤。這些土壤，是高度發展的資本主義社會；人的異化的深刻化；現代城市生活和機械文明對人的精神戕害所引起的普遍的心理病變；因帝國主義世界戰爭所引起的對人和世界單純的信念的幻滅和失望……。這些條件，在台灣現代主義文藝（包括詩、繪畫和音樂）全面興旺起來的一九五〇年代和六〇年代的前大半，是不存在於台灣社會的。根據我們的統計，一九五二年，台灣農業生產部門，在整個台灣產業結構中，占三五．七％，工業生產部門，則僅占一七．九％。這以後的發展，是農業的比重逐年下降，而工業比重則逐年相對上升的故事。一直到一九六三年，工業的二七．八％才初次超過了農業的二六．八％。一九七一年，即唐文標開始了台灣現代詩批判的一年，農業和工業發展的差距增大到前者為一五．三％，後者為三六．五％。一九七二年，關傑明批評台灣現代詩的論文發表，當時工農業的比率是三八．九％和一四．九％。和這個台灣社會資本主義化進程互相配置起來看，紀弦的《現代詩》始刊於一九五三年；洛夫、瘂弦、張默的《創世紀》始刊於一九五四年。在繪畫上，「五月畫會」成立於一九五七年，而到一九六〇年達於它的巔峰。自由主義的、美國意識形態的《文星》雜誌創刊於一九五八年。這都是在台灣工業化未臻離陸的時代。

這個對照告訴了我們這樣一個事實：台灣現代主義藝術和文學，是一種虛構的文學與藝術，缺少正常的、合理的土壤。

如果任何文化的、精神的存在，應該有它的社會的理由，那麼，應當怎樣去解釋一九五〇年代以迄六〇年代的台灣現代主義文學的虛構的性格呢？

台灣的五〇年代是以韓戰、第七艦隊封鎖海峽和全球性冷戰的巔峰揭開序幕的。政治上廣泛的劃一之後，思想和文化上的蕭瑟，是必然的現象。在這種特殊的政治氣候下，無法在官式的「戰鬥文藝」中表達真實情感的人們，連同一些在政治歷史上一貫和中國的民族文學運動疏遠的一些人，以及在現實上苦悶，無由宣洩的文學家，都在紀弦所提倡的法國象徵主義詩中，找到了一個既能滿足創造要求，又可以在別人難於懂得的晦澀中說出心中的塊壘，且絕不致干犯禁忌的表現形式。從而，這時期中台灣現代詩一部分真誠的作品，也因而具有進步的性質。此外，中國在三、四〇年代的重要作品，從所表現的思想內容，連同它們的表現形式——現實主義的、前進的、社會的、干預生活的表現形式——成為嚴重的寫作禁忌。於是當時的台灣詩人，必須尋找一個和過去三、四〇年代中國新詩傳統完全不同的內容和形式。恰好是這個主觀和客觀的條件，興起了支配台灣詩壇達二十年的台灣現代詩。

從一九五〇年到一九六五年，美國經由各種援助的名義，在台灣投入了將近美金三十五億元以上的資金。一九六五年美援終止以後，日本以貸款、投資的方式恢復對台灣的經濟的支配。來自美國和日本的資本，在五〇年代有效地改善了政府的財政，並且經由促成廣泛公營企業的發展，為台灣奠定一直到一九七四年達於巔峰的加工出口型經濟。

這種外來資本在台灣經濟生活中的重大支配地位，除了帶來外國資金、技術和商品對於台灣資本和商品市場的支配，連帶地也在文化、學術、思想、文學和藝術上，發揮了支配作用。從五〇年代到六〇年代，「現代」畫、「現代」音樂和「現代」詩，便在這個以美國為代表的西方文化的支配背景下，開展了畸型發展。中國三、四〇年代文學經驗中語言和思想的斷絕上，使西化的、形式主義的、廢頹的文學，在台灣當時語言和思想兩皆貧困這個基磐上蔓生起來。一時間，台灣現代詩幾乎席捲了台灣年輕的詩壇。晦澀的詩創作、詩翻譯和詩論，像宗教的奧義書一般，到處有人苦讀和模仿。雖然廣泛的知識分子和民眾迅速地放棄去理解現代詩的謎語，但在廣闊的文學青年間，現代詩發揮了符咒一般的蠱惑力。

「愚鈍」的詩人

台灣現代詩巔峰期的六〇年代，剛好是吳晟的青年期。一九六三年，他寫〈樹〉和〈漠〉。一九六七年，他寫出像〈岸上〉、〈空白〉那樣唱著少年的空虛和感傷的詩。但是，他卻不曾模仿過現代派那種故意破壞一詞一句，故意打壞語構，強為晦澀的詩。當我們回顧，吳晟竟是台灣極少數幾個從開始寫詩就不曾受到鼎盛一時的現代詩影響的詩人之一。

吳晟為什麼獨能免於受到現代派潮流的影響呢？

「我想，我並不是完全不曾受到現代主義潮流的影響。」吳晟說，「只能說，現代主義潮流對我沒有發生過很深入、持久的影響。」

吳晟接著說，他開始接觸到的新詩，是一九五七年以前，一些比較有中國三、四〇年代新詩傳統的，比較「明朗、易解」的作品（例如刊登在《野風》雜誌的詩），而且「閱讀、背誦了不少」。這是一個因素。

「我生性愚鈍、粗俗。」吳晟接著說，「因此，在整個台灣詩壇幾乎都全面『現代化』以後，我也時常捧讀那些深奧難解的現代詩作品和現代詩的詩論。但覺人們所說『孤絕的世界』，和我平日在農村現實生活中所接、所思、所感，全對不上頭，覺得自己和自己的生活，和他們隔得很遠，不但難以理解，也無法產生共鳴，想學，也無從學起。」這是第二個因素。

一九六五年，吳晟的父親在一次車禍中驟然去世。「父親的去世，讓我對生活的認識，發生很大的轉變。」吳晟說。因父親的猝逝而在他最敏感的年紀裡飽嚐了家道中落的悲哀，使他比別人更早地逼視了生活最艱澀的一面罷。這是第三個因素。

現代主義文學，比較上是屬於蝟集在城市的閣樓中，神經衰弱、消化不良，和生活離得比較遠的人的文學。因此，現代詩一出了都市，一觸及生動而豐富的生活和勞動，兩者之間就產生相互排拒的情況。少年的吳晟，也曾和當時的其他學生青年一樣，懷著十分的敬意，努力地試著解讀現代詩啞謎似的句子。但是農村生活中的語言、情感和態度，使他但覺現代詩之「高深」，而「難以親近、難以理解」。

就這樣，吳晟從台灣的現代主義潮流擺盪開來，漂入另一條淵源更長，於當時為涓涓的細流，於來日則可為浩浩江河的，中國現實主義新詩的傳統裡。

一九七二年以前：青年吳晟之形成

懷著一種「敬意」，「愚鈍」、「認分」地離開了現代主義魔咒的吳晟，只能緩慢地、獨自摸索出自己的表現形式。但，據吳晟的自述，他在少年時代「開始接觸的詩，是民國四十六年以前比較明朗易解的作品，而且閱讀、背誦了不少」。一個文學青年的起步、模仿，尤其是在形式和語言上模仿心儀的作家，是十分重要的條件。那麼，「民國四十六年以前比較明朗易解的作品」，是哪些作品呢？吳晟不曾具體地說明。但是從資料看來，「民國四十六年以前比較明朗易解」的詩人，有楊喚（《風景》，一九五四年）；金軍（《碑》，一九四九年；《歌北方》，一九五〇年）和李莎（《帶怒的歌》，一九五一年；《琴》，一九五六年）。這些五〇年代初期，基本上傳承中國三、四〇年代新詩的詩人，除了楊喚之外，三十年來，在現代主義全面支配台灣詩界的條件下，受到全面、徹底的忽視。但是這一條從中國三、四〇年代新詩延長下來的涓流，到了五〇年代，就從地面上消失了，卻一直到六〇年代下半，藉著吳晟和其他很少數幾位詩人的作品，又靜靜地冒出了地面，並且在七〇年代的整個十年中，達到初步的成熟期，又在七〇年代開始現代主義全面在詩、繪畫和音樂範圍內退潮的時代，表現出旺盛發展的可能性。

為了進一步理解台灣現代主義系譜中的吳晟的位置，茲就手邊現有的材料，製成一表如下：

年代	政治・經濟	文藝潮流和活動	吳晟的活動
一九五三	韓戰停戰協定成立。 《實施耕者有其田條例》公布。 美國發表解除台灣中立化。	紀弦《現代詩》創刊。	
一九五四	《中美共同防禦條約》成立。	《創世紀》創刊。 《藍星》創刊。	
一九五五	《中美協防條約》生效。	林亨泰，《長的咽喉》。	
一九五六		錦連，〈轢死〉。 錦連，《鄉愁》。	
一九五七		「五月畫會」、「東方畫會」成立。 「五月畫會」第一次展出。 《文星雜誌》創刊。	
一九五八		白萩，《蛾之死》。	
一九五九		《筆滙》發刊。 碧果，《秋・看這個人》。 白萩，〈流浪者〉。	
一九六〇	《獎勵投資條例》訂定。	《現代文學》發刊。 余光中，《萬聖節》。	
一九六一		許常惠「製樂小集」開始。 《六十年代詩選》出版。	

年代	政治・經濟	文藝潮流和活動	吳晟的活動
一九六三	經合會成立。	葉維廉，《賦格》。	〈樹〉。 〈漠〉。
一九六四		《臺灣文藝》發刊。 《笠》詩刊發刊。 余光中，〈從靈視主義出發〉（附英譯）。	
一九六五	美援停止。 《加工出口區管理條例》訂定。 中日貸款談判。	《劇場》雜誌發刊。 《前衛》雜誌發刊。 《這一代》發刊。 周夢蝶，《還魂草》。 白荻，《風之薔薇》。	
一九六六		《文學季刊》發刊。 現代藝術季展開。 李英豪，《批評的視覺》。	
一九六七		《七十年代詩選》出版。	〈菩提樹下〉。 〈懷〉、〈雲〉、〈岸上〉、〈空白〉等「不知名的海岸」系列。

年代	政治・經濟	文藝潮流和活動	吳晟的活動
一九六八		《文學季刊》休刊。	〈也許〉。
一九六九		葉維廉，《愁渡》。 《創世紀》暫時休刊。	
一九七〇	保釣愛國運動。	唐文標寫〈現代詩的沒落〉（未發表）。	
一九七一	退出聯合國。	《文學》雙月刊發刊。 唐文標，〈僵斃的現代詩〉（未發表）。	〈雕像〉。
一九七二	中日斷交。 尼克森訪平。 《上海公報》發表。	關傑明批評港台新詩，新詩論戰。 《中外文學》發刊。	「吾鄉印象」系列。
一九七三			「泥土篇」、「植物篇」系列。
一九七四	第一次石油危機．台灣經濟繁榮達於頂峰。 《台海決議案》廢除。	唐文標，〈現代詩的沒落〉、〈僵斃的現代詩〉發表。 《文季》季刊發刊。	

一九六一年，現代詩的權威詩選《六十年代詩選》出版。但一九六三年時吳晟發表的〈漠〉和〈樹〉，還十分幼稚。他在〈樹〉中並且使用類如「絕緣體」、「引力」這些物理學的名詞入詩，不論如何，看得出受到現代主義的一點影響。

從一九六一年到六七年間，《劇場》雜誌、《前衛》雜誌、《文學季刊》相繼出刊。一九六六年三月廿五日到三月廿九日舉行的「現代藝術季」，是台灣現代派運動的一個高潮和總檢閱。在這個「現代藝術季」中，有「詩畫聯展」、座談會、幻燈欣賞、專題討論、詩朗誦等，在一片肯定、高舉、推廣「現代」文學與藝術頌歌中，造成了現代派自斯以後再也不曾達到的盛況。一九六七年，權威絕不減於當年的《七十年代詩選》出版。

就在這個台灣現代主義文藝的高潮期，吳晟卻在一九六七年寫出〈菩提樹下〉、〈懷〉、〈雲〉、〈岸上〉和〈空白〉。〈菩提樹下〉依然沒有脫出少年浮淺的感傷和「沉思」。〈懷〉寫少年的孤單，而〈雲〉則顯得造作而不自然。但，〈岸上〉和〈空白〉，就顯得自在多了。但是，即使是這比較自在，比較有一點少年詩人自己情感的詩，雖不晦澀，卻無法從語法、語構中傳達出一個清晰的事件、思想或意念。就以〈岸上〉為例，一九六七年的吳晟這樣寫：

去路已失、回顧已茫的岸上
有人靜默如石
一夕搖搖欲墜的星光
返照他少年的蒼老

如果湖泊氾濫了
有河流接著；如果
河堤缺了，有大海收容著
無際的涯岸啊，如果
是你崩潰了呢

如果，是你崩潰了呢
無際的涯岸啊
一如他無盡處的漂泊
去哪兒找尋棲止？

似近還遠、似遠還近的海潮
徒然衝擊著
吶喊著；徒然掀動他
已失的去路、已茫的回顧。

讀完這首詩，人們毋寧只能「感覺」到一份少年的淒美的空虛和悲哀，卻無從中去「理解」具體的意念。一九七〇年，對島內外知識、文化界發生巨大思想影響的「保釣」愛國運動發生。吳晟卻在這一年裡發表比較膚淺、抑鬱、卻著意求其華麗的〈也許〉。一九七一年，唐文標寫〈僵斃的現代詩〉（但卻「遲」至一九七三年才發表），吳晟仍然寫意義不很明晰、感情浮而不深的〈雕像〉。因此，在吳晟發表「吾鄉印象」系列的一九七二年以前，吳晟是在「民國四十六年以前比較明朗易解」的詩，和盛極一時的現代詩共同的影響，形成青年期的吳晟。

「吾鄉印象」：吳晟風格的形成

一九七二年，吳晟發表持續寫到一九七四年的「吾鄉印象」。從七一年以前的吳晟跳躍到七二年的「吾鄉印象」的吳晟，前後的變化，是十分鮮明而突兀的。相對於七一年前的無焦點、浮淺、詞語曖昧和意念的荒蕪，「吾鄉印象」系列有極為巨大而鮮明的進步：

第一，在「吾鄉印象」裡，意念是清晰的，語言是明白的。他開始流暢、明確、淺顯地告訴我們他的觀察，他的感受，他的情感，而不是像過去那樣，用學來的、造作而浮淺的片詞、句子，並以之渲染成篇的「空靈」的篇章。

第二，他明白、持續、熱情而專注地寫他身邊人民的生活和勞動；寫他故鄉的小街，吳晟開始有了清晰的表現焦點。這與對自己以外的人與社會了無關心，對於生活充滿了倦怠，只關切過分膨脹的自我內在靜止不動的心理世界的現代主義，恰恰成為十分顯明而重要的對照。

第三，從「吾鄉印象」開始，吳晟建立了「系列」性之創作形式。這種小品式的連作，需要詩人保持著對人、對生活、對環境、對自然的專注的、長期而熱情的關注。在這一個時期中，描寫鄉村生活和勞動的詩，肯定是零散地存在的。但連續花了兩年的時間，去觀察、描繪、表現台灣農村的生活和人以及他的勞動的詩人，卻獨有吳晟一人。而這種系列性創作形式，在以後吳晟的創作生活中，許多吳晟重要的作品，幾乎都以系列形式表現，從而成為吳晟的獨特的風格。

第四，在「吾鄉印象」中，所有吳晟日後的發展，例如他的語言、他的句型、他的歌一般的特質，他的謙卑、熱情、溫和的情感，都在這一時期中顯示出它最始初的胚芽，等待日後成蔭成蓋，成為吳晟自己的風格與特質。

第五，必須不憚於重複地指出：專注、熱情、關愛、長期地以台灣農村中的人、生活、勞動、社會和環境入詩，有重要的意義。這與現代詩之都市的、個人的，沒有社會和生活焦點等特質之相對立，使吳晟和現代主義正式斷絕了過去微弱的連繫，走上獨立向著新的現實主義發展的道路。

〈一般的故事〉：最早的敘述詩

一九七三年，暫時擱下「吾鄉印象」系列的吳晟，仍有很好的收穫。他的〈階〉，為他來日臻於成熟的「愛荷華家書」，設立了吳晟獨有的情詩風格：把最深摯的感情，用抑制的，甚至腼覥的語言，通過現實的生活具體形象和經驗表達出來，沒有其他情詩中必有的夢幻、浪漫、不接人間實生活的那種語言和氣氛，卻感人至深。他也寫了像〈輓歌〉、像〈意外〉那麼悅耳、動心的歌謠似的作品，有愉快、潔淨的對位和副歌似的疊句，淙淙有聲，令人心搖容動。

〈一般的故事〉也是吳晟在一九七三年發表的重要作品。它的重要性在於用五個小節共計二十九行，述說一個老士官心懷故國鄉井的心情。吳晟有這些叫人難忘的句子：

日落後，所有歷史的哭聲
傾進你們的酒瓶裡——
將千言萬語釀成沉默釀成寂寞的酒瓶裡
猶如舉著山川河嶽，你們舉著杯
飲你們濃濃的鄉愁

飲你們綿綿密密的懷想

當你們的懷想，幽幽湧起
我總望見
一幅美麗而憂傷的版圖
在你們為烽煙
薰了又薰、烤了又烤的臉上
紋絡而出

〔……〕

山山水水之間，一奔馳
竟已耗盡了青春
一耽擱，竟已悠悠二十餘年
家園啊家園，隔著千重萬重煙硝

你們淒苦的眺望
何時才能棲止？

寫四十年國土分斷下痛徹心肺的思鄉懷國之情，吳晟特有的忠實、誠懇和深摯的關懷，瀰漫紙上，給人深刻的感動與嘆息。在沒有充分的參考資料的條件下，這篇文章的作者並且疑心：〈一般的故事〉是這一類描寫外省籍下級老士官的詩中最早的一篇也未可知。其次，就吳晟而言，〈一般的故事〉在七〇年代初，是行數最多、篇幅較長的一篇。這不只預告以後「愚直書簡」等系列連作中吳晟較長的詩之出現，也讓我們體會到吳晟在往後的長詩中樸實而真切地培造在愛故鄉、愛人民的基礎上的，對於中國的，出於愛的焦慮和關切。其次，〈一般的故事〉標誌著詩離開了對人與生活的冷漠與倦怠，擺脫了晦澀的思想和語言，終於又恢復了敘事的詩作可能性，為日後不斷發展的台灣現實主義的、敘事的詩風奠定了良好的開始。

一九七四—一九七七：走向成熟

一九七四年，世界發生頭一次石油危機，也為台灣加工出口經濟持續數年的成長，寫下一時的休止符。但就整個社會而言，除了工廠中現代的工資勞動者，過去持續成長的富足、樂觀，一時還縈繞不絕，未稍減退。

這一年，在寫過一種瀰漫著某種憂悒、乏力感甚至卑屈感和某種若「浮木」一般無依，一般失去前去的指向的〈夜盡〉和〈浮木〉之後，吳晟又開始接著寫下一直持續寫到一九七六年的「吾鄉印象」系列連作。

如果發表在七二年的一組「吾鄉印象」的焦點，是詩人所生長和生活的鄉村的人、生活、勞動和環境，這一年發表的一組，表現出這些更為鮮明更臻於完整的焦點：

第一，以母親——一位典型的台灣婦女農村勞動者——為焦點的，包括了〈泥土〉、〈臉〉、〈手〉、〈腳〉和〈野餐〉這幾篇素描與速寫連作。在這一系列中，吳晟已經脫離了單純地寫自己的母親，而經過典型化的形象，為我們生動地留下一張張台灣婦女農村勞動者的畫像：勤勞、正直、樸直、儉約、慈愛、坦誠。吳晟懷著深刻的敬意和熱愛，生動而深刻地刻劃了自己的母親，卻從而刻劃出三、四百年來在台灣農業生產和生活中擔負著重大任務的，在台灣的中國農民婦女的不朽的形象。離開了現代主義後的在台灣的中國新詩，在吳晟的作品中，終於優美地顯示：詩，是可以描寫和關心、歌頌人和他動人的生活的。

第二，以人與自然的關係及其相互間的感應為焦點。觀察和沉思人與自然（環境、動物、植物〉的關係，就好像觀察和沉思人與人的關係一樣，是現代主義所一般地不能的。從〈水稻〉、〈含羞草〉、〈秋收之後〉、〈木麻黃〉、〈牽牛花〉、〈檳榔樹〉和〈月橘〉，吳晟寫下了至今猶未為人超前的，尋求人與自然間相互和解與諧和的感情和思想。而吳晟又每在對於他所熟知的野生的，絕不是稀少嬌嫩的植物生命中，看出台灣勤勞人民的謙虛、務實、勤勉、不事虛華、忍耐、堅強、正直而獨立的人間性：

我們是驕傲的
野生植物，嗯！我們是卑微的
野生植物

默默接受各樣各式的腳步
任意踐踏；默默接受
圓鍬、鐮刀、或鋤頭，任意鏟除
我們的子子孫孫，依然蔓延

羊來吧！鵝來吧！牛隻來吧
並且，張開嘴巴，請便吧
和我們最親近的野孩子，也來吧
並且，奔跑吧！打滾吧

陽光和雨水，甚至春風
啥人也不能霸占
寬厚的土壤，不需要任何照料
咒詛吧！鄙視吧！鏟除吧
我們的子子孫孫，依然茂盛

我們是卑微的
野生植物，嗯！我們是驕傲的
野生植物

——〈野生植物〉

在「卑微」的勤勞生活中，看出農民強韌的容受力和生命力，看出他們絕不可蔑視的「驕傲」，不僅是蒼白的現代派們之所不能，怕也不是徒然把「鄉土」和「本土性」掛在嘴上的人們之所能罷。

第三、一直到〈月橘〉，吳晟極少表示他的抗議的態度。〈月橘〉開始有了諷刺，有了抗議。吳晟後期中常見的，苦口婆心的，對於不正、不真的規勸、呼籲和抗議，或者可以說是從〈月橘〉開始發展出來的。吳晟以他並不多見的調侃語言說道：

安安靜靜畢竟是好的
至少至少，免於吵吵鬧鬧
所以，我家主人
喧囂了又喧囂
掩沒我們所有的聲音，即使
微弱的抗議

整整齊齊畢竟是好的

至少至少，免於分歧，有礙瞻觀
所以，我家的主人
修了又修，剪了又剪
不容許我們的手臂，隨意伸舉

自從被移植為籬
昔日悠遊的歲月哪裡去了？
因為，我們是微賤的植物
我家主人，從未在意
在黑暗的土裡，我們的根
怎樣艱苦的伸展
怎樣緊密的交結。

——〈月橘〉

被主人「修了又修，剪了又剪」，被人蔑視和忽視的「月橘」，卻把根在「黑暗的泥土裡」「艱苦的伸展，緊密的交結」。在「卑賤」中看出勤勞者堅強的人間性的吳晟，寫出「卑賤」者終不可壓服的信念，對素來不喜歡別人「吵吵鬧鬧」，不喜歡別人「分歧」和「有礙瞻觀」的「主人」，加以並不刻毒的嘲諷。

這種寄意干涉生活的作品，到了一九七七年的一組以鄉村中常見的牲口為描寫焦點的詩中，有了進一步的，鮮明的發展。他寫雞的易於驚恐、焦慮和不安，寫在深夜孤單、多疑而恐懼地吠叫的狗；寫被迫「吃飽了睡、睡飽了吃」，生活在局促、骯髒的小小空間中的豬的悲哀；寫勞苦一生卻終不免死於屠刀，被耕耘機逐出了農田，在肉市場上又不敵於進口牛肉的牛的悲劇。到了寫〈羊〉，吳晟寫出了在生活中逆來順受、忍氣吞聲的人生。他寫道：

乖馴的一生，不敢奔馳
不敢大聲喊叫
也不敢仰起畏怯的眼神
期待什麼——
默默的低著頭嚼嚼雜草

默默的低著頭走回破草棚
乖馴的一生
你們默默沉思什麼？

這樣的筆法，離開早前單純地寫人、寫景、寫生活、寫植物相，已有多遠距離，是容易辨認的。吳晟以他特有的謹慎、正直和真誠，以及無從抑制的對於人和生活關心，一步步提高了他質問的聲音。

吳晟在這一個時期的作品的第四個特點，是他在語言表現和形式上趨向於成熟，是他的風格的顯明化、確立和洗練，為他在以後「愚直書簡」、「向孩子說」等系列，預備好條件。

〈熄燈後〉、〈日落後〉，似乎是〈階〉所延伸下來的，吳晟的「生活的情詩」。吳晟的情詩一個很大特點，是描寫在沉重的生活壓力下喘息的，兩個深深相許相愛的人的疲乏而深摯的情感。這樣的情感，尤其在飽受生活和世事的鞭打以後的中年，感人尤深。在〈日落後〉，他寫出這樣的句子：

日落後，自一場又一場

辛酸的搏鬥中，負傷歸來
每一道傷口，緩緩滲著
淒涼的血漬
瑣瑣碎碎的家務
也已蝕盡你的微笑

逐漸逐漸黯淡的燈光下
我不能接近
隱藏在你深處的寂寞
你也不能撫慰我的愴痛
雖然，我們如此貼近
你仍是你——孤單的你
我仍是我——孤單的我
紛亂的水流中，我只是一段

小小的浮木
你也是；不由自主的隨著我
隨著波浪浮沉
你能向我索求什麼？
我能向你索求什麼？

即使，循例的做愛
也是這樣淒涼
靠近我吧！靠近我吧
既然不能決定自己，又不能
相忘，讓我們以生命中的
餘溫，相互取暖

沉重的生活造成的傷口、人的疏隔、在生活的重壓下喘息的悲哀與孤單——卻仍然奮力相愛相持的畫面，簡直是畢卡索藍色的馬戲團後臺疲憊不堪的男女在台灣農村中的翻版。

〈堤上〉是吳晟幾首寫懷思亡父的詩中最好的一篇。正如〈秋末〉一樣，〈堤上〉精確的結構，自然真摯的語言，如同流傳已久的民謠一般的，流暢而悅耳的組織形式，都預言了在「愚直書簡」等系列中臻於成熟的吳晟的面貌。

到了七七年，吳晟的另一首重要的作品是〈長工阿伯〉。和〈一般的故事〉同樣是由二十九行詩句組成，卻採取了運動的、發展的敘事的技巧。一個名字早被人們遺忘的、自小孤苦伶仃的果園的園丁，在日據時代的末期被徵調到南洋，戰後又悄悄地回到「果樹園沉沉的暮色」裡。他寫道：

任命運隨意作弄
任欲隱不隱的傷痕，隨意鞭撻
不知道怨恨，更不懂控訴
馴服的長工阿伯
一生都是孤兒

因為自幼失怙（孤兒）而走向一生坎坷、辛酸的命運的「長工阿伯」，吳晟看到為歷史所撥弄的，世居於台灣的中國人的「孤兒」的悲劇。但這所謂「孤兒」意識，畢竟客觀地沒有進一步發展成其他少數一些人所主張的，相對於「中國．中國人」的「台灣．台灣人」意識，這是吳晟全部的作品所可以證實的。而這，基本上是由於吳晟天生的渾厚使然。

「向孩子說」系列

一九七七年，作為七〇年代初期「新詩論戰」的延長的「鄉土文學論戰」發生了。正好在這一年，吳晟開始發表另一個著名的系列性連作：「向孩子說」。這個系列寫作的時間比較長，從七七年開始一直到今（一九八三）年，前後已有六年，而且理論上還可以再繼續寫下去。

七〇年代的末葉，對於台灣，是充滿了激盪、挫折和反省的年代。七七年，鄉土文學論戰。七八年，中美斷絕了外交關係；七九年，發生了「高雄事件」。從七七年的〈負荷〉開始，一直到八三年的〈沒有權利〉，吳晟的「向孩子說」，一共寫了二十有九首。這個由二十九首詩組成的連作有這幾個特點：

第一，是在形式上以詩人對自己的子女，進而對於自己的學生和自己民族的後代說話的形式，漫發成為一個系列。而詩人的感情也逐漸從一個人的父兄、教師，不斷發展和上升到民族的父兄和教師，諄諄叮嚀，表現出作者對於民族明日的棟樑熱切的期待和關切。

第二，從七七年到七九年間，吳晟對於城市消費文明強力地向農村滲透，表示了極大之關懷。隨著大眾消費時代的來臨，台灣傳統農村中儉約、謙抑、勤勞、樸實、正直、誠懇的風氣和價值，迅速地在農村中崩潰。代之而起的，是享樂、消費、對商品的貪欲，虛榮和損人利己這些消費社會所形成的意識和價值之變革。這種意識和價值的「革命」，吸引了在台灣農村中從事教育工作和實際上的農業勞動的吳晟深切注意。他不斷地告誡民族的後代，要勤勞、樸素；不要羨慕虛榮；要肯定傳統農村的美德；要尊敬勤勞、平凡的人民，不向權力和財富諂笑屈膝……。這一類的詩，寫得優美、自然而真誠，在消費文化日益侵蝕著家庭和學校的教育時，這些詩中最好的作品，將長久地召喚人們反省的心靈：

因為你們身上沾滿了泥巴
他們竟說，你們是骯髒的
因為你們不會說 bye bye
他們竟說，你們是愚笨的

因為你們的粗布衣裳和赤足
他們竟說，你們是粗俗的

因為你們不喜歡誇示自己
也因為你們不善於花巧的言語
他們竟說，你們是自卑的

孩子呀！無論他們怎麼說
阿爸確信，你們是最乾淨的孩子
阿爸確信，你們深深的凝視最動人
阿爸確信，你們樸素的衣著最漂亮
而你們要堅持
非關自卑或自傲的自尊

——〈阿爸確信〉

吳晟要孩子們對質樸、自然的鄉村，堅定信心。他對孩子們說：

不用深黑的墨鏡
隱藏起眼睛
鄉下長大的孩子
喜歡迎向坦朗朗的陽光

不用漂亮的手帕
摀住鼻子，迅速走開
鄉下長大的孩子
喜歡堆肥熱騰騰的氣味

不用冰冷的冷氣機
隔絕熱情
鄉下長大的孩子

喜歡自自然然奔放的清風

不用眩人的皮鞋
墊高自己
鄉下長大的孩子
喜歡厚實的泥土

陽光啊，堆肥啊，清風啊，泥土啊
雖然，有些人不喜歡
鄉下長大的孩子
仍深深愛戀著你們

不少的時侯，吳晟批評了成人世界的苟且、苟活和懦弱，因此他叮嚀孩子們長大以後要活得挺拔、勇敢而正直。他說道：

阿公曾向阿爸一再叮嚀
不聽話的孩子
不討人喜歡
即使你的道理千真萬確
也不要表示
以免遭受排擠

阿公曾向阿爸一再叮嚀
太多意見的孩子
容易惹人厭煩
你要懂得
以沉默來保護自己

阿公曾向阿爸一再叮嚀
在刀槍和強權之前

說真心話，是要遭殃的
即使抗議
也要深深隱藏在心中

孩子呀！阿爸卻多麼希望
你們有什麼話要說
就披肝瀝膽的說出來
不要像阿爸畏畏縮縮

可是，孩子呀
阿爸又多麼擔憂，你們的勇氣
將招來無數可怖的傷害
降臨你們身上

在他著名的〈甘薯地圖〉中，吳晟諄諄叮嚀孩子們，千萬不要忘記先民在台灣踩過來的無數艱辛的腳印；〈負荷〉、〈無止無盡〉寫吳晟對民族後代銘心刻骨的牽掛。在七九年發表的〈草坪〉，寫出了對於在中美斷交後，不能抗拒謠傳和恐懼的落葉，紛紛脫產逃亡的人們，在孩子面前，提出批評，並且一再讚賞「別人的草坪，再怎麼美麗，還是別人的草坪」的孩子們自己的想法。到了〈勞動服務〉和〈晨讀〉，吳晟作為一民族的父兄和教師之一，更加闊大了他關心的焦點，寫出這些奔騰而至的，蒼茫雄渾詩句：

聽一聽我們的江河，有多少話要說
探一探我們的山嶽，蘊藏多少博愛
望一望我們的平原，胸懷有多遼闊
告訴你們不要忘了
這是我們未曾見過
卻是多麼親切的江河山嶽和平原

——〈晨讀〉

七九年底，高雄事件發生。它無可諱言地對民族的團結造成了一定的損害。一九八〇年，吳晟發表了這一首動人而發人深省的詩。他說道：

弟弟不贊同你的意見
你便繃緊臉喝叱他是壞人
阻止他開口
你以為不斷大聲說話
就是占有真理嗎

弟弟不喜歡你的作風
你便氣呼呼的揮動拳頭
強迫他順從
你是企圖掩飾什麼嗎
你是擔心權威動搖嗎

孩子呀！不要忘記

你們是至親兄弟
應該可以誠意的討論
應該有包容的胸襟
為什麼不伸出溫暖的手掌

〔……〕

每一次看見你趾高氣揚
阿爸的心多麼絞痛
孩子呀！不要忘記
一時的得意
往往是無數怨恨的種子
撒播在深深裂開的傷口上
將暗中發芽、暗中滋長
不愛護自己的親族

一九八三年六月

怎能關心更廣大的人群
孩子呀！不要忘記
你們是至親兄弟
為什麼不伸出溫暖的手掌

發表在八一年以〈惡夢〉，寫一個父親面對在惡夢中申訴自己的委屈的孩子的心情：

你在夢中的每一聲叫喊
一定是默默承受了不少委屈
逼出來的
你為什麼不論辯呢
是家裡充滿了不許爭論的氣氛
是阿爸有記帳的習慣
而你害怕遭到更嚴厲的處罰嗎

八二年，吳晟發表了〈紛爭〉，藉著一個父親面對著相互指控和仇怨，發出「痛徹肺腑的嘆息」。這首詩，是這樣結束的：

多年來，你們為了指控
自己的兄弟，耗盡心思
寧願讓仇恨蛀蝕親族的和氣
寧願讓私慾敗壞家族的生機
孩子呀！你們是否聽見
阿爸痛徹肺腑的嘆息

繼承了台灣農村人民堅持家庭和睦，協力興家這種傳統情感的吳晟，對於民族內部和平與團結，抱著多麼沉重、苦痛的願望。他對於橫暴的兄弟，做了父兄、教師一般嚴厲的責備，對於受到新創的民族團結，發生了「痛徹肺腑的嘆息」。

「愚直書簡」

石油危機（一九七四年）以後，我們退出了聯合國。接著，外交局勢迅速起了再編成的運動。在這個背景下，台灣的有產者，不分本省、外省，競相脫產渡美。七八年，中美斷交，這種台灣高所得者的逃亡風更熾。就在這一年，吳晟以「愚直書簡」為名，發表了由六首詩組成的連作，把描寫和關心的焦點，鮮明地擺在各式各樣已經走了、正想走，或者走了卻打定主意永遠不回來的人身上。

在這個系列連作中，尤其在討論一個嚴肅的主題時，吳晟依然是那樣真誠而純樸，以他那「忍抑不住」的憂慮，向人苦口婆心地、細細地訴說著。〈美國籍〉寫一個出身農村的秀才型青年，在美國定居置產，把一個「無止無盡」地「牽掛」著他的老母親，和「不成器」的弟妹留在台灣。吳晟寫道：

是的，我們都很令你失望
甚至令你感到羞恥
正如艱苦地養育我們長大的

中國的這塊蕃薯土地
不能帶給你光彩和榮耀

〔……〕

聽說，你也入了美國籍
生活非常忙碌
你一定有不得已的苦衷吧
不知道，你可曾像母親這樣惦念你
惦念著逐漸衰老的母親
不知道，我們從小吃慣的
又好吃又便宜的蕃藷
可曾在你的記憶中出現
不知道，你在遙遠的異國
為誰而忙碌，為什麼而忙碌

一九八三年六月

在〈你也走了〉這首詩中，吳晟寫了一個在求學時代「曾以多麼沉悒的激情／和我一再約定／要為被殖民過的／〔……〕／中國的這一塊蕃藷土地／爭回尊嚴」，並且「時時鼓舞著容易頹喪的我／時時溫暖著在鄉村耕作的我」的這樣一個朋友，在富裕的雙親周到的安排下，永久居於「異國」。詩人問他「你出去做什麼呢／為了學業嗎？為了考察嗎」這就是詩人得到的答案。吳晟說：

我怎麼也料想不到，你竟說
有辦法的人，不是紛紛走了
或是牽親引戚
拿綠卡，隨時準備走嗎

吳晟也寫一個到異國後第一次「歸來」時，還傾訴「對家鄉日日夜夜的思慕」的人，第二次回來時，已滔滔地敘述著「在異國繽紛多姿的生活」了。等到他第三次回來，對於異國卻充滿了「無限的嚮往」。吳晟憂愁地問道：

你在到處是劍的島國

怎樣漠視每一支劍上
仍流著中國人民慘痛的鮮血？
怎樣遺忘曾是殖民地的家鄉
受盡踐踏和凌辱的控訴？

〈過客〉套用了著名的詩人鄭愁予的名句，巧妙地表現了「過客」的心態。〈歸來〉則寫一個曾經一道在鄉下長大的「歸國學人」，在不知不覺中，對故鄉台灣萬般不屑的情感。

「愛荷華家書」

一九八〇年九月，吳晟受到美國愛荷華大學國際寫作計畫（IWP）的邀請，遊美約四個月。這次遊美，曾經給予溫和，內抑的吳晟一種複雜而重大的衝擊。這樣的衝擊，在較長的未來，將給予吳晟文學什麼樣的影響，在目前，即使吳晟自己，也難於預說罷。但是，遊美四月，心情的震駭和激盪，卻平添了他對他一向深愛的妻子兒女的懷念。一九八一年，由〈信箋〉、〈洗衣的心情〉、〈從未料想過〉和〈遊船上〉所構成的「愛荷華家書」發表了。從〈階〉以來一直發展出來的吳晟獨到的「生活的情詩」，至此已到了更為完整的境地。這裡只要舉一首他的〈從未料想過〉，就足以體會他那樸實、真摯、深及骨髓的愛情，怎樣透過現實、具體的生活，表現了出來。

又從夢見你的睡夢中醒來
睜著雙眼，繼續想你
床頭的小燈，竟這樣刺眼
悠悠忽忽地亮了一整夜

直到親情和鄉情
占滿了我們的心胸
直到忙碌而恬靜的生活
平淡了功名
天涯作客的浪漫情懷
也曾在年少的時光

和你日夜編織

從未料想過
早已習慣了
在你布置的溫柔燈光下入睡
又特別容易牽掛的中年
獨自遠離家鄉
夜夜，在客居的小房間
輾轉反側，換來消瘦

是為了學習詩藝而來嗎
最美好的詩
就寫在孩子們和你
紅潤的笑臉上
是為了尋找什麼夢想嗎？

一九八三年六月

最可親的希望
就在我們自己的家鄉

又從夢見你的睡夢中醒來
睜著雙眼，繼續想你
不是漂泊，不是流放
只是短暫的遊歷
日子竟過得如此遲緩

吳晟的技巧和語言

吳晟絕不是一個喜愛雕琢的詩人。不，有時候，他毋寧是過分樸實無華的。他的詩，就像他的人，像他所懷著敬意去描述的台灣農民：樸實、謙和，怎麼也不肯說假話。但是在另一方面，吳晟卻在多處表現出他在語言轉接時某種巧妙怡人的技巧。

首先，我們覺得吳晟喜歡而且擅長在一首詩中用相同或相似的連接詞，不但分出了一首詩的幾個段落，也使全篇形成一個統一的結構。例如〈秋末〉，第一段是這樣開始的。

不必告訴我什麼
秋風啊，你們要怎麼蕭瑟的吹
就怎麼吹
不必告訴我
流落異國的孩子
怎麼抵禦寒冷的鄉愁

就這樣，吳晟一共用了六次由「不必告訴我……」開始的詩句，把全詩精巧地連接了起來。

在〈意外〉裡，這種由相似的連接詞連串全篇的技巧，尤為活潑可喜：

一粒怯怯的種籽，如何
而芽而苗而青青的樹
〔……〕

如何，小小的我驚惶的來臨
那只是一件非常偶然的
小小、小小的意外

一株青青的樹，如何
而枝而葉而不怎麼芬芳的花
以多少淒清的夜晚熬著屈辱
如何，在一本小詩刊上
有人竟讀到我小小的才華
那只是一件非常偶然的
小小、小小的意外

就這樣，吳晟以這樣的句型組成了他的〈意外〉：

—……，如何

而……
以……
如何，……
那只是一件非常偶然的
小小、小小的意外

此外，類似的技法，幾乎俯拾即是。例如他的〈諦聽〉吧，吳晟寫得真像一首悅耳的民謠：

紛亂的雨聲，哀哭的風聲中
多少的鳥，將無巢可棲
多少的花，將無果可結
那是你管不了的事
還有多少寧靜的庭院，將怎樣惶惑
還有多少平坦的道路，將怎樣泥濘
那也是你管不了的事

更有多少焦急的訊息，將無從傳遞
更有多少其名的驚懼，將無從依恃
更有多少的冤屈，將無從申訴
那更是你管不了的事
然而，黑天黑地裡
你的不眠，在諦聽什麼？

紛亂的雨聲，哀哭的風聲中
一卷史冊各種調子的悲聲，何時終止
一副版圖各種姿態的血腥，如何洗清
那是你管不了的事啊
然而，黑天暗地裡
你的無奈，在諦聽什麼？

疑問連接詞（多少的……）和牧歌似的疊句（那是你管不了的事，等等）造成一種反覆詠歎的效果。此外〈秋末〉的四個組成段落，都是使用相同（類似）的句型變奏而成。〈秋日〉和〈自白〉也一樣。

這種以某種相同或相似的句型去延續成詩的技巧，自然地構成樂句之於樂曲那樣的效果。前揭的〈階〉、〈諦聽〉、〈輓歌〉、和〈輪〉、〈堤上〉、〈牽牛花〉等等，讀來自有琤淙的、小品曲樂之美。例如〈階〉，在這首詩的首段與結尾的一段，以相同的、相似的句子寫成，以「漫長的此階太長、太寂寥／請陪我，也讓我陪你／仔仔細細的踱到盡端」始，而以「漫長的此階太長、太寂寥／請陪我，也讓我陪你／仔仔細細的踱到盡端／此階將更長，但不寂寥」結束。再如前面引用過的〈意外〉，每一段都是用一個句型的組合，每一段的最後兩行，都以同樣的疊句「那只是一件非常偶然的／小小、小小的意外」做結。再如〈輪〉和〈堤上〉，都是用兩段結構完全相似的部分結合而成，寫詩人對上一代和下一代的溫馨的情感。這種精巧的結構，到了「吾鄉印象」中的〈牽牛花〉，就顯得更為洗練了：

在陽光下奔跑，在月光下嬉戲的
吾鄉的囝子，哪裡去了？
他們蹲在小小的電視機前面

吾鄉的牽牛花，不安的注視著

在陽光下流汗，在月光下歌唱的
吾鄉的少年仔，哪裡去了？
他們湧去一家家的工廠
吾鄉的牽牛花，寂寞的尋找著

在陽光下微笑，在月光下說故事的
吾鄉的老人家，哪裡去了？
他們擠在荒涼的公墓
吾鄉的牽牛花，憂悒的懷念著

有一天，我們將去了哪裡？
吾鄉的牽牛花，惶恐地納悶著

作為韻文的重要形式的中國新詩，在脫離了中國舊詩詞以後的發展，是一個漫長的、尋求新的韻律和新的音感的實驗過程。然而在台灣，一因和三〇年代、四〇年代新詩的傳統斷絕，二因中國古典文學教育在學校和社會中的荒廢，三因資本主義社會中必有的語言的庸俗化和簡單化，使語言化約成為報紙、電報、廣告的語言，四因二十多年來台灣現代主義對漢語的嚴重破壞，使得新詩在台灣追索新韻律的工作，必須由個別的詩人，在各別所能運用的資源中，做出極為困難而漫長的摸索和實驗。吳晟，便是台灣極少數自覺地探索新詩在音韻上新的可能性的詩人之一。而他一點一滴摸索出來的，都將成為繼台灣現代詩的式微之後重新尋求新的發展的新詩運動的寶貴的資源。

吳晟還有一個在語言上的小小的趣味，那就是他喜歡一種逆說式的表現。例如：

說不上甘願或不甘願

——〈十年〉

有日或無日可向

有陽光或無陽光可仰望

——〈葵花〉

赤膊，無關乎瀟灑
赤足，無關乎詩意

——〈土〉

詠嘆自己的詠嘆
無關乎閒愁逸致，更無關乎
走進不走進歷史

——〈土〉

無所謂的陰著或藍著

——〈序說〉

雀鳥無關快樂不快樂的歌聲

——〈晨景〉

勤快地浣洗陳舊或不陳舊的流言

——〈晨景〉

——〈晨景〉

這樣的句子，其實是小小的琢磨，在恰到好處時，有令人愉悅會心的效果，也適當地成為吳晟語言的風格。且所好的是：吳晟並沒有把玩類似的句構一至冗濫的地步。

人間吳晟

吳晟的詩一個很大的特質，是在於他誠實、正直、專注、集中地描寫和表現了二十年來台灣農村的物質和精神的面貌；描寫並表現出台灣農村的人和他們的生活與勞動；也描寫了台灣農村中的自然環境，以及人和這環境的交涉。在台灣的大眾消費社會扭曲地發展的行程中，以及在這行程中伴隨的各種以城市、商品、消費為軸心的大眾意識巨大的變革期中，吳晟堅定、謙卑、誠懇地把他的畫布長期而集中地面向台灣的農村和農村中傳統的價值，並且，更為重要的，是吳晟用了他獨有的樸質的、悅耳的、洗鍊的語言和形式，通過形象化的思考，美好地把他「忍抑不住」的心境表現了出來。

這種「鄉下人」的正直卻不驕狂、謙抑卻絕不是沒有堅持的自尊、苦痛卻基本上不失望、憤怒卻總以一種「忍抑不住」的苦口婆心去抗議……的性格，對於熟識吳晟的人，其實是人間吳晟與詩人的吳晟驚人的一致性表現。人間吳晟決定了他對人與人、人與生活（勞動）、人與自然諸關係的觀點（意識形態）。而這些觀點，經過詩化的過程，表現為吳晟的藝術。那麼，人間吳晟，具備了什麼樣的性格呢？我們以為，詩集《泥土》的三篇序詩，無疑是吳晟比較鮮明的自狀。

在城市的消費文明，以及傳統農村價值之間，他有過掙扎。在〈自白〉中，他說「不願隱藏起太陽／長期熬煉過的皮膚／卻又不能漠視／不屑的眼色」，「不能拒絕皮鞋光亮的誘惑／卻又深深愛戀／粗糙的一雙泥腳／不願和土地斷絕親緣」……。然而，吳晟終於讓渾厚的農村的人的傳統和價值取得了勝利，而有「向孩子說」、「愚直書簡」等系列中那種自然、正直而堅定的反消費文明的力量。他說：

和我們生長的鄉村一樣
不習慣裝腔作勢
〔……〕

和我們日日親近的泥土一樣
不喜歡說漂亮話
〔……〕
孩子呀！阿爸偶爾寫的詩
無意引來任何讚嘆
也不必憑藉任何掌聲
和我們每天在一起勞動的村民一樣
對深奧的大道理，非常陌生
又欠缺曲曲折折的奇思妙想
只是一些些
對生命忍抑不住的感激與掛慮

——〈阿爸偶爾寫的詩〉

吳晟的聲音，絕不是囂張、高亢的。他有「鄉下人」獨有的謙遜、卻在這一份謙遜中涵育了一份寬大、遼闊而又堅定的「矜持與固執」。

明知靈巧討人喜歡
仍然泥土般笨拙
不懂裝模作樣
不懂拍掌，不懂迎合
不懂鞠躬哈腰，握手寒暄

——〈自白〉

明知所有的議論
都是徒然
仍然忍不住悄悄發言
向一樣卑微的同伴

——〈自白〉

其實，所謂「對生命忍抑不住的感激與掛慮」，最足以說明吳晟一切較好的作品的基本神髓。他對於生活、對於自然，保持著一種於城市生活為難能的、易感的心，從而經常有發自內心的「忍抑不住的感激」。而他對於現代生活中工業、技術、道德敗壞、政治和社會的不良，永遠發出一種舌敝唇焦、苦口婆心的「忍抑不住的掛慮」的聲音。而這樣的吳晟，卻又有他自在的寬闊：

一行一行笨拙的足印
沿著寬厚的田畝，也沿著祖先
滴不盡的汗漬
寫上誠誠懇懇的土地
不爭、不吵，沉默的等待

如果，開一些兒花，結一些兒果
那是獻上怎樣的感激
如果，冷冷漠漠的病蟲害

或是狂暴的風雨
蝕盡所有辛辛苦苦寫上去的足印
不悲、不怨、繼續走下去

不掛刀、不佩劍
也不談經論道說賢話聖
安安分分握鋤荷犁的行程
有一天，被迫停下來
也願躺成一大片
寬厚的土地

——〈土〉

是這樣一個人間的吳晟，在他的詩文學上的展開，構成了吳晟全部的詩的世界。在這個世界裡，首先是他所生長的物質的、自然的環境，即他的故鄉。他像一個風景畫家，長期、集中地描繪著他故鄉的一條小路、草木、店仔頭、田園，以及在這環境中的人和他們的工作與活動。從較早的〈輪〉、〈堤上〉，一直到「吾鄉印象」系列、「愚直書簡」系列，都以他的經驗中的農村風土，作為重要的場景。

吳晟以極大的熱情寫自己的母親，並且成功地把母親的形象擴大投射到整個台灣農村中堅忍、勤勞、正直的婦女農業勞動者和母性。他寫自己妻子，寫自己深深疼愛的兒女，並且在發展起來的「向孩子說」系列，把自己對兒女的一些「掛慮」和愛，擴充為對於整個民族後代的關切。他也以無比的眷戀，寫他早逝的父親。

因此，總的看來，吳晟基本上並不是一個「激進」的，急於「改造」世界的詩人。他有濃厚的對於母親、亡父、妻子、兒女、朋友的情感，而這些情感在他的生活中占著極關輕重的位置。而他對於鄉土、民族和國家的情感，也是具體而實在地從這些家族血緣之愛擴充而大之的結果。他是一個十分敬重和孝順父母的人。他深愛自己的子女，幼兒在夢中的不安與驚惶，都足以牽動他整個父親的掛慮。他以他獨自的方式，敬愛給予他極大的幫助，並為了他和兒女做出巨大犧牲的妻子。從這樣的一個吳晟出發，他自然而真誠地反對奢華、虛偽、欺詐、脫產逃亡、民族內部的不公正、不公平和欺凌、對自然生態的破壞，正如同他自然而真誠地歌頌勤勞、正直、卑微而不失自尊、平凡而自具尊嚴、無私的愛鄉、愛民族的情感，以及淡泊、潔淨的生活。因此，他的歌頌是誠懇、自然而謙抑的，沒有高亢的音調和以為正義已經掌握在自己手中的那種驕盛之心。也因此，他的抗議，也只是「忍抑」了又「忍抑」的「忍抑不住的掛慮」所發出來的憂愁。吳晟不是一個望之生威，以一股道德的義忿面斥君王的那種「先知」式的詩人，而是一個謙遜、忠謹、正直、誠實、為天下蒼生心憂如焚的，隱乎鄉野的「野人」。他動人之處，正好是他那種憂煩不可自抑，獨自向不平、不公苦口婆心的聲音。而吳晟的缺點，也正好是在他過分的自抑和自制，使他有時無法發出更為昂揚、更為解放的聲音，使他的詩的音域，受到一時的限制。

從六〇年代末一直到整個七〇年代，吳晟勤勉地寫下這許多詩篇。其中最好的作品，不論在語言、形式和意念上，都有很好的成績，並且對於年輕的詩文學青年以一定的影響。尤其重要的是，在七〇年代初新詩論戰，深入批判了現代主義以後的台灣詩壇，提供了一些現實主義的、描寫表現在台灣農村社會中的人和生活的、深切關懷民族前途的，真摯而誠懇、颯爽的好詩。我們認為這是重要的。因為從五〇年代到六〇年代，現代詩的語言、觀念和形式，有很大的影響力，馴至一些文學青年，不知道除了現代詩以外，還有別的語言和形式。在新詩論戰以後，現代詩基本上失去了過去的支配地位，而詩的語言、形式也失去了典型。在這樣的時候，吳晟自己孤獨地發展出來的道路，影響是大而深遠的。

更開闊的道路

特別是一九七九年以後，語言明晰的、現實主義的、深切干涉生活的詩，以完全相對於現代主義的特質不斷地發展起來了。當我們想起這一條道路最早的開拓者，我們就不能不想到吳晟、蔣勳、施善繼和一些別人的名字。當然，我們還能想起稍後的鄭炯明、詹澈、廖莫白，和楊渡、林華洲等這些名字。然而他們和一些我的研究所不知的人們，絕不就是一個新運動的領袖。對於對現代詩批判後新傾向的詩抱著熱情、關切的期待的人，都應該認真、熱情地檢討七〇年代以來這十幾年中，「後．現代主義」的詩中存在的若干問題：

（一）在語言上，還要再求精確、優美。詩，不論如何，是一種美文，要求用最精煉的、巧妙的詞語，去表現最準確、精要的思想和情感。我們的詩人，應該有意識、有計畫地重新在中國舊韻文傳統中吸取其中的精華，重新認真地從中國傳統文學中學習漢語最豐富、優美的詞語，使我們的語言更加豐富起來，更加準確和精美。在漢語的一般在台灣日趨於平庸粗俗的今日，詩人們重新回到中國文學豐富的資源中汲取新的原創力，成為他創作上的重要功課。

（二）批判了現代詩以後，我們的題材開闊了，我們關心的焦點也廣闊了。但是表現這些活生生的生活、社會和人，還要有一個認識的問題。詩人必須有他自己對於人、生活和自然的認識，經由這認識的組織、簡化或延漫，發而為詩，才有自由、切當的表現。目前我們有不少詩，感覺得到詩人淑世的熱情，卻由於對自己的思想還沒有進一步加以整理，就鋪寫成章，造成另一種晦澀，也造成某種太過於機械化、庸俗化的傾向，馴至千篇一律，缺少原創性的變化。有些對我們懷著惡意的人，說我們的詩是「口號和教條」，就是指著這些錯誤吧。

(三)十年，不算是個短的時間。因此，我們的詩人，似乎應該停一停腳步，坐下來做一點檢討和反省。我們的語言、思考和學習上，做得夠不夠？我們是不是過分關心我們已有的一些初步的成績，是不是太過相信和在意已有的一點虛名，太過注重小幫小派的是非，而較少懷著嚴肅的心情不斷地反省和檢討。我們是不是做了過多的互相吹捧，卻沒有相互幫助和批評的品質？

幾十年來，這篇文章的作者，一直對台灣的詩界抱持深切的關心。但他本身卻不會也不曾寫過詩，嚴肅地說，他是詩界的門外漢。但是為了他的過分熱心，他終於不可自禁地就他熟識的幾個朋友寫的詩，寫了一些評論的文字。這些朋友，是蔣勳、施善繼。這第三篇文章，則也是談他所愛重的朋友吳晟的詩。在這期間，他也讀了一些詩論和文學評論，深覺得時下文學批評文風之濁惡，已到不容忽視的地步。許多評論，不但文理不能通順，很缺少論證的嚴肅和憑據，而且有許許多多沒有推論過程和論理過程的論斷與陳述。由於受到這種文評的惡文風所驚，這篇文章的作者，開始有這疑慮：他自己的評論文章，必定也難免有這些不好的地方。他自知自己不是一個嚴謹用功的治學家，沒有受過很好的學院式嚴格的訓練。糾正評論的惡文風，應該由他自己開始。因此，他決定寫完他早在二、三年前應許過的吳晟後，應該至少暫時退出詩評的工作。他深切盼望對新詩更有研究、學養好、訓練好的年輕的詩評論家出現，建立起兼有權威性和指導性的詩批評，把時下黨同伐異，學養粗陋、文采鄙惡的一些評論一掃而光。

這篇文章的作者必須在這兒向我們詩壇的先輩、同輩和更年輕一代朋友深致謝罪之意。他於台灣詩界所知不多，於詩藝術也毫無修養，卻敢恣意論評，其中的錯誤，必然甚多。在引證一些人名和事實時，必然也有很多疏漏不備之處。凡此一切，皆由於他的不學寡陋所致，絕不是他有意要抹煞、忽視甚至抑壓哪一些人或哪一個宗派，進而欲別立一「派」。他並且要求詩壇上的朋友們，憑著他對真正亟思進步和發展的新詩所抱的真誠的關心，原諒他的無知和造次。

台灣的新詩，即使是現在，有表面的喧嘩和鬧熱。但是，我們很少聽見一種深刻的反省和批判的聲音。正相反，我們卻時常聽見一些人汲汲於立宗設派，為自己建造「正統」的牌樓。凡有詩刊、有麥克風的地方，都可以看到他們熱情的面孔。但卻很少有極好、極真實的作品。人多勢眾，鑼鼓喧天，絕不等於文學的評價。愚昧、黑暗、橫暴者之所懼，是一首又一首犀利、優美、動人、巧絕的好詩，而不是一些詩人們相聚飲宴時的喧嘩之聲。

這實在是一個危機，不容忽視。我們希望整個詩壇清醒起來，認真地進行一次對自己的反省和批評，檢視我們隊伍中既有的一些問題，為了更好、更堅定、更長遠地走上一條更開闊的道路。

在結束詩評工作時，這篇文章的作者把在現代主義的廢墟中栽種新的詩風的朋友們需要進行一次反省和檢討的這個問題意識，貢獻給吳晟和其他的朋友們，作為他對於朋友們深刻的敬重和期許。

附記：本文付梓前，吳晟來信，就他若干作品的寫作年代提出訂正，特此將吳晟來信有關部分補充如後：

〈也許〉不是一九七〇年的作品，而是和〈空白〉、〈岸上〉……一樣是「不知名的海岸」詩輯中的一首。「不知名的海岸」是我最早的組詩，寫於一九六七年。

〈一般的故事〉發表於一九七三年。

我的文字，寫作和發表，往往相距好幾年。尤其是一九六五年到一九七〇年，就讀農專期間，雖然寫了不少，但都刊登在自己主編的校刊和校報上，而不對外投稿，直到一九七〇年認識了痖弦，一九七一年返鄉任教後，經他鼓勵，才整理了一些寄去給他發表。像〈秋日〉、〈階〉、〈雕像〉、〈夜的瞳話〉、〈一般的故事〉、〈長工阿伯〉、等等。

初刊一九八三年六月《文季：文學雙月刊》第一卷第二期，署名許南村
收入一九八四年九月遠景出版社《孤兒的歷史．歷史的孤兒》，一九八八年四月人間出版社《陳映真作品集10．走出國境內的異國》
本文按人間版校訂

1 本篇初刊《文季》版題為〈試論吳晟的詩〉，收入一九八八年人間版時易題為〈試論吳晟的詩——序吳晟《泥土》〉，但查吳晟《泥土》詩集並未收入為序。由於初刊版多處誤植，內文按人間版校訂，篇題則從初刊版，引述詩作據吳晟《泥土》（遠景，一九七九年）、《吾鄉印象》（洪範，一九八五年）、《向孩子說》（洪範，一九八五年）等詩集校訂。

七七抗戰四十六週年紀念講演會・主席致詞[1]

各位來賓，各位朋友：

今天，我能夠站在這裡主持中華雜誌社今年度的「七七抗戰紀念講演會」，覺得十分榮幸。我是在一九三七年，七七事變的民國二十六年在台灣生下來的。我常聽我的父母親說，在抗日戰爭的烽火中生下我，他們預想等到我長大了，這場戰爭應該早已結束，從而希望我的一生能在一個和平，沒有戰爭的世界中度過。

果然，世界戰爭早在三十多年前結束，而我已步入中年。但是這個世界卻仍然為越來越濃密的核子戰爭的陰影所籠罩。霸權國家的經濟、政治的支配力和在戰後日本快速復活的新軍國主義，正與日俱增地威脅著東方各國民族和人民。在這個背景下，中華雜誌從民國六十年起，每年七七這一天用她自己的力量，舉行紀念演講會，博得海內外愛國的同胞、知識分子和青年高度的評價。但是，我們認為，每年一度的七七紀念講演會能夠以無比堅定的毅力，在台灣年年舉辦，最中心的精神力量，來自胡秋原先生所代表的，中國人民莊嚴的，不可侮辱的中華民族沛然不可打倒的民族主義精神。朋友們，讓我們向胡秋原先生致敬！（掌聲）

今年的講演會，我們在內容上和往年有些不同。和往年比較起來，今年的講題，較少情緒性之控訴，而增加了對於日本的理性的批判和分析研究。因此，今年我們要在「認識日本」這個總題之下，請楊仲揆先生講「日本人的民族性」，從日本民族性格中的優點和缺點加以討論。陳嘉驥先生的報告，是「日本人在東北的細菌戰」，把去年間在日本揭露出來的，日本在我國東北所進行的一樁慘無人道的戰爭醫學研究資料，向大家做一個精簡的報告。接著，我們請蘇慶黎小姐就「日本的產軍複合體和日本軍國主義復活」做一個報告。她將從所謂軍事、工業複合體（military-industry conglomerator）在戰後日本的形成，以及這複合體怎樣地必然驅使日本走向再侵略的道路。最後，我們將請本刊資深編輯許良雄先生講「日本經濟對台灣的控制」。他將從具體分析和客觀資料，去分析日本在戰後對台灣經濟、工商業等方面的支配性影響。

各位朋友，我們無心在這裡重新挑起中日兩個民族的新仇舊恨。這不是我們辦講演會的目的。我們不惜花費我們的努力，年年舉辦這個講演會，是為了少數一些日本人仍然沒有從上次戰敗中汲取應有的教訓，並且在那裡為日本的再侵略從軍事、政治、文化、思想上做準備的工作。我們辦七七紀念會，為的是團結愛好和平與進步的中國人民、日本人民和亞洲人民，防止日本軍國主義的復活，並且為打擊復活的日本軍國主義，促進亞洲各民族和人民真誠的友誼、和平、進步、民主與自由做最好的準備！

年來，「中華」在舉辦七七抗日紀念會的工作上，得到越來越多、越來越廣泛的支持。我們的朋友越來越多了！今年，同我們協辦這次紀念講演會的單位，多達二十一個單位，讓我們對他們表示歡迎！（掌聲）

初刊一九八三年八月《中華雜誌》第二十一卷總二四一期

1 本篇刊載於《中華雜誌》「七七抗戰四十六週年紀念講演會」專題。講演會時間：一九八三年七月七日；地點：台北耕莘文教院；主席：陳映真；演講者：楊仲揆、陳嘉驥、蘇慶黎、許良雄、胡秋原。

山路

「楊教授，特三病房那位太太[1]……」

他從病房隨著這位剛剛查好病房的主治大夫，到護士站裡來。年輕的陳醫生和王醫生恭謹地站在那位被稱為「楊教授」的、身材頎長、一頭灰色的鬈髮的老醫生的身邊，肅然地聽他一邊翻閱厚厚的病歷，一邊喁喁地論說著。

現在他只好靜靜地站在護士站中的一角。看看白衣白裙、白襪白鞋的護士們在他身邊匆忙地走著，他開始對於在這空間中顯然是多餘的自己，感到彷彿闖進了他不該出現的場所的那種歉疚和不安。他抬起頭，恰好看見楊教授寬邊的、黑色玳瑁眼鏡後面，一雙疲倦的眼睛。

「楊大夫，楊教授！」他說。

兩個年輕的醫生和楊教授都安靜地凝視著他。電話嗚嗚地響了。「內分泌科。」一個護士說。

「楊教授，請問一下，特三病房那位老太太，是怎麼個情況？」

他走向前去。陳醫生在病歷堆中找出一個嶄新的病歷資料。

楊教授開始翻閱病歷，同時低聲向王醫生詢問著什麼。然後那小醫生抬起頭來，說：

「楊教授問你，是病人的……病人的什麼人？」

「弟弟。」他說，「不……是小叔罷。」他笑了起來。「伊是我大嫂。」他說。

他於是在西裝上身的口袋中，掏出了一張名片，拘禮地遞給了楊教授。

「李國木

誠信會計師事務所」

楊教授把名片看了看，就交給在他右首的陳醫生，讓他用小釘書機把片子釘在病歷檔案上。

「我們，恐怕還要再做幾個檢查看看。」楊教授說，沉吟著：「請你再說說看，這位老太太發病的情形。」

「發病的情形？哦，」他說，「伊就是那樣地萎弱下來。好好的一個人，突然就那樣地萎弱下來了。」

楊教授沉默著，用雙手環抱著自己的前胸。他看見楊教授的左手，粗大而顯出職業性的潔淨。左手腕上帶著一隻金色的、顯然是極為名貴的手錶。楊教授嘆了口氣，望了望陳醫師，陳醫師便說：

「楊教授的意思，是說，有沒有特別原因，啊，譬如說，過分的憂愁，忿怒啦……」

「噢，」他說。

轉到台北這家著名的教學醫院之前，看過幾家私人診所和綜合醫院，但卻從來沒有一家問過這樣的問題。但是，一時間，當著許多人，他近乎本能地說了謊。

「噢，」他說，「沒有，沒有……」

「這樣，你回去仔細想想。」楊教授一邊走出護士站，一邊說，「我們怕是還要為伊做幾個檢查的。」

他走回特三病房。他的老大嫂睡著了。他看著在這近一個半月來明顯地消瘦下來的伊的側臉，輕輕地擱在一只十分乾淨、鬆軟的枕頭上。特等病房裡，有地毯、電話、冰箱、小廚房、電視和獨立的盥洗室。方才等他來接了班，回去煮些滋補的東西的他的妻子，把這病房收拾得真是窗明几淨。暖氣颼颼地吹著。他脫下外衣，輕輕地走到窗口。窗外的地面上，是一個寬闊的、古風的水池。水池周圍種滿了各種熱帶性的大葉子植物。從四樓的這個窗口望下去，高高噴起的噴泉水，形成一片薄薄的白霧，像是在風中輕輕飄動的薄紗，在肥大茂盛的樹葉，在錯落有致的臥石和池中碩大的、白的和紅的鯉魚上，搖曳生姿。

寒流襲來的深春，窗外的天空，淨是一片沉重的鉛灰的顏色。換了幾家醫院，卻始終查不出老大嫂的病因之後，他正巧在這些天裡不住地疑心：伊的病，究竟和那個消息有沒有關係。「啊，譬如說，過分的憂傷、忿怒……」醫師的話在他的腦中盤桓著。然而，他想著，那卻也不是什麼憂傷，也不是什麼忿怒的罷。他望著不畏乎深春的寒冷，一仍在池中莊嚴地游動著的鯉魚，愁煩地想著。

約莫是兩個月之前的一天，一貫是早晨四點鐘就起了床，為李國木一家煮好稀飯後，就跟著鄰近的老人們到堤防邊去散步，然後在六點多鐘回來打點孩子上學，又然後開始讀報的他的老大嫂，忽而就出了事。那天早上，他的獨生女，國中一年生的翠玉，在他的臥房門上用力敲打著。「爸！爸！」翠玉驚恐地喊著，「爸！快起來啦，伯母伊……」李國木夫妻倉惶地衝到客廳，看見老大嫂[2]滿臉的淚痕，報紙攤在沙發腳下。

「阿嫂！」他的妻子月香叫了起來。伊繞過了茶几，搶上前去，坐在老大嫂坐著沙發的扶手上，手抱著老嫂的肩膀，一手撩起自己的晨褸的一角，為老大嫂揩去滿頰的淚。「嫂，你是怎麼了嗎？是哪裡不舒服了嗎……」伊說著，竟也哽咽起來了。

他靜默地站在茶几前。老大嫂到李家來，足有三十年了。在這三十年裡，最苦的日子，全都過去了，而他卻從來不曾見過他尊敬有過於生身之母的老大嫂，這樣傷痛地哭過。為了什麼呢？他深鎖著眉頭，想著。

老大嫂低著頭，把臉埋在自己的雙手裡，強自抑制著潮水般一波跟著一波襲來的啜泣。

「嫂，您說話呀，是怎樣了呢？」月香哭著說。李國木把雙手放在驚立一邊的女兒翠玉的肩上。

「上學去吧。」他輕聲說，「放學回來，伯母就好了。」

李國木和他的妻子靜靜地坐在清晨的客廳裡，聽著老大嫂的啜泣逐漸平靜下來。

那天，他讓妻子月香去上班，自己卻留下來陪著老嫂子。他走進伊的臥房，看見伊獨自仰躺著，一雙哭腫的眼睛正望著剛剛漆過的天花板。擱在被外的兩手，把捲成一個短棒似的今早的報紙，緊緊地握著。

「嫂。」他說著，坐在床邊的一把籐椅上。

「上班去吧。」伊說。

「……」

「我沒什麼。」伊忽然用日本話說，「所以，安心罷。」

「我原就不想去上班的，」他安慰著說，「只是，嫂，如果心裡有什麼，何不說出來聽聽？」

老大嫂沉默著。伊的五十許的[3]，略長的臉龐，看來比平時蒼白了許多。歲月在伊的額頭、眼周和嘴角留下十分顯著的雕痕。那是什麼樣的歲月啊！他想著。

「這三十年來，您毋寧像是我的母親一樣……」

他說，他的聲音，因為激動，竟而有些抖顫起來了。

伊側過頭來望著他，看見發紅而且溼潤起來了的他的眼睛，微笑地伸出手來，讓他握著。

「看，你都四十出了頭了。」伊說，「事業、家庭，都有了點著落，叫人安心。」

他把伊的手握在手裡摩著。然後雙手把伊的手送回被窩上。他摸起一包菸，點了起來。

「菸，還是少抽的好。」伊說。

「姊さん。」

他用從小叫慣的日語稱呼著伊。在日本話裡，姊姊和嫂嫂的叫法，恰好是一樣的。伊看見他那一雙彷彿非要把早上的事說個清楚不可的眼神，輕輕地喟歎起來。他一向是個聽話的孩子，伊想著。而凡有他執意的要求，他從小就不以吵鬧去獲得，卻往往用那一雙堅持的眼神去達到目的，伊沉思著，終於把捲成短棒兒似的報紙給了他。

「在報紙上看見的。」伊幽然地說，「他們，竟回來了。」

他攤開報紙。在社會版上，李國木看見已經用紅筆框起來的，豆腐塊大小的消息：有四名「叛亂犯」經過三十多年的監禁，因為「悛悔有據」，獲得假釋，已於昨日分別由有關單位交各地警察局送回本籍。

「哦。」他說。

「那個黃貞柏，是你大哥最好的朋友。」

老大嫂哽咽起來了。李國木再細讀了一遍那一則消息。黃貞柏被送回桃鎮，和八十好幾的他的瞎了雙眼的母親，相擁而哭。「那是悔恨的淚水，也是新生的、喜悅的淚水。」報上說。

李國木忽然覺得輕鬆起來。原來，他想著，嫂嫂是從這個叫做黃貞柏的終身犯，想起了大哥而哭的罷。也或許為了那些原以為必然瘐死於荒陬的孤島上的監獄裡的人，竟得以生還，而激動地哭了的罷。

「啊？」

「那真好。」他笑了起來，「過一段時間，我應該去拜訪這位大哥的好朋友。」

「請他說說我那大哥唉！」他愉快地說。

「不好。」老大嫂說。

「哦，」他說，「為什麼？」

伊無語地望著窗外。不知什麼時候下起霏霏的細雨了的窗外，有一個生鏽的鐵架，掛著老大嫂心愛的幾盆蘭花。

「不好，」伊說，「不好的。」

一九八三年七月

可是就從那天起，李國木一家不由得觀察到這位老大嫂的變化：伊變得沉默些，甚至於有些憂悒了，伊逐漸地吃得甚少，而直到半個月後，伊就臥病不起，整個的人，彷彿在忽然間老衰了。那時候，李國木和他的妻子月香，每天下班回來，就背負著伊開車到處去看病。拿回來的藥，有人勸，伊就一把一把馴順地和水吞下去；沒人勸著，就把藥原封不動地擱在床頭的小几上頭。而伊的人，卻日復一日地縮萎。「……啊，譬如說過分的憂愁、忿怒啦……」李國木又想起那看來彷彿在極力掩飾著內心的倨傲的陳醫師的話。他解開領帶，任意地丟在病床邊，月香和他輪番在這兒過夜的長椅上。

——可是，叫我如何當著那些醫生、那些護士，講出那天早晨的事，講出大哥、黃貞柏這些事？

他坐在病床左首的一隻咖啡色的椅子上，苦惱地想著。

這時房門卻呀然地開了。一個懷著身孕的護士來取病人的溫度和血壓。病人睜開眼睛，順服地含住體溫計，並且讓護士量著血壓。李國木站了起來，讓護士有更大的空間工作。

「多謝。」

護士離開的時候，他說。

他又坐到椅子上，伸手去抓著病人的嶙峋得很的、枯乾的手。

「睡了一下嗎？」他笑著說。
「去上班罷，」伊軟弱地說，「陪著我……這沒用的人，正事都免做了嗎？」
「不要緊的。」他說。
「做了夢了。」伊忽然說。
「哦。」
「台車の道の夢を、見たんだよ。」伊用日本話說，「夢見了那條台車道呢。」
「嗯。」他笑了起來，想起故鄉鶯鎮早時的那條蜿蜒的台車道，從山坳的煤礦坑開始，沿著曲折的山腰，通過那著名的鶯石下面，通向火車站旁的礦場。而他的家，就在過了鶯石的山坳裡，一幢孤單的「土角厝」。
「嫁到你們家，我可是一個人，踩著台車道上的枕木，找到了你家的喲。」伊說。
在李國木的內心不由得「啊！」地驚叫了起來。他筆直地凝視著病床上初度五十虛歲的婦人。這一個多月來，伊的整個人，簡直就像縮了水一般地乾扁下去。現在伊側身而臥，面向著他。他為伊拉起壓在右臂下的點滴管子，看著伊那青蒼的、滿臉皺皮的、細瘦的臉上，滲出細細的汗珠來。
「那時候，你一個人坐在門檻上，發呆似的……」伊說，疲倦地笑著。

這是伊常說，而且百說不厭的往事了。恰好是三十年前的一九五三年，一個多風的、乾燥的、初夏的早上，少女的蔡千惠拎著一隻小包袱，從桃鎮獨自坐一站火車，來到鶯鎮。「一出火車站，敢問路嗎？」伊常常在回憶時這樣對凝神諦聽的李國木說，「有誰敢告訴你，家中有人被抓去槍斃的人的家，該怎麼走？」伊於是歎氣了，也於是總要說起那慘白色的日子。「那時候，在我們桃鎮，朋友們總是要不約而同地每天在街上逛著。」伊總是說，「遠遠地望見了誰誰，就知道他依然無恙。要你一連幾天，不見誰誰，就又斷定他一定是被抓了去了。」

就是在那些荒蕪的日子裡，坐在門檻上的少年的李國木，看見伊遠遠地踩著台車道的枕木，走了過來。台車道的兩旁，盡是蒼鬱的相思樹林。一種黑色的、在兩片尾翅上印著兩個鮮藍色圖印的蝴蝶，在林間穿梭般地飛舞著。他猶還記得，少女蔡千惠一邊踩著台車軌道上的枕木，一邊又不時抬起頭來，望著他家這一幢孤單的土角厝，望著一樣孤單地坐在冰涼的木檻上的、少年的他的樣子。他們就這樣沉默地，毫不忌避地相互凝望著。一大群白頭在相思樹林的這裡和那裡聒噪著，間或有下坡的台車，拖著「嗡嗡——格登、格登！嗡嗡——格登、格登！」的車聲，由遠而漸近，又由近而漸遠了。他，少年的，病弱的李國木，就是那樣目不轉睛地看著伊跳開台車道，撿著一條長滿了野蘆葦和牛遁草的小道，向他走來。

「請問，李乞食……先生，他，住這兒嗎？」伊說。

他是永遠都不會忘記的啊。他記得，他就是那麼樣無所謂好奇、無所謂羞怯地，抬著頭望著伊。他看見伊睜著一雙微腫的、陌生的目光。有那麼一段片刻，他沒有說話。然後他只輕輕地點了點頭。他感到飢餓時慣有的懶散。可就在他向著伊點過頭的一刻，他看見伊的單薄的嘴角，逐漸地泛起了訴說著無限的親愛的笑意，而從那微腫的、單眼皮的、深情地凝視著他的伊的眼睛裡，卻同時安靜地淌下晶瑩的淚珠。野斑鳩在相思樹林裡不遠的地方「咕、咕、咕——咕！」地叫著。原不知跑到山中的哪裡去自己覓食的他家的小土狗，這時忽然從厝後狠狠地吠叫著走來，一邊卻使勁地搖著牠的土黃色的尾巴。

「呸！不要叫！」他嗔怒地說。

當他再回過頭去望伊，伊正含著笑意用包袱上打的結上拉出來的布角揩著眼淚。這時候，屋裡便傳來母親的聲音。

「阿木，那是誰呀？」

他默默地領著伊走進黝暗的屋子裡。他的母親躺在床上。煎著草藥的苦味，正從廚房裡傳來，瀰漫著這個屋子。他的母親吃力地撐起了上半個身子，說：「這是誰？阿木，你帶來這個人，是誰？」

少女蔡千惠靜靜地坐在床沿。伊說：

「我是國坤……他的妻子。」

在當時，少小的李國木雖然清晰地聽見了伊的話，卻並不十分理解那些話的意義。然而，僵默了一會，他忽然聽見他的母親開始嗚嗚地哭泣起來。「我兒，我心肝的兒喂……」他的母親把聲音抑的低低地，唱頌也似地哭著說。他向窗外望去，才知道天竟在不知不覺間暗下了大半邊。遠遠有沉滯的雷聲傳來。黃色的小土狗正敏捷地追撲著幾隻綠色的蚱蜢。

一年多以前，在鶯鎮近郊的一家焦炭廠工作的他的大哥李國坤，連同幾個工人，在大白天裡抓了去了。一直到上兩個月，在礦場上當台車夫的他的父親，才帶著一紙通知，到台北領回一綑用細草繩打好包的舊衣服、一雙破舊的球鞋和一支鏽壞了筆尖的鋼筆。就那夜，他的母親也這樣地哭著：

「我兒，我心肝的兒喂——」

「小聲點兒——」他的父親說。蟋蟀在這淺山的夜裡，囂鬧地競唱了起來。

「我兒喂——我——心肝的兒啊，我的兒……」

他的母親用手去摀著自己的嘴，[4]鼻涕、口水和眼淚從她的指縫裡漏著往下滴在那張陳舊的床上。

「嫂，」他清了清在回想中哽塞起來了的喉嚨，「嫂！」

「嗯。」

這時病房的門謹慎地開了。月香帶著水果和一個菜盒走了進來。

「嫂，給你帶點鱸魚湯……」月香說。

「那時候，我坐在門檻上。」他說，「那模樣，你還記得嗎？」

「一個小男孩，坐在那兒。」老大嫂說，[5]閉起眼睛，在她多皺的臉上，泛起淡淡的笑意。

「太瘦小了點。」伊說。

「嗯。」

「可是，我最記得那天晚上的情景。」

老大嫂說，忽然睜開了眼睛。伊的眼光越過了李國木[6]的右肩，彷彿瞭望著某一個遠方的定點。

「阿爸說，怎麼從來沒聽阿坤說起？」伊說，「我說，我……」

「你說，你的家人反對。」他笑著說。這些故事，從年輕時一直到四十剛過，也不知聽了老嫂子一次又一次地說了多少次。

「我說，我厝裡的人不贊成。」伊說，「我和阿坤約束好了的。如今他人不在，你要收留我，我說。」

月香從廚房裡出來，把鱸魚裝在一個大瓷碗裡，端在手上。

「待一會涼些，吃一點鱸魚，嫂。」伊說。

「真麻煩你唷。」老大嫂說。

「阿母死後，那個家，真虧了有你。」李國木沉思著說，「鱸魚湯裡，叫月香給你下一點麵罷。」

「不了。」伊緩緩地闔上眼睛，「你阿爸說了，這個家，窮得這個樣，你要吃苦的啊。看你也不是個會做（工）的人。阿爸這樣說呢。」

他想起那時的阿爸，中等身材，長年的重勞動鍛鍊了他一身結實肌骨。天一亮，他把一個大便當繫在腰帶上，穿上用輪胎外皮做成的、類如今之涼鞋的鞋子，徒步到山坳裡的「興南煤礦」去上工。一天有幾次，阿爸會打從家門口這一段下坡路，放著他的台車，颼颼地奔馳而去。自從大嫂來了以後，阿爸開始用他的並不言語的方式，深深地疼愛著伊。每天傍晚，阿爸總是一身烏黑的煤炭屑，偶然拎著幾塊豆腐干、鹹魚之類，回到家裡來。

「阿爸，回來了。」

每天傍晚，聽見小黃狗興奮的叫聲，大嫂總是放下手邊的工作，一邊擦手，一邊迎到厝口，這樣說。

「嗯。」阿爸說。

打好了洗澡水，伊把疊好的乾淨衣服送到阿爸跟前，說：

「阿爸，洗澡。」

「哦。」阿爸說。

吃了晚飯，伊會新泡一壺番石榴茶，端到阿爸坐著的長椅條傍。

「阿爸，喝茶。」伊說。

「嗯。」阿爸說。

那時候啊，他想著螢火蟲兒一群群地飛在相思樹下的草叢上所構成一片瑩瑩的悅人的圖畫。而滿山四處，都響著夜蟲錯落而悅耳的歌聲。

現在月香正坐在病床邊，用一隻精細的湯匙一口口地給老大嫂餵鱸魚。

「還好吃嗎？」月香細聲說。

老大嫂沒有做聲。伊只是一口又一口馴順地吃著月香餵過來的鱸魚，並且，十分用心地咀嚼著。

這使他驀然地想起了他的母親。

自從他大哥出了事故，尤其是他的父親從台北帶回來大哥國坤的遺物之後，原本羸弱的他的母親，就狠狠地咯了幾次血，從此就不能起來。大嫂來家的那個初夏，乞食嬸竟也好了一陣。但一入了秋天，當野蘆葦在台車軌道的兩邊開起黃白色的、綿綿的花，乞食嬸的病，就顯得不支了。就那時，大嫂就像眼前的月香一樣，一匙一匙地餵著他的母親。不同的是，老大嫂躺在這特等病房裡，而他的母親卻躺在那陰暗、潮溼、瀰漫著從一隻大尿桶裡散發出來的尿味的房間。此外，病重後的他的母親乞食嬸，也變了性情。伊變得易怒而躁悒。他還記得，有這樣的一次，當大嫂餵下半匙稀飯，他的母親突然任意地吐了出來，弄髒了被窩和床角。「這樣的命苦啊，別再讓我吃了罷，」伊無淚地嚎哭了起來，「死了罷，讓我，死——了罷……」伊然後「我兒，我的兒，我心肝的兒唷——」地，呻吟著似地哭著大哥，把大嫂也弄得滿臉是淚水。

然而，他的母親竟也不曾拖過那個秋天，葬到鶯鎮的公墓牛埔山去。

「阿木，該去牛埔山看一回了。」老大嫂忽然說。

「哦。」

他吃驚地抬起頭來，望著伊。月香正細心地為伊揩去嘴邊的湯水。算算也快清明了。在往年的清明，大嫂、他和月香，總是要乘火車回到鶯鎮去，到牛埔山去祭掃他阿爸和阿母的墳墓。直到大前年，才正式為大哥立了墓碑。而大嫂為他大哥的墓園種下的一對柏樹，竟也開始生根長葉了。

「高雄事件以後，人已經不再忌怕政治犯了。」

老大嫂說，就這樣地決定了在為他父親撿骨立塚的同時，也為他大哥李國坤立了墓碑。

「整整吃了一碗鱸魚咧。」月香高興地說。

「今年，我不陪你們去了。」伊幽幽地說。

伊仰臥著，窗外逐漸因著陰霾而暗淡了下來。

「嫂，如果想睡，就睡一下吧。」月香說。

他不自覺地摸了摸口袋裡的菸，卻立刻又把手抽了回來。他的老大嫂子，從來不曾像月香一般，老是怨幽幽地埋怨他戒不掉菸。但是，在病房裡，他已有好幾次強自打消摸菸出來抽的念頭了。出去抽罷，又嫌麻煩。他沉默著，想起牛埔山滿山卑賤而又頑固地怒生著的雜草和新舊墳墓的聚落。從土地祠邊的一條小路上走去，小饅頭似的小山的山腰，有一小片露出紅土的新墳。立好墓碑，年老的工人說：

「來，牲禮拿過來拜一拜。」

他和月香從大嫂手中各分到三支香，三人併立在新塚前禮拜著。然而，在那時的他的心中，卻想著墓中埋著的、經大嫂細心保存了二十多年的，大哥遺留下來的一包衣物和一雙球鞋。他把拜過的香交給月香，插在墓前的香插子裡。大嫂和月香開始在一旁燒著一大堆銀紙。他忽然想起家中最近經大嫂拿去放大的大哥的相片：修剪得毫不精細的、五十年代的西裝頭，在台灣的不知什麼地方的天空下，堅毅地瞭望著遠處的，大哥的略長的臉，似乎充滿著對於他的未來的無窮無盡的信心。這個曾經活過的青年的身體，究竟在哪裡呢？他想著。上大學的時候，偶然聽起朋友說那些被槍斃的人們的屍首，帶著爆裂開來的石榴似的傷口，都沉默地浮漂在醫學院的福馬林槽裡，他就曾像現在一樣，想到大哥的身體不知在哪裡的這個惘然的疑問。

那時候，大嫂毋寧是以一種欣慰的眼神，凝視著那荒山上的新的黑石墓碑罷。

「生於一九二八年三月十七日

歿於一九五二年九月

李公國坤府君之墓

子孫立」

老大嫂說，人雖然早在五〇年不見了，但阿爸去領回大哥的遺物，卻是在五二年九月，記不得確切的日期了。他問道：「為什麼不用民間的干支表示年月？」「你大哥是新派的人啊！」老大嫂說。至於大哥的子孫，大嫂說，「你的孩子，就是他的孩子。」他還記得，那時月香不自覺地低下了頭。自從翠玉出生之後，他們就一直等著一個男孩，卻總是遲遲不來。

「倒也真快，」老工人站在他大哥的新塚邊，一邊抽著一截短到燙手的香菸，一邊說，「二十好幾年囉，阿坤……」

「嗯。」老大嫂說。

老工人王番，是他爸爸的朋友。鶯鎮的煤炭業，因為石油逐漸地成了主要的能源而衰退時，他和他的父親是第一批失了業的工人。李國木的老父，先是在鎮裡搞土水工，之後就到台北當建築零工去了。而阿番伯卻把向來只當副業的修墓工，開始當作正業做了起來。剛上大學的那年冬天，李國木他阿爸從台北鬧市邊的一個鷹架上摔下來死了，就是阿番伯修的墓。他還記得，那時候，在一邊看著一鏟鏟的泥土鏟下墓穴，在他阿爸單薄的棺木上發出鈍重的打擊聲，站在他身邊的阿番伯用他自己的骯髒的手，拭著流在面頰上的淚，低聲說：「×你娘，叫你跟我做修墓，不聽嘛，偏是一個人，跑台北去做工……×！」[7]

以為睡著了他的老嫂子，這時睜開了眼睛。

「翠玉仔呢？」伊說，微笑著。

「還沒下課。」月香說，看看自己的腕錶。「晚上，我帶伊來看你。」

「你們這個家，到了現在，我是放了心了。」大嫂說。

「嗯。」他說。

「辛辛苦苦，要你讀書，你也讀成了。」伊說。

他苦笑了。

小學畢業那年，他的爸爸和阿番伯要為他在煤礦場裡[8]安排一個洗煤工人的位置。大嫂不肯。

「阿爸，」伊說，「阿木能讀，讓他讀罷。」

然而，老阿爸就是執意不肯讓他繼續上學。大嫂於是終日在洗菜、煮飯、洗衣的時候，甚至在礦場上同老阿爸一塊吃便當的時候，總是默默地流淚。有一回，在晚飯的桌子上，阿爸嘆著氣說：

「總也要看我們有沒有力量。」

「……」

「做工人，就要認命，」阿爸生氣似的說，「坤仔他……錯就錯在讓他讀師範。」

「……」

「說什麼讀師範，不花錢。」阿爸在沉思中搖著頭。

「阿坤說過，讓阿木讀更多、更好的書。」伊說。

他看見阿爸放下了碗筷，抬起他蒼老的面孔。鬍子渣兒黑黑地爬滿了他整個下巴。

「他，什麼時候說的？」阿爸問。

「在……桃鎮的時候。」

長久以來，對於李國木，桃鎮是一個神秘而又哀傷的名字。他的大哥，其實是在一件桃鎮的大逮捕案件的牽連下，在鶯鎮和桃鎮交界的河邊被捕的。少年的時候，他不止一次地去過那河邊，卻只見一片白色的溪石，從遠處一路連接下來。河床上一片茫茫的野蘆葦在風中搖動。

「都那麼多年了，你還是信他。」阿爸無力地說，摸索著點上一根香菸。

「我信他，」伊說，「才尋到這家來的。」

大嫂默默地收拾著碗筷。在四十燭的昏黃的燈光下，他仍然鮮明地記得：大嫂的淚水便那樣靜靜地滑下伊的於當時仍為堅實的面頰。

老阿爸沒再說話，答應了他去考中學。他一試就中，考取了台北省立C中學。[9]

「我來你們家，是為了吃苦的。」

伊說。室內的暖氣在伊消瘦的臉上，塗上了淡淡的紅暈。伊把蓋到頸口的被子往伊的胸口拉著，說：

「我來你們家……」

月香為伊把被子拉好。

「我來你們家，是為了吃苦的。」老大嫂說：「現在我們的生活好了這麼多……」

他和月香靜靜地聽著——卻無法理解伊的本意。

「這樣，我們這樣子的生活，妥當嗎？」

老病人憂愁地說，在伊的乾澀的眼中，逐漸泛起淚意。

「嫂。」

他伸出手去探伊的前額，沒有發燒的感覺。

「嫂。」他說。

病人安靜地閉下了眼睛。月香坐了一會，躡著手腳去廚房裡端出了另一小碗鱸魚。

「剩下一點，你吃下去好嗎？」伊和順地說。

他接過魚湯，就在床邊吃著。細心著不弄出聲音來。也許是開始糊塗起來了罷，他思索著大嫂方才的無從索解的話，這樣地在想著。窗外下著細密的雨[10]，使他無端地感到某一種綿綿的哀傷。

「楊教授！」在廚房洗碗的月香輕聲叫了起來。

瘦高的楊教授，和王醫師一塊推了門走進來。

「飲食的情況呢？」楊教授拿起掛在病床前的有關病人飲食和排泄的紀錄，獨語似地說。

「還算不錯的。」王醫師恭謹地說。

「睡眠呢？」楊教授說，看著沉睡中的病人。「睡了。」

「是的。」月香說，「剛剛才睡去的。」

「嗯。」楊教授說。

「楊教授。」李國木說。

「對了。」楊教授的眼睛透過他的黑色的玳瑁眼鏡，筆直地望著他。「想起來沒？關於伊發病前後的情況。」

他於是一下子想起那個叫作黃貞柏的，剛剛被釋放出來的終身犯帶給老大嫂的衝擊。

「沒有。」他望著老大嫂安詳的睡臉，沮喪地、放棄什麼似地說，「沒有。想不起來什麼特別的事。」

「哦。」楊教授說。

他跟著楊教授走到門邊，懇切地問他大嫂的病因。楊教授打開病房的門。走廊的冷風向著他撲面吹了過來。

「還不清楚，」楊教授皺著眉頭說，「我只覺得，病人對自己已經絲毫沒有了再活下去的意志。」

「啊！」他說。

「我說不清楚。」楊大夫說，一臉的困惑，「我工作了將近二十年了，很少見過像那樣完全失去生的意念的病人[11]。」

他望著楊醫師走進隔壁的病房，看見他的一頭灰色的鬈髮，在廊下的風中神經質地抖動著。

「不。」他失神地對自己說，「不會的。」

他回到他的老大嫂的床邊，看見月香坐在方才自己坐著的椅子上，向病人微笑著，一邊把手伸進被裡，握住被裡的伊的枯乾卻是暖和的手。

「睡了沒？」月香和藹地說。

「沒有。」大嫂說。

想著在楊教授來過都不知道、方才的老大嫂的睡容，月香笑了起來。

「睡了，嫂，」月香說，「睡得不長久，睡是睡了的。」

「沒有。」病人說，「淨在作夢。」

「喝水嗎？」月香說，「給你弄一杯果汁罷。」

「あの長い台車の道。」老嫂子呢喃著說：「那一條長長的台車道。」

月香回頭望了望竚立在床邊專注地凝望著病人的李國木，站了起來。

「讓你坐。」

月香說著，就到廚房裡去準備一杯鮮果汁。他於是又坐在病人的床邊了。「很少見過像伊那樣完全失去生的意念的人。」楊教授的話在他的耳邊縈繞著。

「嫂。」他輕喚著說。

「嗯。」

「僕もな、よくその台車道を夢見るのよ。」他用日本話說，「我呀，也常夢見那一條台車道呢。」

「……」

「難以忘懷啊，」他說，凝視著伊的蒼黃的側臉。「那年，嫂，你開始上工，和阿爸一塊兒推煤車……」

「哦。」伊微笑了起來。

「這些，我不見得在夜裡夢見。但即使在白日，我也會失神似地回憶著一幕幕那時的光景。」他用日本話說，「嫂，就為了那條台車道，不值得你為了活下去而戰鬥嗎？」

伊徐徐地回過頭來，凝望著他。一小滴眼淚掛在伊的略有笑意的眼角上。然後伊又閉上了眼睛。

窗外愈為陰暗了。雨依然切切地下個不停。現在，他想起從礦山蜿蜒著鶯石山，然後通向車站的煤礦起運場的、那一條細長的、陳舊的、時常叫那些台車動輒脫軌拋錨的台車道來。大嫂「進門」以後的第三年罷，伊便在煤礦裡補上了一個推煤車工人的缺。「別的女人家可以做的，為什麼我就不能？」當他的爸對於她出去做工表示反對的時候，大嫂這麼說。那時，小學五年級的他，常常看見大嫂和別的女煤車工一樣，在胳臂、小腿上裹著護臂和護腿，頭戴著斗笠，在炎熱的太陽下，吃力地同另一個女工把滿載的一台煤車，一步步地推上上坡的台車站。汗，溼透了伊們的衣服。學校裡沒課的時候，幼小的他，最愛跟著大嫂出煤車。上坡的時候，他跳下來幫著推；平坦的地方，他大嫂會下來推一段車，又跳上車來，利用車子的慣性，讓車子滑走一程，而他總是留在車上享受放車之樂。下坡的時候，他和大嫂都留在車上，大嫂一邊跟他說話，一邊把著煞車，注意拐彎時不致衝出軌道……

夏天裡，每當車子在那一大段彎曲的下坡道上滑走，「吼——吼——」的車聲，總要逗出夾道的、密濃的相思樹林中的蟬聲來，或者使原有的蟬聲，更加的喧嘩。在車聲和蟬聲中，車子在半山腰上一塊巨大無比的鶯石下的台車道上滑行著。而他總是要想起那古老的傳說：鄭成功帶著他的部將在鶯石層下紮營時，總是發現每天有大量的士兵失蹤。後來，便知道了山上有巨大妖物的鶯哥，夜夜出來吞噬士兵。鄭成功一怒，用火炮打下那怪物鶯哥的頭來。鶯哥一時化為巨石。從那以後，就不再騷擾軍民了。每次台車打鶯石底下過，少小的他，仍然不免想像著突然從鶯石吐出一陣迷霧來，吞吃了他和大嫂去。

運煤的台車的終站，是設在鶯鎮火車站後面的起煤場。由幾家煤礦共同使用的這起煤場，是一塊寬闊的空地。凡是成交後要運往中南部的煤，便由各自之台車運到這廣場中各自的棧間，堆積起深黑色的煤堆，等候著裝上載貨的火車，運到目的地去。

有好幾回，他跟著大嫂和另外的女工，把煤車推上高高的棧道，然後把煤倒在成山的煤堆上。從高高的台車棧道上往下看，他看見許多窮苦人家的孩子，在以舊枕木圍起來的棧間外，用小畚箕和小掃把掃集倒煤車時漏到棧外的煤屑。而大嫂總是要乘著監工不注意的時候，故意把大把大把的煤渣往外撥，讓窮孩子們掃回去燒火。

「同樣是窮人，」大嫂說，「就要互相幫助。」

在放回煤礦的空台車上，大嫂忽然柔聲地、唱誦著似地說——

「故鄉人，勞動者……住破厝，壞門窗……三頓飯，番薯簽。每頓菜，豆脯鹽……」

他轉回頭來，奇異地看著伊。太陽在柑仔園那一邊緩緩地往下沉落。大半個鶯鎮的天空，都染成了金紅的顏色。風從相思樹林間吹來，迎來急速下坡的台車，使伊的頭髮在風中昂揚地飄動著。

「嫂，你在唱什麼呀？」他笑著說。

那時候他的大嫂，急速地吐了吐舌頭。他抬著頭仰望他大嫂。伊的雙頰因為竟日的勞動而泛著粉紅，伊的眼中發散著並不常見的、興奮的光芒。

「沒有哇，」伊朗笑了起來，「不能唱，不可以唱哦。現在。」

「為什麼？」

大嫂沒說話。在一個急轉彎中，伊一面把身體熟練地傾向和彎度相對反的方向，維持著急行中的台車的平衡，一邊操縱著煞車，煞車發出尖銳的「唧……唧」的聲音。遠處有野斑鳩相互唱和的聲音傳來。

「你大哥教了我的。」

滑過急彎，伊忽然平靜地說。一團黑色的東西，在相思林中柔嫩的枝條上優美而敏捷地飛竄著。

「嫂，你看！」他興奮的叫喊著，「你看，松鼠！松鼠唉！」

「你大哥教了我的。」大嫂說，直直地凝望著台車前去的路，眼中散發著溫柔的光亮，「這是三十多年前的三字歌仔，叫做〈三字集〉。你大哥說，[12]」大嫂子說，「在日本時代，台灣的工人運動家用它來教育工人和農人，反對日本，你大哥說的。」

「哦。」他似懂非懂地說。

「你大哥，他，在那年，正在著手改寫這原來的〈三字集〉。有些情況和日本時代有一點不同了，你大哥說。」伊獨語似地說，「後來，風聲緊了，你大哥他把稿子拿來託我收藏。風聲鬆了，我會回來拿，你大哥說……」

「……」

台車逐漸放慢了速度。過了滴仔，是一段從平坦向輕微上坡轉移的一段台車路。大嫂子跳下車，開始輕輕地推車子，他則依舊留在台車上，落入與他的年齡極不相稱的沉默裡。

後來呢？後來，我大哥呢？那時候的少小的他，有幾次想開口問伊，卻終於只把疑問吞嚥了下去。甚至於到了現在，坐在沉睡著的伊的病床前，他還是想對於有關大哥的事，問個清楚。長年以來，儘管隨著年齡和教育的增長，他對於他的大哥死於刑場的意義，有一個概括的理解。但愈是這樣，他也愈渴想著要究明關乎大哥的一切。然則，幾十年來，大哥一直是阿爸、大嫂和他的渴念、恐懼和禁忌，彷彿成了全家——甚至全社會的不堪觸撫的痛傷……而這隱隱的痛傷，在不知不覺中，經過大嫂為了貧困、殘破的家庭的無我的獻身，形成了一股巨大的力量，驅迫著李國木「迴避政治」、「努力上進」。使一個原是赤貧、破落的家庭的孩子的他，終於讀完了大學。經過幾年實習性的工作，他終於能在七年多以前，取得會計師的資格，在台北市的東區租下了雖然不大，卻裝潢齊整而高雅的辦公室，獨自經營殷實的會計師事務所。[13]他帶著大嫂，遷離故鄉的鶯鎮住到台北高等住宅區的公寓，也便是在那一年。[14]

三個多月以後，李國木的大嫂，終於在醫學所無法解釋的緩慢的衰竭中死去。

把老大嫂的屍體送到殯儀館的當天晚上，他獨自一人在伊的房間裡整理伊的遺物，卻在一個收置若干簡單的飾物的漆盒中，發現了一個厚厚的信封。信封上有伊娟好的字寫成的：「黃貞柏先生」。他不知不覺地打開不曾封口的信封，開始讀著大嫂用一種與他在大學中學會的日語不同的、典雅的日文寫成的信。

拜啟

我是蔡千惠。那個被您非常溫靄、真誠地照顧過的千惠。

您還記得罷？在很久很久以前的一個夜晚，在桃鎮崁頂的一個小村莊，您第一次拉著我的手。您對我說，為了廣泛的勤勞者真實的幸福，每天賭著生命的危險，所以決定暫時擱置我們兩家提出的訂婚之議。我的心情，務必請您能夠了解啊，這樣子說著的，在無數熠熠的星光下的您的側臉，我至今都無法忘懷。

那夜以後的半年之後，您終於讓我見到了您平時一再[15]尊敬和熱情的口氣提起的李國坤桑。

事情已經過去了三十年多。所以，在前日的報紙上看見您安然地釋放回到故里的現在，不論在道德上和感情上，我都應該說出來。那時候，您叫我稱呼國坤桑為「國坤大哥」，我卻感到一種惆悵的幸福的感覺。「好女孩子呢，貞柏。」記得當時國坤大哥爽朗地笑著，這樣子對您說。然後，他用他那一對濃眉下的清澈的眼睛，親切地看著早已漲紅了臉的我，說，「嫁給貞柏這種只是一心要為別人的幸福去死的傢伙做老婆，可是很苦的事。」和國坤大哥分手後，我們挑著一條曲曲彎彎的山路往桃鎮走。在山路上，您講了很多的話：講您和國坤大哥一起在做的工作；講您們的理想；講著我們中國[16]的幸福和光明的遠景。「喂，千惠，今天怎麼不愛說話了？」記得您這樣問了我嗎？「因為想著您的那些難懂的話的緣故。」我說著，就不爭氣地掉下了眼淚。

當然，您是不曾注意到的。在那一條山路上，貞柏桑，我整個的心都裝滿著國坤大哥的影子……他的親切和溫暖、他朗朗的笑聲、他堅毅而勇敢的濃黑的眉毛，和他那正直、熱切的眼光。因為事情已經過去；因為是三十年後的現在；因為您和國坤大哥都是光明和正直的男子，我以渡過了五十多年的歲月的初老的女子的心，回想著在那一截山路上的少女的自己，清楚地知道，那是如何愁悒的少女的戀愛著的心（切をいこ女の戀心）！

可是，貞柏桑，倘若時光能夠回轉，而歷史能重新敘寫，我還是和當初一樣，一百個願意做您的妻子。事實上，即使是靜靜地傾聽著您高談闊論，走完那一截小小而又彎曲的山路，我堅決地知道，我要做一個能叫您信賴，能為您和國坤大哥那樣的人，吃盡人間的苦難而不稍悔的妻子。

然而運命的風暴，終於無情地襲來，由於我已回到台南去讀書，您們被逮捕檢束的事，我要遲到十月間才知道。我的二兄漢廷也被抓走了。我的父母親為此幾乎崩潰了。但其後不久，我終於發現到……我的父親和母親的悲忿，來自於看見了整個逮捕在當時的桃鎮白茫茫地開展，而曾經在中國大陸體驗過恐怖的他們，竟而暗地裡向他們接洽漢廷自首的條件。而漢廷，我那不中用的二兄，一連有幾個深夜，同他們出去，直到薄明方回。他瞞住了他的好友，他的同志的您和國坤大哥，卻仍然不免於逮捕。

貞柏桑，請您無論如何抑制您必有的震駭和忿怒，繼續讀完這封由一個卑鄙的背叛者（裏切者）的妹妹寫的信。

半年後，蒼白而衰弱的漢廷回來了。他一慣有多麼的疼愛我，您是知道的。熬不過良心的呵責[17]時，醉酒的我的二兄漢廷，陸陸續續地向他妹妹說出了一場牽連廣闊的逮捕。

為了使那麼多像您、像國坤大哥那樣勇敢、無私而正直、磊落的青年，遭到那麼暗黑的命運，我為二兄漢廷感到無從排解的、近於絕望的苦痛、羞恥和悲傷。

我必須贖回我們家族的罪愆。貞柏桑，這就是當時經過幾乎毀滅性的心靈的摧折之後的我的信念。

一年多以後，我從報紙上知道了國坤大哥，同時許許多多我從不曾聽您說過的青年（其中有兩個是我記得和您在崁頂見過面的、樸實的青年），一起被槍殺了。我也知道了您受到終身監禁的判決。

我終於決定冒充國坤大哥在外結過婚的女子，投身於他的家，絕不單純地只是基於我那素來不曾向人透露，對於國坤大哥的愛慕之心。

我那樣做，其實是深深地記得您不止一次地告訴我，國坤大哥的家，有多麼貧困。您告訴過我，他有一位一向羸弱的母親，和一個幼小的弟弟，和一個在煤礦場當工人的老父。而您，薄有資產的家族和您的三位兄長，都應該使您沒有後顧的憂慮罷。然而，更使我安心地、坦然地做了決定的，還是您和國坤大哥素常所表現出來的，您們相互間那麼深摯、光明、無私而正直的友情。原以為這一生再也無法活著見您回來，我說服自己：到國坤大哥家去，付出我能付出的一切生活的[18]、精神的和筋肉的力量，為了那勇於為勤勞者的幸福打碎自己的人，而打碎我自己。

貞柏桑：懷著這樣的想像中您對我應有的信賴，我走進了國坤大哥的陰暗、貧窮、破敗的家門。我狠狠地勞動，像苛毒地虐待著別人似地，役使著自己的肉體和精神。我進過礦坑，當過推煤車的工人，當過煤棧間裝運煤塊的工人。每一次心力交瘁的時候，我就想著和國坤大哥同時赴死的人，和像您一樣，被流放到據說是一個寸草不生的離島，去承受永遠沒有終期的苦刑的人們。每次，當我在洗浴時看見自己曾經像花朵一般年輕的身體，在日以繼夜的重勞動中枯萎下去，我就想起早已腐爛成一堆枯骨的，仆倒在馬場町的國坤大哥，和在長期監禁中，為世人完全遺忘的，兀自一寸寸枯老下去的您們的體魄，而心甘如飴。

幾十年來，為了您和國坤大哥的緣故，在我心中最深、最深的底層，秘藏著一個您們時常夢想過的夢。白日失神時，光只是想著您們夢中的旗幟，在鎮上的天空裡飄揚，就禁不住使我熱淚滿眶，分不清是悲哀還是高興。對於政治，我是不十分懂得的。但是，也為了您們的緣故，我始終沒有放棄讀報的習慣。近年來，我戴著老花眼鏡，讀著中國大陸的一些變化，不時有女人家的疑惑和擔心。不為別的，我只關心：如果大陸的革命墮落了，國坤大哥的赴死，和您的長久的囚錮，會不會終於成為比死、比半生囚禁更為殘酷的徒然……

兩天前，忽然間知道您竟平安地回來了。貞柏桑，我是多麼的高興！三十多年的羈囚，也真辛苦了您了。在您不在的三十年中，人們兀自嫁娶、宴樂，把您和其他在荒遠的孤島上煎熬的人們，完全遺忘了。這樣地想著，才忽然發現隨著國木的立業與成家，我們的生活有了巨大的改善。早在十七年前，我們已搬離了台車道邊那間土角厝。七年前，我們遷到台北，而我，受到國木一家敬謹的孝順，過著舒適、悠閒的生活。

貞柏桑：這樣的一想，我竟也有七、八年間，完全遺忘了您和國坤大哥。我對於不知不覺間深深地墮落了的自己，感到五體震顫的驚愕。

就這幾天，我突然對於國木一寸寸建立起來的房子、地毯、冷暖氣、沙發、彩色電視、音響和汽車，感到刺心的羞恥。那不是我不斷地教育和督促國木「避開政治」、「力求出世」的忠實的結果嗎？自苦、折磨自己，不敢輕死以贖回我的可恥的家族的罪愆的我的初心，在最後的七年中，竟完全地被我遺忘了。

我感到絕望性的、廢然的心懷。長時間以來，自以為棄絕了自己的家人，刻意自苦，去為他人而活的一生，到了在黃泉之下的一日，能討得您和國坤大哥的讚賞。有時候，我甚至幻想著穿著白衣，戴著紅花的自己，站在您和國坤大哥中間，彷彿要一道去接受像神明一般的勤勞者的褒賞。

如今，您的出獄，驚醒了我，[19]被資本主義商品馴化、飼養了的、家畜般的我自己，突然因為您的出獄，而驚恐地回想那艱苦、卻充滿著生命的森林。然則驚醒的一刻，卻同時感到自己已經油盡燈滅了。

睽別了漫長的三十年，回去的故里，諒必也有天翻地覆的變化罷。對於曾經為了「人應有的活法而鬥爭」的您，出獄，恐怕也是另一場艱難崎嶇的開端罷。只是，面對著廣泛的、完全「家畜化」了的世界，您的鬥爭，怕是要比往時更為艱苦罷？我這樣地為您憂愁著。

請硬朗地戰鬥去罷。

至於我，這失敗的一生，也該有個結束。但是，如果您還願意，請您一生都不要忘記，當年在那一截曲曲彎彎的山路上的少女。謹致

黃貞柏樣

千惠上

他把厚厚的一疊用著流暢而娟好的沾水筆寫好的信，重又收入信封，流著滿臉、滿顋的眼淚。

「國木！怎麼樣了？」

端著一碗冰凍過的蓮子湯，走進老大嫂的房裡的月香，驚異地叫著。

「沒什麼。」他沉著地掏出手絹，擦拭著眼淚。

「沒什麼。」他說：「我，想念，大嫂……」

他哽咽起來。一抬頭，他看見放大了的相片中的大哥，晴朗的天空下，在不知是台灣的什麼地方，瞭望著遠方……

一九八三年七月十四日

初刊一九八三年八月《文季：文學雙月刊》第一卷第三期

初收一九八四年九月遠景出版社《山路》

收入一九八五年十二月人間出版社《陳映真小說選》，一九八八年四月人間出版社《陳映真作品集5．鈴璫花》，二〇〇一年十月洪範書店《陳映真小說集5．鈴璫花》

1 「太太」，初刊版為「老太太」。
2 初刊版此下有「伊」。
3 「五十許的」，初刊版為「將近六十的」。
4 「，」，初刊版為「。」。
5 洪範版為「老大嫂，」，此處據初刊版補「說」字，作「老大嫂說，」。
6 「李國木」，初刊版為「我」。
7 初刊版此下空一行。
8 洪範版為「在煤礦裡」，此處據初刊版補「場」字，作「在煤礦場裡」。
9 初刊版此下空一行。
10 「窗外下著細密的雨」，初刊版為「不知什麼時候起，窗外竟下起細密的雨來」。
11 「很少見過像那樣完全失去生的意念的病人」，初刊版為「很少見過像伊那樣完全失去生的意念的人」。
12 「，」，初刊版為「。」。
13 「七年多」，初刊版為「三年多」。
14 初刊版此下空一行。
15 「一再」，初刊版為「一再用」。
16 「我們中國」，初刊版為「中國」。
17 「呵責」，初刊版為「訶責」。
18 「生活的」，初刊版為「生命的」。
19 「，」，初刊版為「。」。

〔訪談〕寫作是一個思想批判和自我檢討的過程

訪陳映真[1]

陳映真終於將他「遠行」歸來所發表的一系列小說〈夜行貨車〉、〈上班族的一日〉、〈雲〉、〈萬商帝君〉，結集成《雲》出版。陳映真是國內對於戰後國際資本主義跨國體制，以及台灣的資本主義發展過程，具有反省力與批判力的文化工作者。他似乎比他同時代的任何一位作家更關注台灣資本主義化下的內面生活、人性矛盾和文化衝突。正如他在「華盛頓大樓」第一部《雲》序裡所說：「文學和藝術，比什麼都更以人作為中心與焦點。現代企業行為下的人，成為『華盛頓大樓』系列關心的主題。」

由於他曾在外國公司裡做過事，因此其文學思想，不完全是來自於理念，而是有實際的生活經驗為基礎，這種對於現代企業下人的異化之本質的探索，以及凝視聳然傲岸的華盛頓大樓、對於人性尊嚴的維護、對於日漸崩解的固有文化的關切，乃使他的小說成為現階段台灣文學中具有比較特殊的文化、思想的特質的作品之一。

批判跨國經濟的問題

李瀛（以下簡稱李）：「華盛頓大樓」系列的焦點，在於台灣的跨國公司中人的問題。為什麼這個題材那麼吸引你呢？

陳映真（以下簡稱陳）：作為第三世界社會的作家，跨國公司有這些理由引起我的注意：現代跨國企業是在這些條件上建立起來的：第一，歷史上空前龐大的資金，透過國際銀行集團，使資本的國際性集中和積累成為可能。

第二，這空前龐大的資金，使國際規模、超國家的營運預算成為可能。特別是它的「研究發展」（research and development）部門，預算之大，超越世界上絕大多數的科技、文教預算。這麼大的財力，使它可以在跨國範圍內，調動最強大的人力和現代科學技術，進行任何國家和政府都無與比擬的大規模研究發展工作，形成科技的高度壟斷勢力。

第三，為了銷售其產品於世界市場，它發展和運用現代空前強力的大眾傳播技術知識、廣告技術和知識、行為科學、心理學，組織成空前強大的行銷活動，創造和操縱人的消費欲望，並且在這甜美的操縱中，利用、改造、破壞各市場國家和民族原有的文化特性和價值體系，深刻地影響到人的生活。

第四，跨國企業和強權政治間錯綜複雜的相互依存關係，深刻影響弱小國家的命運。

在國際性利潤貪欲下，跨國企業向落後國家的生態環境、醫藥法律、農業用藥法規……挑戰。它並且以「現代化」、「進步」、「富裕」、「消費主義」、「國際主義」向弱小國家的自尊心、民族主義、傳統節制的、尊敬自然的哲學挑戰。

跨國企業這些巨大而深刻的影響，並不是以利炮堅船加在弱小國家的頭上。它是以甜美的方式——「進步」、「舒適」、「豐富」、「享樂」……這些麻醉人的心靈的消費主義，加在我們的生活和文化上，需要一點批判的知識，才能透視它的真相。台灣知識、文化界的一般，似乎對之渾然不覺。既然它引起了我的注意和關切，寫自己所注意關切的問題，對於作家，怕是極為平常之事。

李：你覺得「華盛頓大樓」系列第一集，充分地在文學上達成你理想的高度嗎？

陳：不。有些故事寫得尚可，但在批判思想上存在著弱質。它沒有跨國公司的必然性格。換言之，有些故事背景改為土著資本企業，也不影響故事的內涵。〈萬商帝君〉，在自己看來，是比較深入探討跨國企業下的文化、民族認同、人間疏隔這些問題。但一般反應，似乎認為故事太為思想服務，枯燥無味。說起來，這是我才華不足，不能像卓別林、布列赫特[2]、蕭伯納那樣，使思想的宣傳充滿著藝術的芬芳。我一定要再努力才行。

寫作技巧也是哲學問題

李：如果一個作家太集中焦點於一時、一地的問題，一旦這些問題在百年而後，失去它的重要性，豈不使作品失去重要性？你有沒有想過比較永恆的題材？

陳：每一個藝術家最大的夢想，是能成就千古名山之業。

但是這是主觀願望。沒有一種「事業」比文學更無法單靠努力或計畫就可以獲致客觀的成就。我因此從來沒有過名山之業的想法。對於我，寫什麼遠比怎麼寫重要得多。技巧的問題，是每一個匠人應該具備的基本條件，沒什麼好談吧。在一定的歷史時代的一定社會中生活的作家，到底說了什麼——關於人與人的關係，人與世界的關係，人與天的關係這些問題，那個作家想了什麼，說了什麼，這才是藝術的中心課題。

對於寫出「永恆」、「偉大」的作品，我不敢奢想，實在是因為我自知才華大大不如托爾斯泰那種等級的作家。因此，任何人不必為我能不能永恆操心（笑）。

李：談到技巧，你是被認定不論在語言上、結構上重視技巧的作家。現在你卻告訴我技巧不重要（笑）。你批評現代主義，但人都以為你從現代主義學習了不少技巧上的藝術。不知你自己的意見如何？

陳：方才說：技巧是一個走上文學工作的人的最起碼的要求，就彷彿肌肉發達，動作和反應敏捷是一個運動員最起碼的條件一樣。一個藝術家，出手就有技巧，出手就自動地思考表現技巧的問題。這是第一點。

其次，技巧並非一定要花腔雕琢、怪異才真技巧。楊逵等先行一代作家之動人，必不在現在人們所謂的「技巧」上，而是在楊逵的批判力、思想力，以及批判思想背後巨大無比的人間性和人間愛。

再次，技巧，不是先驗的，客觀的東西，還有一個哲學的問題。對於技巧之巧拙判斷，是一個價值的問題。用什麼立場、什麼觀點去評斷技巧的優劣巧拙，結果是彼此大有不同。現實主義之以為善，恰好為形式主義者之所惡。

第四，說技巧來自現代主義，是一種在台灣所流傳的錯誤。技巧，尤其是偉大，歷久長新的大技巧，往往不但古已有之，簡直古今中外皆有之。時空的交錯、語言的精緻，敘述觀點的著落……，從來就存在於古來偉大的文學作品中。現代主義的「技巧」，往往都是只能發明者用一次就已墮落的東西。把臉畫成三、四個向度，抽象、意識流……第一個發明這些技巧的人，有技巧上的智慧。後繼之人，但覺痴愚學舌罷了。

沒有覺醒的知識分子就沒有大眾性的文學

李：在理論上，你主張文學的大眾性。可是你的小說，毋寧是知識分子的小說。特別是像〈萬商帝君〉那樣的作品。

陳：莎士比亞、狄更斯，都是偉大的群眾性作家，同時也是最知識性的作家。我絕對沒有那麼大的才能。

我始終自以為是小資產階級知識分子作家。受到自己的階級、文化的限制，我從來只想做好一個小知識分子作家。文學的大眾性，還有一個座標的問題。有些人以為民眾永遠、生來就是愚昧不文，而且會永遠如此。因此主張文學的非大眾性格。其實，文學的大眾性，除了作家要受到教育，民眾也要受到教育。一方面是作家在一定認識上丟棄個人的東西，努力去理解民眾的願望和要求，一方面是民眾主動爭取接受文化，並提高自身的認識水平，而且絕對可以提高自己在文化、藝術和文學的創造力和欣賞力。

台灣的情況，恐怕是知識分子的教育占著急切的重要性。我們的知識分子，普遍在知識、批判力、文化和思想上還很貧困。他們應該讀一點費腦筋的東西（笑）。沒有覺醒的知識分子就沒有大眾性的文學。因為文學的大眾化，基本上存在著寫什麼，為誰寫，為什麼寫和怎麼寫的深刻問題啊。

文學應該使人和睦

李：有人擔心像你強調國際資本主義下第三世界民族命運的文學家，會和主張先高舉本土性的台灣文學派，發生無謂的矛盾……。

陳：這是一個目前無法徹底討論的問題。有禁忌嘛（笑）。第一，把主張、哲學上的不同暫時擺著，讓我們努力寫出好作品。第二，「台灣」也罷，「本土」也罷，要注意它的具體內容。我只是說，所謂一些人含淚高舉「台灣」——它的文化、傳統、特質——在國際行銷體制和國際消費文化中，正在每時每刻，一寸寸地崩解。這似乎是本土論著所未察的……。我主張民族的和平與團結。文學應該使人和睦，不應該製造紛爭。

回顧五〇年代

李：〈鈴瑺花〉寫五〇年代。和「華盛頓大樓」系列不同。有計畫另寫一個系列嗎？

陳：我開始往回頭看，回想著白色的、荒廢的五〇年代。這說明我老了（笑）。

寫小說，對於我，是一種思想、批判和自我檢討的過程。我終於能冷靜地回想那個時代的意義。寫〈鈴璫花〉，是對於向著歷史的近代躍動的台灣和中國的審視和思考，也是對於我自己的思想和過去的實踐的審視和思考。我準備做一點研究。幼時的印象、傳聞和經驗，對這研究有助益。研究有一點眉目，我就寫。也許「華盛頓大樓」第二集的計畫暫時擱一擱……。

李：對於台灣的文學批評，有意見嗎？

陳：台灣缺少獨立的批評。許多作家都兼任當然的評論家。這是個惡傾向。我就是其中的一個（笑）。

批評人說話不負責任，不考慮所說的合理性，台灣有一種說法：「講出就是話」，現在是「寫出就是文章」。個個都是大師。文學批評、評論可任意為之，不必要推論的過程，專斷、蠻橫、文風之惡，真不知後人如何去理解我們這一個時代的文化的貧困。矯枉必須過正吧。現在我們需要有一點嚴謹，有規有矩，受過嚴格訓練的評論。否則黨同伐異，互相或自我吹捧，品質低劣的文學評論就沒個完。

李：往後看，有什麼計畫？

陳：年紀越大，越渴望專業——或半專業寫作。在島內各地旅行、寫筆記、談書、研究——為了寫東西。這是我的大夢，但實現的機會太小了。但我還是要爭取寫作，寫出比較好的作品。我知道我還需要努力，還需要長時期努力生活、思考和寫作。我生活也太忙了點。花在為了吃飯的工作上的時間太多了。要努力在這樣的生活學習和寫作。我應該把中國傳統文學搞一搞……。具體說，「華盛頓大廈」系列寫完它。十一層的大樓[3]，才寫了四層，後頭還七層。慢慢蓋起來吧……。對於五〇年代的研究，也可以寫成系列。但兩個系列，都要先搞點研究。

中國需要有思想有批判力的作家

李：也許有人擔心，根據研究寫的東西，會不會太生硬……。不少人喜歡你較早的作品。

陳：寫東西的人既不應驕傲，老是一副老子天才奇才，別人什麼都不懂的樣子。他應該在善於聆聽別人（文評家、讀者）的聲音之餘，有自己的想法。依照自己當面的認識、思想和情感，獨立地、誠實地，努力地寫下去。一定要許可自己寫出較差的作品啊——特別是在尋求一個思想或形式上的突破時，尤其如此。想要每出手都是傑作，除非天才，那是主觀願望，現實上是不可能的。其次，作家要有一份謙虛的獨立性。有時候必要把批評家、讀者留在後頭，讓他們埋怨、吃驚、困惑……，你照舊走你覺得應走的路。

以黃春明為例。許多人不習慣〈蘋果的滋味〉以後的黃春明，彷彿一定要他們的作者回到

〈看海的日子〉不可。其實，在我看，〈蘋果的滋味〉是春明在藝術上的一個大躍進。在台灣，我以為他是我看到的唯一的一位有認識，有批判力、又有豐富原創力的作家。〈蘋果的滋味〉以後，一直到最近的〈大餅〉，都在孕育著一個更大的春明的形成。看著好了。

至於我自己，因為總改不掉「寫什麼比怎麼寫」還重要這個想法，寫生硬一點，差一點，也只好任之。那不是我的寫作觀念的錯。有錯，就錯在我沒那麼高的才，可以讓任何程度的讀者都開心。但馬奎滋、布列赫特、波爾、沙特……他們不全是以自己的思想和研究為作品的主要靈魂嗎？中國需要這樣的作家。

初刊一九八三年七月《夏潮論壇》第一卷第六期
收入一九八八年四月人間出版社《陳映真作品集6・思想的貧困》

1 訪問、撰述：李瀛。

2 人間版譯「布萊希特」。

3 初刊版及人間版此處均指「華盛頓大樓」系列小說為「十一層的大樓」，一九八〇年八月的小說〈雲〉中有以下文字：「他〔張維傑〕一邊望著雨中的華盛頓大樓，〔……〕看見這分成四棟的十二層樓建築〔……〕」。

從江文也的遭遇談起

史惟亮口中的台灣籍老師

頭一次聽說「江文也」這個名字，是約莫在二十年前，為了《文學季刊》去採訪史惟亮先生時，從他的口中聽到的。[1] 還記得當時問的問題，是為什麼史惟亮先生一開始就走向中國民族音樂這條路。史惟亮先生沉靜地說，那是因為他在北京學音樂時，遇見了一位叫做江文也的台灣籍老師。江文也先生先把世界上各個民族、各個時代的音樂，鉅細靡遺地介紹給學生，然後告訴他們，中國的音樂家，應該走向繼承和發展自己民族的音樂這條路。就這樣，史惟亮儘管又去歐洲進修多次，卻把一生全獻給了中國音樂的研究、整理和創作的工作，直至病歿為止。《文學季刊》訪問他時，正好是他和許常惠先生到台灣山地十個少數民族採集山地音樂，但因經費無著，無以為繼的時候。

讀完了謝里法先生的大作〈斷層下的老藤——我所找到的江文也〉[2]，心中激盪著一種深沉的哀痛，不覺久久凝視著印在文章首頁的江文也先生的照片。穿著素樸的白襯衫的，少壯時代的江文也，迎著陽光，向遠處凝視。在五〇年代度過少年時代的我，在這幀照片裡嗅出許多五〇年代的氣息——很少剪飾的頭髮，白港衫……。這樣一個看似充滿著理想的人，卻經過難以相信的長時期的政治上的抑壓，終至百病纏身，臥病不能起，瘖瘂不能語。

在大陸台籍人士也受到衝擊

因為投身於日本帝國主義的抵抗運動而逃往大陸的台灣知識分子，具體地經驗了中國的社會和政治生活的台灣知識分子，有很大一部分人，以不同的程度受到文化的、思想的衝擊。根據一些資料（包括文學作品）看來，這衝擊來自兩個方面。一個是經濟和社會生活，另一個是政治生活。

懷抱著單純的對於「祖國中國」的熱情，到了大陸，卻看見一個社會凋敝、文化解體、生活、觀念和習慣還停留在「前．近代」階段的中國。對於中國近代史，對於整個為了國家的獨立與民族解放而激盪中的中國和全第三世界的歷史運動沒有深刻理解的台灣知識分子，在這樣的衝擊下，始而驚駭，繼而疑惑，再繼而拒斥，這都是容易理解的。

在政治上，落後的政策和思想，對來自台灣和東北等淪陷區的知識分子加以不同形式和不同程度的歧視，使他們落入巨大苦悶、失望和認同失落的苦痛之中。在鍾理和與吳濁流的一些小說中，生動地表現了這種苦悶與痛苦。

老實說，我曾一度相信，當時左翼的台灣知識分子，不會遇見這些問題，我相信主觀上，當時的左翼台灣知識分子，在接觸了祖國的落後時，他應該有力量去認識到那是國內不良的政治條件和來自國外的帝國主義壓迫所造成的。我也曾相信，客觀上，中國的左翼對於影響中國人民堅強團結的漢族沙文主義，應該有理論的、政策的批判力，因此[3]對於左翼台灣知識分子，不會造成錯誤對待引起的巨大衝擊。

但是，這想法顯然錯了。「四人幫」垮台之後，中共當局藉著把一切罪惡歸給「四人幫」所透露出來的嚴重錯誤，早已暗示了這事實。滯留大陸的台灣左翼知識分子，可以超越近代化殖民地台灣和前·近代中國之間的文化性和社會性的差距造成的衝擊，卻終於逃脫不出中共的政治衝擊。這種衝擊的因素十分複雜：諸如中共黨內長期存在，想解決又屢次無從解決的，關於錯誤對待革命知識分子問題；教條主義；「左」傾風，以及目前在大陸民主批評派所指責的社會封建主義和社會法西斯主義……。

江文也背負了莫須有罪名

據謝里法先生的資料，「反右」以來，江文也背負了這些「罪名」：

(一)反社會主義：投靠日本帝國主義，為日帝忠心效勞。寫過〈大東亞進行曲〉、〈新民會歌〉、〈新民之歌〉等反動侵略歌曲，並為侵略影片《蘇州之夜》配樂。

(二)賣國求榮：一九三六年，曾以日本公民身分，把作品參加希特勒德國舉辦的國際音樂比賽，為日本紀元二千六百年寫慶祝音樂。甘心充當日本帝國主義忠實的奴才。

(三)投靠美帝及蔣介石反動派：把自己歌頌日帝的作品《孔廟大成樂章》轉送給蔣介石獻媚。並為京、津兩地美國領事館、美兵俱樂部等作學術講演及演奏。

(四)對學生灌輸毒素：(1)惡意歪曲、諷刺社會主義說：「現在什麼都講社會主義的速度，要速成，因此就不需要研究得那麼細緻了。」(2)散播資產階級觀點：「中國的和聲風格好辦，只要是五聲音階亂堆就可以，五聲音階是天下大協和。」(3)提供反動資料：在講課時別有用心把許多資產階級反動的、形式主義的作品給學生參考。

(五)裡通外國：解放後，他託人把作品帶到香港去找天主教或美國領事館設法出版。這樣做用意在為自己製造影響，便於將來逃離祖國。他在一次學習會上說：「如果中國和日本建立邦交，我要乘第一架飛機到日本去。」

（六）埋怨社會主義祖國，為自己醜惡的歷史辯解，認為「台灣人為日本帝國主義服務是必然的」。把自己說成「拋棄一切回到祖國服務」，幾十年來卻「得不到祖國的溫暖」、「新中國同樣是歧視台灣人」。對中央音樂學院的黨和行政領導大肆汙染說：「學校領導工作搞得這麼壞，就是台灣派來的特務也不致於把學校搞成這樣糟。」又說：「台灣派來特務也幹不出來的事，統戰部卻幹出來了。」

（七）思想分歧：在台灣問題上，他揚言「廖文毅的宣言有相當號召力，得到台灣人的共鳴」，「別看他現在人少，星星之火可以燎原」。還說：「共產黨管不了台灣人的事，台灣要施行高度自治」等極端反動言論。

拋棄一切回到祖國，卻得不到祖國的溫暖

從第一項到第三項，又有兩個可能。第一個可能性是莫須有的誣陷。這只要想一想劉少奇、彭德懷這些人，方其被鬥之時，甚至有「國民黨特務」的罪名，就可以思過半了。鬥爭江文也，他的日本求學、在殖民地台灣生長的背景，當然是羅織誣陷的好資源。另外一個可能性，

是材料本身是真實或有幾分真實。但罔顧一個人認識的發展過程，罔顧一個人歷史的、社會的條件，不看他在日後的政治選擇和平時政治生活的事實，動輒揪小辮子，這和中世紀宗教裁判何異？何況，有沒有一個公正公平的機會，讓江文也為自己辯白，也是一個重要的關鍵。

第四項下各條，看來更是無理。四項的（1）條，可以理解為一個注重細緻研究的知識分子，認為當時之「速成」風，不但對學研本身不好，對社會主義也不好。（2）條批評中國和聲的品質，但不見得這就是看不起中國音樂。魯迅痛烈批評過中國傳統中黑暗、落後的部分，卻沒有人誤解過他的愛國情懷。至於（3）條，和史惟亮的述懷對照起來看，知道江文也可能認為要學生走中國音樂的路，不是一味封鎖西方「資產階級反動的、形式主義的作品」，光教中國音樂就行。相反，江文也把世界上各種音樂呈現給學生，詳加介紹與比較，最後讓學生自在、自信地走向中國音樂的建設。如果這是江文也的教育方法，說他「提供反動資料」就是羅織了。

有關第五項，事實不明，無法評估。

第六項，尤其叫人心酸。江文也說「台灣人為日本帝國主義服務是必然的」，也要看上下文怎麼說。如果這句話的意思是類似「在日本殖民地台灣成長的台灣知識分子，或者因為在壓迫下不得已，或者因為思想覺醒先後不同，做出為日本帝國主義服務的事，是必然的」，那麼，江文也的話，就有辛酸的真實性和控訴性質。江文也「拋棄一切回到祖國」，幾十年來卻「得不到祖國的溫暖」，用台灣經驗去理解，我們寧可信其真。這是多麼沉重、心痛的控訴！至於批評學校領導工作，從中共的許多文件所批評的官僚主義作風看來，完全可以理解。突出台灣在歷史過程中的特殊性，主張台灣的「高度自治」，在今日為中共統戰口號，在昔日又何以罪大惡極啊！

封建主義和社會法西斯主義嚴重破壞人民、知識分子的團結

背負著這些罪名，從五〇年代中期「反右」運動起，江文也有慘痛的遭遇。作為一個音樂家，他寫好的作品被長期殘暴地糟蹋，等到名譽恢復了，要演奏他的作品，還得到塵封的倉庫中去找。至於他創作的自由受到怎樣的壓抑，不言可喻。對於一個藝術家，有什麼壓迫比這更大呢？

「左」傾的政策，沒有深厚的文化根柢所表現出來的，對於馬克思主義的庸俗化和教條主義化；中共黨和政治生活中缺少客觀的、制度化的民主主義，都是江文也連同大陸上所有愛國知識分子橫遭摧折的原因。但從最根本處去思考，則恐怕是不曾經過資本主義改造的，中國前近代社會的落後的物質條件，反映到中共體制中，馴至在一身毛裝，滿口馬列革命語言的外表下，頑強地存在著落後的性格。而這個性格，便衍化成各式各樣的社會封建主義和社會法西斯主義，嚴重破壞了人民、知識分子的團結，在政治、經濟、文化、學術、藝術、文學上，帶來

令人難以置信之慘重而深遠的破壞。

受迫害的是全中國的知識分子

謝里法因此沉痛地說，近代台灣人的痛苦，特別在她與中國交涉的歷史上，簡直背負著沉重的「原罪」。從分離主義觀點看，或者也不無道理。問題是：中共的錯誤政策下犧牲的愛國知識分子，全部是、或者絕大多數是台灣籍知識分子呢？抑或全中國的愛國的知識分子，都無法倖免呢？最近，我讀到名鋼琴演奏家傅聰的父親傅雷寫給他兒子的信，想起像他那樣嚴肅對待自己，熱愛國家，對中共寄予極大希望，有高潔的靈魂和深刻人文素養的中國知識分子悲慘的下場，心中的悲戚和慘痛，和讀江文也的遭遇時一樣的無從排遣。吳晗、巴金、蕭珊、胡風、艾青、丁玲、翦伯贊、陸侃如、馬寅初、梁漱溟、費孝通、儲安平、章乃器、陶孟和、熊十力……這些優秀的、愛國的作家、文化人，背負了什麼樣屈辱的罪名，遭遇了多麼悲慘的命運。而這些，還只是比較著名的人物。至於中下結構中的知識分子、教師、技術人員……遭到衝擊的人，真是不知凡幾。就以在大陸的台灣知識分子，蘇新、蕭來福、王萬得、謝雪紅這些人，全受過抑壓，背負過汙辱性的罪名，遭受過各種壓迫。

這豈止是「台灣人的原罪」，簡直是中國知識分子的「原罪」。但如果有人這麼反駁：「我不管中國人的事。台灣人有委屈，所以……」我還是只有俯首不語罷了。

但是，身為台灣人，我常有這樣的苦悶：台灣人特別嬌嫩嗎？特別需要別人格外愛惜嗎？特別喜歡吮吸自己的傷口，特別需要自己憐憫嗎？思索到最後，逐漸覺得，台灣人需要有這樣一種品質：和一切愛國的中國人民一樣，自主地、不特別嬌弱、卑屈、自憐，更不特別倨傲，那樣地，為了自由、民主、民族團結與和平的中國而奮鬥，並且在這奮鬥的過程中，治療歪扭的歷史給予台灣人、東北人和全體中國人民帶來的各式各樣的心靈的疾病。

初刊一九八三年七月《夏潮論壇》第一卷第六期
收入一九八八年四月人間出版社《陳映真作品集8．鳶山》

1 陳映真〈悲觀中的樂觀——訪問許常惠．史惟亮〉（署名文學季刊記者集體採訪）發表於一九六八年二月《文學季刊》第六期，為當時的採訪文。

2 謝里法〈斷層下的老藤——我所找到的江文也〉，發表於一九八三年五月《臺灣文藝》總八十二期。

3 人間版此下有「我會相信」。

綠島的風聲和浪聲

為一九五〇年代被逮捕，長期監禁迄今的無期徒刑政治犯公開呼籲假釋的權利，是黨外政治運動令人尊敬而永誌不忘的貢獻之一。蘇秋鎮、黃天福、許榮淑、黃煌雄各位委員的發言，歷歷在卷。這些發言，在台灣人權歷史的檔案中，將隨著歷史而發出越為明亮的光芒。

這些在三十年前被判處無期徒刑的政治犯中，李國民、王為清、王如山、謝秋臨、李振山、王永富等先後在今年春天獲得釋放。這個釋放行動，儘管來得很遲，終竟獲得海內外關心人權的人們的讚揚和期待。關於目前尚在獄中的十多名服刑達三十多年的其他政治犯，一般認為明顯代表政府人權政策的「中國人權協會」曾有十分樂觀的估計，並預計直到明年新任總統就職前，將分批、全部釋放。但是，在另一方面，國防部這個直接主宰著台灣政治犯的機構，卻在答覆黨外立委有關的質詢時，一再否定服刑三十多年以上終身政治犯的全數釋放計畫。代表國防部發言的人，或說正「依各案逐件審核中」，或說只要政治犯沒有表示思想上「改悔」的憑據，應該繼續監禁云云。許多熟悉國民黨心態和行為的人們，便是據此而對目前還關在綠島的老政治終身犯的釋放，抱著闇然、悲觀的看法。

三十年沒有「教誨」效果的「教育」

政治教育，是台灣政治監獄的一項重大的例行公事，執行至今，也有三十多年了。一般而言，它的評估，是經由「心得寫作」、「考試」、「演講」、「辯論會」這些形式來做的。據我個人在獄中七年許的經驗，「不及格」的人幾乎從未有過。八、九十分者有之、最低分也罕有低於七十分的。

然而，三十多年來，從來沒有因為這些教育考核績優而提早假釋的例子。

這說明什麼呢？這說明了國民黨對於政治犯的「教育」從來沒有誠意。三十多年來，他們為這項教育花了不少錢，卻從來沒有相信過他們自己設計的「教育」。一批批政治犯都是不折不扣地服滿了他們七年、十年、十二年的長期刑期，甚且有不少人被認為不知悛悔，而非法延長刑期，送到諸如「綠島指揮部」去多坐幾年牢才能回家，卻從來沒有過有人因為「悛悔有據」而提早釋放。

因此，對於政治犯，國民黨的政策是懲罰的性質遠遠多於教育和改造的。但是，等到有人向他們提出質詢時，他們卻把責任推到政治犯沒有確切的改悔憑據。如果「改悔」與否，確實是關係被長期監禁者的刑期，那麼，早就應該有一套公開、公平、公正的評估方式，和真誠、認真的教育方法。事實上，在政治監獄中，這兩者都付闕如。不論如何，教育人家長達三十年，卻宣稱收不到教育的效果，這個責任，不論如何，在「施教者」的監方，而不在「受教者」的政治犯。然而，政府卻要把不辦政治犯假釋的責任，推到早在十五年前就有權假釋回家的政治犯身上去。

歷史陰影下的良心犯

三十年，是一段漫長的歲月。以一九五〇年五月間展開逮捕的「麻豆案」來說，還有林書揚、陳水泉、王金輝、李金木等無期徒刑政治犯尚在服刑中。這些人之中，最年輕的，也接近六十了。想像當年宣判他們的刑罰的人，也應在七十之年吧。

在這三十年中，台灣的社會，從殘破的一九五〇年，發展到現代資本主義大眾消費社會。即他們的故鄉麻豆，也發生過獄中人所無從想像的變化。

國民黨本身也起了很大變化。一九五〇年的國民黨、政、軍、特的近乎體質性的變化，是十分巨大的。而和這些長期政治犯當年案情有關的中共，也從五〇年的中共，向著今日的中共蛻變。其中經歷過諸如「文革」、毛澤東和周恩來元老一代黨人的消逝、「四人幫」的崩潰，以及尷尬的「四化」開放時代。至於說整個世界，社會主義、資本主義陣營中的多元化……都是三十年前的思考所無從想像的。

因此，以三十年前的國際和中國政治、社會情況所做的檢束和判決，到了今日，早就應該重新加以評估了。以三十年前的歷史條件，斷定一個人必須終老、枯死於獄中，是任何自以為現代化和文明的政府所不堪為的。三十年的監禁，固然是這些政治犯慘痛的挫傷，三十年的監禁，在這高舉著人權的現代國際社會中，是對國民政府一項沉重的指責。而且，這指責，將隨著歲月的增加，隨著這些獄中受刑人開始凋落而加重。此無他，而是因為三十年這令人驚愕、忿怒的時間，使問題遠遠地超過了一時一地的法律和政治背景，而凝聚為一個刺痛人類良心的人道主義問題。在這意義上，三十年前審判這些終身監禁的政治犯的國民黨，現在卻坐在人類良心和道德的被告席上，為了何以不肯釋放這些牢獄中度過三十年人生最寶貴、最富於創造和生產性的人生的良心囚犯而受審。

一九八三年七月

讓我們永遠不要忘記他們

直到我自己坐了政治牢，我和千萬同胞一樣，遺忘了長年囚居的人的存在。三十多年來，我們，你和我，把這些在過去的歷史時代中，為良識所驅迫，對國家和民族的問題有「不同」主張，並身體力行，而終於被判重刑的人們，完全遺忘了。在他們煎熬的三十年中，我們兀自嫁娶宴樂，卻忽略了在牢牆外、紅塵中和獄中人一起受苦的父母、妻兒，讓他們孤單無援地在無助、羞辱、挫折中度過。

但從今以後，讓我們不要再忘記他們和他們的家屬。如果我們的鄰近有這樣的家屬，讓我們立刻向他們表示最誠摯的同情和援手，扶持和抱擁他們，使他們更有力量去度過坎坷的人生。對政治犯不駭怕，尊敬政治犯，支持政治犯家屬……是美麗島事件後民眾一個良好的覺悟。讓我們安靜，卻堅定地保持這份覺悟。

我們只求權利，不求恩典

由於政治犯的性質特殊，任何人沒有權利——哪怕動機如何的善良——代替在獄政治犯向當權的人跪地求饒，懇求恩赦。

但是，正如蘇秋鎮委員、黃天福委員所指出，服刑超過十五年，終身犯就有接受假釋的權利。因此，我們誠懇地要求政府具體決定為立刻、全部釋放這些剩餘的無期政治犯做好一切準備。

在被批准出境赴美參加文學會議的這時，仍不能已於坦白寫出這久久悒積胸中的，對於政府當局的願望，其實是想到好不容易自己也爭取了自由出入境的機會，而更加的惦念仍在獄中的老友之故。如果為了保護自己出境的機會，而不敢或迴避在心中沸騰的關懷，那麼，我就是一個對不起綠島的風聲、浪聲所代表的精神的人。

初刊一九八三年七月《鐘鼓鑼》第一卷第七期
收入一九八八年四月人間出版社《陳映真作品集8・鳶山》，二〇〇四年九月洪範書店《陳映真散文集1・父親》

《雲》的通訊[1]

《雲》這個話劇是根據陳映真先生近年的一部同名小說所編而成，小說的背景雖然是台灣，與香港相隔著一個海峽，但我們認為地域之間，界限是並不存在著，生活在低下階層的人們底處境，雖然在不同的角度裡，也只有程度上的差距，而在本質上並沒有改變。因此，我們選擇了〈雲〉，使之改變成話劇，作為對外推廣工人文學的一部分。

台灣一個有理想的知識人，這樣鼓勵他轄下一名喜好寫作的女工。他們從鄉土不同的角落，偶然被美國的強大跨國企業家招攬在同一間工廠內，被鼓動去搞一個為最受壓迫的女工而設的工會。工會結果失敗了。但是，死水已經起了暗湧。

全劇的內容，主要在於表現台灣工人，特別是女工，在爭取命運自決時所遭遇到的根深蒂固的傳統壓力；更刻畫了美國人民引以自豪的立國精神——自由、平等、民主、博愛——在美國政治受集團經濟充分操縱的今天，一旦與集團利益相牴觸時，如何地扭曲變形。

在小說中，人物的塑造，如狡獪老辣、胸藏城府的艾森斯坦；充滿知識分子良心，卻短於社會閱歷的張維傑；成熟老練，富於工會經驗的何春燕；在成長中不斷求進步的小文，還有愛憎分明的魷魚和趙公子等一群女工，每一個人物各有其獨特的性格，由各個人物之間所產生的矛盾，豐富了整個小說，令讀者更感到在情節中所流露的感情。這種效果，正是我們在劇中所力圖表達卻又力感不足的。

雖然如此，我們仍然努力向各位推薦本劇，更希望藉以互相交流心得及經驗，探討工人文學的前境及在今天的重要性。

新青學社的朋友們：

謝謝你們的來信。你們寫的劇本收到了。被你們挑選改成劇本，是我很大的喜樂和光榮。如果拙作能對你們艱難的工作有一點幫助，對我是極大的鼓舞和安慰。我從來沒寫過劇本，也缺少這方面的訓練。因此，暫時不想去改動你們寫好的東西。你們有你們實際而具體的需要，你們比我更接近那邊工人文化的現實。我覺得我應充分尊重你們之作品。如果在舞臺實際技術上有問題，似乎就近在香港找到上次改編過〈將軍族〉的一些人（我不認識他們是誰），使它的舞臺性更好一點。為了怕耽誤你們的演出，因此先回這封信，無非是告訴朋友們，可以自由地利用我的小說。

此地的作家和文化中，還很缺少幫助工人在文化上爭取進步的意識。這一點上，台灣的文化人、知識分子，應該向你們學習。當然，在客觀環境上，我們存在著你們沒有或較少的困難。不過，也絕非完全無法克服的。

再次說：謝謝你們——為了採用拙作和為了你們為香港的工人同胞所做的一切。

謹祝

進步勝利！

陳映真

八三年八月一日上

× × ×

新青學社的朋友們：

昨天寫去一信。

我曾託一位學戲劇的朋友看改編的劇本。他為我寫了一些意見，附在此信寄給你們做個參考。　匆此

成功

陳映真

八三年八月三日

這是鍾喬對《雲》劇改編的意見：

改編得相當好！

建議：

劇本與小說不同之處，在於前者側重動作的轉換，後者則以敘述鋪陳。並且，動作在舞臺上不允許重複，敘述卻可以在人的腦際不斷迴復。是以——

（一）第七幕時，應該安排衝突性達到高峰時的一個轉捩點，讓觀眾有時間冷靜思考整

齣戲的意涵。

（二）必須刻意突出某個特色，整個劇的指控性才容易鐫刻觀眾的腦海中。

（三）不妨穿插一位旁白的角色，時時提醒觀眾避免全然受劇情的差使，應以冷靜、批判客觀的態度來思考劇本所提出的內涵。

（四）排演時，演員也應揚棄傳統移情方式的表演模式，設法時時抽離角色之外，對劇場的發展冷眼旁觀。

（五）導演得先摸清楚每一個角色在劇中所代表的意義，應以他想傳達的觀點出發來訓練演員，而不是以他所代表的性格出發。

（紙上談兵，終隔一層）

初刊一九八四年五月十五日《破土》（香港）第三期

1 本篇篇題為原刊編輯所擬。《雲》劇於一九八三年第四季，分別於「女青會青洲臨屋區服務處」、「麥理浩夫人中心」、「社工總工會」戲劇晚會做整季度演出。

大眾消費社會中的人

依據一般的、被現代社會學者所同意的說法，國民所得在一五〇〇至二〇〇〇美元之際，是一個傳統社會向「大眾消費社會」移行時的人民所得水準。宣稱國民所得已達到二千五百美元的台灣，至少在理論上和若干現實上，已經進行著向一個大眾消費演化的過程。至於台灣大眾消費社會，與日本、美國者之間相形下的「虛構的」性格，則不在這篇小文討論之列。

日本社會學家犬田充指出，從漫長的人類社會史、經濟史看來，現代生活中的富裕、奢華、浪費，只不過是歷史中的瞬間、暫時、局部的現象。但是這個空前的富裕，有這個特點：相對於過去歷史中富庶社會的階級局限性——例如貴族、地主、僧侶、商人……的奢華，今天的「富庶」，是在相對性的、幾近於「大眾」範圍和全「社會」範圍存在著。而這種大眾水平上的廣泛消費性的社會制度，成為歷史上從未曾有的「大眾消費社會」。

這個由現代科學技術革命、企業的行銷知識和技術，以及若干對「幸福」、「滿足」等價值的革命性變革所形成的社會，對於生活其中的「人」的影響是極為深刻的。這篇小文，是閱讀犬田充所著《大眾消費社會之終結》（中央公論社，一九七九年版）的一點筆記和感想。

張惶、逐流的人生

由於巨大無比的科技革命，使人類的生產力擴大到前人無從想像的地步。相對於過去人為了需要而生產，現代人的生產能力和生產的製品，遠遠超過了人的自然需要。因此，在行銷活動之下，經由大眾傳播的強大「教育」，人遂有遠遠超過他的自然需要的、擴大了的欲望，以激起他對於如山如海的商品的消費欲望和消費行動。

對於非耐久性的產品，增大的消費欲望是很容易將它消化淨盡的。但對於耐久性的消費品，例如房屋、車子、電視、音響和收錄音機的消費，行銷知識發揮了它驚人的力量。它以「新機種」、「新功能」、「新品質」、「新款式」為號召，創造了例如轎車、電視、冰箱、冷氣機、服飾……這些浪費性、流行性企業。在創造和煽動了對於新款式產品的飢餓之後，人們開始不是為了汰除不堪修復的耐久消費品而購買，而是為了嚮往新牌名、新款式而「汰舊換新」。

這種行銷上的激然發動性，不但造成了人對於新產品的飢餓、興奮，也造成了企業一方的產品「生命期」有限論，從而造成了生產和消費的瘋狂的「汰『舊』換『新』」的運動。大眾消費市場，也因為這個巨大而持久的運動而不斷地擴張和增大。

大眾消費社會中的人，因此而失去了往日的自主性。他在不知不覺中，每天張惶、失措、無我地隨著以變動為常態，以變動為利潤泉源的企業行銷體制而隨波逐流，成為消費的微生物，受到消費規律的完全的支配而不自知。

無目標的荒原

企業，為了激起大眾對如山的產品的消費，通過廣告、宣傳和教育，創造出一個規格化了的、經過統一包裝過的思想、價值觀，為一社會所共有。舉凡我們有關愛情、性、成功、幸福、發展、富有、快樂、家庭、人際關係……的觀點只要我們仔細思量，莫不是從電視、電影、廣告、雜誌、副刊……這些地方汲取過來，成為我們思想和情感的一部分。

事實上，正如一位美國經濟學家所說，我們這時代的社會，是由基於「消費什麼」、「如何消費」而結成的各社會層所組成的。企業一方，在現代資本主義生產下要求產品、服務（另一種產品）的規格化、標準化。而產品和服務的規格化，要求一個思想、價值體系的規格化、標準化的市場。企業的行銷體制精巧地創造了這種市場。

當豐裕的商品、精巧的廣告和行銷活動創造了消費市場的思想、價值、行動的標準化，它實際上已完成了對於作為消費者的人的思想、價值系統和行動的標準化，而達成了可怕的社會控制。

這種社會控制，較諸前此的歷史階級中所出現的社會控制，不但力量和威力更大，而且更為甜美，更不引起抵抗、更為醉人、及更持續。「非暴力」、「非強制」和「快樂」是現代社會控制的特點。

在大眾消費社會的「控制」下，人不由自己地陷入這兩種墳地：大眾消費誘發另一個更強烈的大眾消費欲望和行動，人深陷其中，而與各種商品結成堅牢不可破的關係。人對商品的依賴，史無前例地增大，而無法自拔，無從中止。人成了消費欲望和行為所撥弄的螞蟻和奴隸。

其次，大眾消費社會下的人，在前述消費社會的「控制」下，逐漸失去前此貧困社會中嚴苛的物質條件上的人所擁有的自尊、對於更高層次的目標的野心和創意，以及自苦以求某種精神價值的毅力。人，在大眾消費社會下，像一個籠中的鳥獸，失去了森林時代的尊嚴、創意和鬥志。犬田充所說的這種人的「家畜化」，是大眾消費社會下人的精神危機。

無法自拔的消費欲望和消費行為、消費人的「家畜化」，使人的所得高達一定水平後，陷入無從排解的沉悶、憂鬱、無聊和張惶。放縱了官能之欲後，人面對著一片精神的荒地。不論個人或全社會，都失落了一個明確的目標和理念，人成為一條豪奢的、卻失去了航向的太空艙中張惶煩悶的動物。

虛構的中產階級

大眾消費社會，是中產階級、布爾喬亞的社會。但人和從個人有限地擴充出來的家庭——以夫婦、子女所構成的，失落了傳統家庭中對文化、價值的承繼性這個優點，卻大大有利於接受附著在新產品的新思想和新價值觀的所謂「核心家庭」(nuclear family)的充足和滿足，從而保有之、珍惜之，成為人一生中獨一無二的目標、義務和權利。

這種極端的個人主義性格，使大眾消費社會下的人，失去了傳統社會中人所原有的，對於他人的關心、執念，以及結成更豐富、多樣的人際關係的能力。在大眾消費社會中，經濟的交換關係，即金錢的關係，成為人的關係的基礎。家庭、夫婦、父子、母女……甚至鄰人、朋友，都以不同的樣式組織到金錢的關係中。今人有「現在的人變得現實，講究利害」的嘆息，就是這種新的人際關係最生動的說明。

但在這極端的個人主義性格中，還產生一種同別人類比的心理和行為。消費一旦社會化，一旦成為一種社會制度，經由所擁有的商品的消費之品質與數量，成為評估自己和別人價值的最重要的標誌。把自己的房子、車子、耐久消費品、衣服質料品牌和鄰人所擁有的相互排比，勝利可以驕人，不若則全力以赴，不惜以貸款、分期付款等方式，達成對高等商品的「擬似所有」而消費之。人，已不再「量力為出」，而毋寧是在超過自己收入能力的層次上消費。一個在客觀上買不起電視的人，以貸款、分期付款、互助會方式買了一部彩色電視。而這電視中的節目，又向他深入宣傳著以消費為人生最高幸福的中產社會意識形態。如此層層相因，消費成為一種儀式和宗教，在物質上和心靈上，藉著消費品的品牌和數量，絕大多數的人把自己認同於中產社會，而形成認同的中產階級遠遠超過實際上從職業、收入和財產上界定的中產階級。而中產者的虛構性，不但把真實的布爾喬亞安全地保護在社會的裡層，也成了崇拜大量生產和大量消費的大眾消費社會的重要基磐。

中毒和解毒

資源有時而竭。明日世界可以無窮發展的樂觀主義，即使在一些有見識的企業資本家中，也有所警覺。以浪費、生態破壞、對無法再生的自然資源的糟蹋，人的「家畜化」和人的「目標喪失」……這些嚴酷的代價所建立起來的享樂主義的、瞬間人生的大眾消費社會，對於人類經數千年建立起來的文化、思想、宗教、藝術和文學，構成了巨大的威脅。但一旦在「幸福」感和現代商品深深中毒，對現代消費生活發生心理和生理的成癮性中毒的現代人，任何停止大規模生產，停止對產品與服務的速度依賴，停止企業的成長欲望……已經遠比毒癮的勒戒工作還難。沒有人願意再聽到「節儉」、「抑制」、「修補過後還可以用」……這一類在我們的父親、祖母一代為平常的話。

但不論如何，人終竟必須面對有限資源和無限生產、消費之間的重大矛盾。台灣的人的品質、文化的品質和生活的品質，在亞流化的台灣大眾消費社會的形成過程中發生嚴重倒退的情況下，我們是無從在台灣期待一個有品質的文化、藝術文學——乃至於政治運動的。因此，對於大眾消費社會的認識和研究，是我們從事「解毒」醫療工作的最始初的一步。我們希望台灣的社會學界、台灣的文化、知識界的一般人能夠擴大自己的視野，對當代這個重大的問題，進行研究、調查和討論。

初刊一九八三年八月《益世雜誌》第三卷第十一期

大眾消費社會和當前台灣文學的諸問題

第三屆時報文學週講演摘要[1]

台灣文學的定義

首先我想先就「台灣文學」做一個粗糙的界定。我們知道，「台灣文學」並非新詞，它早在日據時代就有。我們應注意的是，「台灣文學」這四個字，在不同的歷史時期，對不同立場的人有不同的內容。譬如日據時代的台灣文學，是殖民地台灣的心聲，是精神與靈魂的表達；是挫折、希望、悲哀、喜樂的交融。但在同一時期，從日本統治者的觀點來看，台灣文學是殖民地文學，談些媽祖、木屐、南國風光、椰子樹等等。對他們來說，就如吉普林在印度所寫的作品，在英國人眼中富有一種異國風味。

今天我們所說的「台灣文學」，也有很複雜的內容。第　，因為台灣在當前政治、歷史上都有特殊的地位，所以在許多名詞之前都冠上「台灣」二字；如台灣社會、台灣經濟，因此而有

「台灣文學」。另一種定義是我最近才看到的，認為它是相對於「中國文學」的「台灣文學」。這一派人主張台灣文學的特殊點有別於中國文學，主張台灣文學的自主性。關於這一點，我不想在此加以評論。

最近我在中央文工會辦的《文訊》上，讀到葉石濤先生一篇文章，他說台灣文學是在台灣的中國文學，我很同意這個說法，這明顯的說明了台灣文學是中國文學的一個支脈。我個人對「台灣文學」並沒有特別的看法，只是認為：從日據時代到今天在台灣產生的詩、戲劇、小說、散文等，皆為台灣文學。並且，她是中國近代文學的一個支流，一個部分。

我要說這題目的另一個原因是：早年鄉土文學論戰之後，在台灣文學的這邊，逐漸有一種自滿的心態，覺得台灣文學是世界最美的文學之一，已達登峰造極之境。任何在台灣從事文學工作的人，都願意台灣文學是最好的，但我們若把眼光稍微放大一點，不說歐美大國，即使是和鄰近的菲律賓、南韓或最近出了幾個諾貝爾獎文學家的中南美洲相比，我們台灣文學仍有許多地方需要檢討、反省，並在這個基礎上求得更大的成績，更充實的進步。在這個意識下，我想提出幾點對今日台灣文學的檢討與反省。對一件事的檢討，往往有許多不同的角度，我今天只想從分析台灣近十年以來逐漸形成的所謂大眾性消費社會的背景上，去檢討台灣文學面臨的一些問題，並希望台灣文學能挑得更重，走得更遠，有更恢弘的志氣。

大眾消費社會

從整個人類的歷史看起來，在幾千年的歷史中，能像今天過得這麼豐富的生活，是一個短暫的瞬間，一個小小的逗點。全世界的資源物質，事實上有它的局限性，我們沒有理由相信，這種浪費性的豐富——我是指歐美而言——可以不斷地、永久地持續下去。

在我的幼年，甚至遠溯自我的父親、祖父及曾祖父那一代，過得好的生活的人，是非常有限的，只有少數被公認的地主、商人、官員才能享受特殊的、豐富的生活。我幼年住在鶯歌，大部分的人只有初一、十五或逢年過節拜拜，才有一些豆腐塊、炸過的豬肉可吃。衣服破了再補，傢俱常常是從祖父那一代開始用起的。這種樸素、匱乏的生活，不只是我家，而是普遍性的生活習尚。

但是今天，我們到處有滿山滿谷的商品，品質比過去好，價錢也比過去便宜，它們在社會進行著密集的、持續不斷的、制度化的消費。這種所謂大眾消費社會的形成，在西方，約在二次大戰後開始。在台灣，則約為近十五年間的事。一般而言，以國民所得超過一五〇〇美元為指標。

大眾消費社會的四項特點

(一)科技的發展：今日的科技發展是空前的，快速而且巨大的，它帶動了各種工業的發展，並因而影響到企業，為社會帶來體質轉換性質的進步與發展。

(二)大量生產：由於科學的發展，運用在各種商品的生產上，創造了大量生產的時代，使產品的量、質大為提高，在價格上大幅下降，使多數人享有各種物品成為可能。生產大大超出了人們的需要，商品成了一個社會最基本的細胞，形成了商品砌築而成的社會。

(三)企業規模的增大：工業、企業的規模增大，生產——擴大再生產的速度和範圍迅速擴大。企業由小而大，從國內而國際。更龐大的人口集中在企業和工業體制之下。

(四)行銷的發展：為了消耗超過自然需要的商品，以實現企業的利潤目標，行銷(marketing)知識和技術日益發達。在強大的大眾傳播體制的助力下，企業的行銷活動對於人的精神、文化、價值、行為等產生巨大影響，是大眾型消費行為的主要動力。

「消費人」的登場和他的特質

消費人（homo consumer）是大眾消費社會中的新的「人種」，他們有以下幾個特點：

（一）觀念上的巨大革命：把快樂、享受及對幸福的追求，當作一種公開的正當目的。例如以鄰居的高收入及留美人士的所得作為羨慕及追求的目標。相對於過去傳統讀書人的儉約觀念，一個人求仁之心不如求利之心，可視為道德上的墮落。但今日的價值觀念已不作如是觀了。

（二）人的物質化：在大眾消費社會中，從初期資本主義社會中人的勞力的商品化，更加擴大到人的心靈、智慧、精神的商品化。例如一個有創意的年輕人到廣告公司做事，一定要按市場的需要去設計廣告，這種知識無形中就是一種有價錢的商品。由於我們是一個商品的社會，商品需以現金去獲得，金錢因此變成社會中非常重要的關係。金錢的市場關係滲透到人與人之間的關係，用金錢的多寡來衡量一個人的價值，甚至介入到友情、宗教、親情的關係。這種關係固是古已有之，但於今為烈。為了行銷廣告的需要，大眾消費社會大量鼓勵開放傳統東西方思想、哲學家一直認為需要抑制的物欲。古來的思想、哲學家不斷告訴我們：這是一個不可以放縱的世界，必須知所抑制，追求內在的精神。但今天的社會則鼓勵你：欲望是好的，快樂是至上的，享樂是第一！動物學上的「人」得到最大的解放，從而有了「動物人」的形成。人的傳統形象及信念完全被打破，而「商品化」得以擴大至絕大的限度。

（三）制度化的消費：過去是為了需要而消費，現代則是為了消費而消費。「消費」已發展成一種客觀的、新的社會制度，生活對於現代人而言，是如何消費、消費什麼以及消費多少的問題。從事過行銷工作的人都知道所謂「訴求目標」的問題，人不再是人，而被年齡層、月入多少所區分。行銷活動操縱、擴大、製造人對商品無窮的嗜欲，來造成企業對利潤的無窮需要，人變成只會消費而不會創造、自主、思考的「單向度人」，以貸款、標會、分期付款等等超出自己能力和需要的方式去消費。在我們的祖父時代，許多東西是有能力買而捨不得買，現在的人則是買不起還要買。消費透過大眾傳播等等行銷技術而成了一種無形的強制行為。

（四）無目標的精神荒原：在我們的祖父時代，有許多東西用了幾代仍未更換，但今日的消費觀念則是商品的多變；每一種商品都有它的生命週期，被標示了起點、頂點到衰落。對於尚未開發的市場推銷賣過的東西；對於開發過的市場則推銷所謂新產品。人變成跟隨市場變化的人，張惶失措，逐波而流，永遠被更高的欲望所牽引。短暫的滿足與飢餓的不斷循環，是現代消費人的特質。這種循環的結果，有一天會使人落入極淒涼的境地；在一切物質都得到滿足後，覺得生活茫然、虛空、無聊、倦怠，失去了對人的親切、關愛，而只成為商品市場的工具。這是人的「異化」中最悲慘的景況。現代消費人變成一大堆有意見而無信念，有事實而看不到事實的意義，有各種複雜的規則而本身失去了原則的人。日本社會學家稱這種現象為「人的幸福中毒症」。又說人就像走出森林的野獸，被囚養在各種商品所築的柵籠中，成了一種「家畜」。人，被「家畜化」了。

（五）甜美的社會控制：行銷活動經由大眾傳播創造社會共有的思考方式、價值標準和行為模式。它侵蝕、破壞、改變傳統的信仰、文化，依著商品的規格化（包裝、品質、形象等的規格化），塑造了規格化的文化、價值、道德、信仰等等。人在大眾消費社會下，成了甜美的市場行動下的奴隸，失去批判、反抗、異議、獨創性思考的能力。

現時台灣文學的問題點

在前述的台灣新社會的消費特點和背景下，我想簡單的檢討當前的台灣文學，面臨了以下幾個問題：

（一）文學作品中思想文化的貧困：台灣文學和菲律賓、韓國、中南美洲文學相比，這個特點非常顯著。有許多作品花費大量文字只為描寫一個女人的微笑或一個男人抽菸的姿勢，此外沒有任何意義。這就顯示了思想、文化上的貧困。引致這個現象的原因，我以為有兩種。一種是三十年來，我們對哲學、社會科學的傳播和書籍有一定的限制，作家缺少歷史的、社會的、批判性思考。其次是，如前所說，在大眾消費社會中，人的「動物化」和「物化」，使人的思想無能，對於歷史、社會、人與人的關係、人與自然的關係，缺少組織化、體系化的理念，造成很多只有意見沒有信念，有很多規則而無原則、很多事實而不知其意義的作家。這是目前台灣文學急需解決的重大問題。

(二)語言的荒蕪：我所說的荒蕪，與一般所說的文字流暢、華麗無關，而是不會用標點符號，不會使用疊聲字等等基本的問題。為什麼會這樣呢？第一是我們三十年來漢語的傳統教育失敗。原因在哪裡，我不甚明白，但今日的許多年輕人寫不通的文字則是事實。第二是因為對台灣的認同有加強的趨勢，許多人在作品中加入大量的台語，造成漢文更大的災害。第三是，因為政治上的理由，對中國三、四十年代的文學傳統加以阻隔，這些文學雖未必都很好，但從傳統的繼承來說，當然會造成影響。文學是一種實驗的過程，中國新文學的生命很短，必須不斷的相互激勵與學習，才能發揚光大。而台灣因為有此文學上的斷層，現代作家無從汲取新文學在語言上的資產。第四，在現代工商社會中，資訊、電訊發達，電報、電信等的使用，使語言簡化為單純的符號，字彙、文法都盡量簡化，語言、文化也就受到退化的影響。最後則是西化語言尚未被漢語的原則所消化，不成熟的西化語言對台灣文學產生壞的影響。

（三）缺少獨立的文學批評：三十年來，台灣文學的創作與批評的發展不均，可說脫了節。台灣文學創作的作家，有許多人在忙於應付生活之餘仍努力的寫出好作品，值得我們心懷感激。但評論方面的作家則未跟進。按照大眾消費的規則，評論應該越來越專業化，台灣沒有的原因，可能是教育訓練養成的問題。並且，三十年來對社會科學、哲學、思想文化方面的漠視，或直接、間接的扼制都有關係。因為評論除了知識以外，還必須有尖銳的精神。而沒有獨立的文學批評，使文學得不到客觀批評的指導與激盪，也就無法取得更好的發展。

（四）未熟的宗派主義：文學上的宗派，一如其他思想上的宗派，只要它夠得上是真正的宗派就是好的，可互相討論、吵架、論戰，對整體的進步與發展有很大的貢獻。但因思想、文化的貧困，批判精神的缺乏，使得宗派所需的一些基本條件（如知識、哲學、思想、文化）付諸闕如。在這樣的情況下所標榜的宗派，往往誇張、膨脹宗派意識而忽略文學創作。早熟的宗派主義，就像沒有專業知識的人一起討論知識問題一樣，對台灣文學的發展沒有貢獻。何況，文學宗派和文學在藝術上的評價，並沒有一定的關係。

（五）讀者、作者的精英小集團化：在大眾消費文化下，文學的創作與欣賞，越來越限於文化、文學的「精英」小集團。隨著大眾消費社會的形成，文化或小說的「明星」不如過去重要，他們對社會的影響力越來越降低。大部分人在其專業上有豐富的知識，但在共通的人文思考上越來越幼稚，越需要消費型的文學。嚴肅的文學，失去了對於人生、對於生活的啟發和指導的性格。人的異化，造成文學的異化。

（六）文學作家面對的問題：第一項是：科學、技術上的知識和學問日益受重視，文學作家的地位日漸下降，尤其非流行的作家，更是如此。第二是：在金錢與市場關係的支配下，消費型文學發達而嚴肅文學衰落。第三是：在大眾消費文明下，作家急功近利，求名利先於求自我風格的形成；「消費人」的形成，使作家「單向度化」，無從有更豐富的人生，更多樣而深刻的對於人及人與自然的關係多作體驗與思考。

結論

在形式上，我們已看到台灣富裕的、消費社會的形成。大眾消費社會有兩種，一種是實在的，一種是虛構的，台灣即屬於後者。因為作為大眾消費社會重要支柱的科技，特別是精密的科技，我們還落後一大截。在享受上，我們有各種豪華的汽車、觀光飯店、舶來技術與商品，但因為缺乏堅固的科技基石，所有享受的富裕現象都只是一種虛構。我這樣說絕非在誣蔑台灣的經濟成就，而是在陳述一個真實的事實，我們不能再這樣無窮無盡的發展下去了。即使是在西方許多大國，不少思想家仍警告的說，世界物質、資源有其極限，目前這種浪費性的、糟蹋性的成長必須遏止。他們提出的警告是：「減少成長」。西方如此，台灣更應是如此。台灣作家在富裕社會中，千萬不要自以為是另一種作家。他不該再只靠靈感與即興去寫作，而應該積極去理解越來越複雜的社會。過去讀了四書五經可以治天下，現在則不然了。由於各種經濟的、政治的、社會的、歷史的因素，使我們面對的人文景觀越來越複雜，這種複雜的情況，要求每一個作家必須花費辛苦的代價，長期努力的去對事物的本質和真相進行理解。他必須謙虛的做調查研究、閱讀、思考、訪問、做筆記、建立檔案、用苦心去捕捉真理，從事寫作。

最後一點是，前面談到的人的「異化」。簡單的說，人已逐漸失去了人之所以為人，當我們提到所謂人道主義文學作品與作家的時候，他們的共同特點是對人的形象有一種深刻的信念。當黃春明寫那些淡淡哀愁的小人物時，他心中就有一種或者明顯或者不明顯的對人的信念。台灣作家目前最重要的是從人的復歸出發，克服人的異化，從人文主義的回歸去看台灣、中國、第三世界和全世界的人類。在所有的復歸途徑中，我相信沒有一種東西比文學更有效、更直接。文學使那些對愛失去信念的人，恢復愛的力量；讓沮喪的人得到溫暖；讓受逼迫的人得到反抗的力量；讓失望的人有勇氣重新去愛、去生活、去追求新的希望、去擁抱別人，這應是一切文學的原點。文學也應和其他有良心的知識一樣，對社會、國家及全人類的團結和平、進步與正義，付出應有的貢獻。

初刊一九八三年八月十八日《中國時報·人間副刊》第八版
另載一九八三年八月《文季：文學雙月刊》第一卷第三期，一九八四年九月《大學雜誌》第一七五期，一九八七年六月《台港文學選刊》（福州）第三期
收入一九八四年九月遠景出版社《孤兒的歷史·歷史的孤兒》，一九八八年四月人間出版社《陳映真作品集8·鳶山》

1 本篇為陳映真在中國時報主辦「第三屆時報文學週·大眾消費社會」講座之演講文。時間：一九八三年八月十五日；地點：台北介壽堂；整理：李瑞。初刊之後的版本均無副篇題「第三屆時報文學週講演摘要」。

台灣知識分子應有的覺醒

我對台灣鄉土文學運動的看法[1]

這次我應愛荷華國際作家邀請坊之邀，得以來美國旅行，我希望利用這次的旅行對自己的知識和眼界有一點幫助，也希望對我在台灣文學上的工作有所助益。因此我把這趟旅行分成兩個目的：

（一）我覺得台灣文學界應注意與我們命運和條件相類似的第三世界，而瞭解第三世界的心靈的最佳途徑就是透過他們的文學。

這次愛荷華邀請很多南美、亞洲及東歐的作家，因此我想利用這個難得的機會，盡可能理解他們寫作的動力來自哪裡？他們為什麼或為誰去寫？如何去寫？

關心第三世界寫作動力

（二）我想看看美國，美國是很大的國家，花三年的時間也不見得能理解，而我這次只有三個月的時間。我想看的美國不是好萊塢一直在亞洲告訴我們的那個美國，我想看另一個美國，去瞭解少數民族、貧民、反文化等問題，及訪問一些對美國社會比較有前瞻性和批評性的團體，例如反核能組織或生態保護團體。

我關心第三世界作家的寫作動力，是一個理論和實際的問題。我從日語翻譯的著作中看到小部分南美洲、亞洲和奈及利亞的作品，使我對台灣文學有兩點感想。一方面是台灣有些作家在勞苦生活之餘還為我們寫下一些好的或較好的作品，相當可貴；另一方面，當我們和第三世界相比的時候，我覺得台灣當前的作家對於歷史、生活、社會和對世界透視的焦點卻不像第三世界的作家那樣明朗。

我認為台灣最普遍的問題就是思想和文化的貧窮，這種現象也反映在整個文學界。這種思想和文化的貧窮，在我們和第三世界的文學或電影比較時，便馬上就顯現出來。

防堵政策造成文化貧乏

台灣思想和文化貧窮的來源大概有兩個：(一)三十多年來台灣在哲學、批判知識或社會科學方面採取一種防堵政策，長期下來就造成這方面的貧困；(二)十幾年來，台灣已形成「台灣型的大眾消費社會」，這種社會有一個很大的特點，就是「消費」成為人們生活的中心目標，以至於個別的人有一些專業的知識卻沒有開闊的見解；有很多意見，可是沒有理念；可能有很多的規則，可是沒有原則；可能有很多知識，可是沒有信仰。這樣的一種知識界的狀態，以至於一般的讀者愈來愈庸俗化，愈來愈成為消費文明的消費者，不像前消費社會那樣，知識分子和人民比較關切知識界興起了哪些東西或說些什麼。

一旦大眾消費社會形成後，像美國一樣，所有的文學原是校園裡面的東西，即使一些激進的思想，也僅限於大學校園一些精英分子或團體在討論，對社會完全沒有指導和影響的力量。台灣目前也逐漸往這方面走，據我的估計，文學的影響力會愈來愈小，愈來愈失去重要性。

台灣思想和文化的貧窮不只影響了國民黨，也影響了黨外及台灣的文學界、知識界和文化界。

「台灣型的大眾消費社會」和歐美、日本有共同點，也有其特殊點。比方說，國外資本對我們的文化、經濟各方面的影響很大，這是比較獨立的大眾消費社會所看不到的。又例如資本累積的困難，很多人有了錢就往外國跑。

台灣最近幾十年來，由於加工出口經濟的影響，的確已達到了在台灣或中國所未曾有過的富裕社會，在此富裕社會中，以大眾和全社會的範圍對豐富的產品進行持續而集中的消費，這也是中國社會史上前所未有的。但是我認為這個社會由於資源的有限性再加上台灣消費社會的虛構性質，是不會持續很久的。

消費社會加速思想貧弱

台灣型的大眾消費社會無疑使台灣的文化思想的貧窮更加惡化。最近，台灣的言論尺度可以說從來沒有那麼寬。雖有很好的講話機會，可是一直在炒冷飯，沒有一種深度，沒有一種反對力量的哲學，也沒有人寫出有歷史有前瞻，像王希哲之類的東西。這不是台灣的知識分子沒有才智，而是完全沒有這種體質並且缺乏訓練。

我很主張文學的大眾性格，可是最近我逐漸瞭解到大眾性文學藝術的先決條件是知識分子的啟蒙，必須先有普遍、平均的進步的知識分子，然後大眾性的文學藝術才有可能出現。在目前的情況下，台灣的知識分子是落在群眾後面，這是很嚴重的問題，所以我認為當前台灣文學界或知識界的中心課題就是知識分子的啟蒙。像三毛或瓊瑤這種消費性的群眾文學，對台灣沒有幫助。

台灣的知識分子為什麼落在群眾的後面呢？主要還是因為思想和文化的貧窮，而且知識分子本身是受惠的一群，對改變社會也就不會那麼積極。

我認為從國民政府到台灣以後，台灣的文化界和知識界處在一種美國化的過程中。美國化的問題在第三世界非常普遍，就是，它打了折扣，西方真正好的東西卻無法得到。

美國對第三世界的控制，經常是用國家的力量干涉他國的內政，其重要的目的之一是要掌握穩定的市場，這種對第三世界控制的力量是很凶狠的，要不是拚命用消費文明去改造第三世界，就是幫助右翼的法西斯政權去鎮壓，這雖然是必然的結果，可是歷史告訴我們，鎮壓並不能解決問題。

當然，由於第三世界的社會經濟發展尚未達到一定的程度，所以即使人民有尋找出路的意識，仍有很多難題，特別是在自由、民主與人權這些方面。可是我並不那麼悲觀，因為像中國大陸、越南或蘇聯的失敗，應該會給共產主義運動有一個很好的教訓才對。

鄉土文學不應只重形式

從第三世界所臨面的問題再回頭來看台灣，我覺得台灣在鄉土文學論戰以後有很多問題，可是現在因為美國的「台灣認同」思想很高漲，就連帶過高地膨脹了台灣鄉土文學的成就。如果我們真誠地希望台灣的文學走得更遠、挑得更重，就不應該有這樣的心態。

第三世界的文學條件不見得比我們好，但是為什麼在他們的作品中，對歷史、社會和人的生活的焦點那麼明顯，而台灣的鄉土文學差不多只變成一種流行？好像加點台灣話，用「阿土伯」、「阿金嬸」啦，就是台灣文學，就是好的文學。這樣對台灣文學是不利的。

我認為這是由於作家、知識分子和文化人，普遍在思想和批判知識方面的極端貧乏所造成的，因此對世界沒有穿透重重帷幕去理解的力量。理解社會的本質需要知識，而不是像過去的文人那樣，喝個酒、抽個菸就足夠。台灣的很多作家沒有這種認識，也沒有這種自覺，這是最大的問題。

應該認識台灣社會真相

我說的這些話可能使人覺得絕望，乾脆不要搞算了，可是我的意思不是這樣，《聖經》上有一句話說：「認識耶和華是知識的開端。」我要套用這句話，就是「認識台灣社會的真相（不是指政治上的真相），是台灣所有文化人（包括作家在內）的知識的開端」。

我們要懂得自己的社會是什麼性質的社會，要瞭解我們面臨了什麼樣的問題，才有可能在影響龐大的大眾消費文化形成的過程中找到新的出路。

我認為第三世界的文學是充滿了希望的；而西方文學則一直往下掉，沒有人的味道，要死不活。

台灣雖然有很多大眾消費社會的性質，但是因為它有很多虛構的成分，還是屬於第三世界。因此，台灣應往第三世界看，從第三世界求取一些經驗和知識，重新開拓台灣文化或文學的新面貌。

第三世界文學的特點就是非常擅於利用自己民族的特點和傳統，再揉合現代批判的思想，就變成活潑而充滿生命力的東西，這是我們可以向第三世界學習的一個重點。台灣的現實主義是太嚴肅了，太板著臉孔、太懷著沉重的心情。像馬奎斯(哥倫比亞小說家，諾貝爾文學獎得主)能以如此活潑的心情去面對他愚昧的祖國，真是化腐朽為神奇。

不一定在劇變的社會中才能出現偉大的作品，因為即使在「幸福中毒」的社會也有更深的殘酷，就是那種對生活或生命的無奈和厭倦、人的沒有目標、人失去了愛的能力和與人溝通的能力，這是很悲慘的事。

有些悲慘可以用皮膚感覺到，有些則是在「幸福」裡面，需要用批判性的知識去理解。

我前面曾提到台灣文化和思想的貧窮不只影響文學界，也影響到黨外。三十多年來，台灣的黨外在批評和反對的活動方面有很大的功績，台灣一般知識分子，包括我自己在內，對黨外不避艱苦的努力都懷有感謝和敬意。

可是大家也不是不知道他們真正的理念，然而只要他們不把它公開化，大家還是願意站在他們那一邊，給他們鼓掌。為了台灣的民主、自由和人權，為了這個很好的共同目標，不只是黨外，就是開明的國民黨人士也希望朝這個目標走。可是如果他們一定要高舉那個旗幟，就變成原則的問題，有些人也許不會去阻礙它，但只好靠邊站，「讓你們去搞好了！」這對黨外是沒有好處的。

力求文化知識縱深發展

我一直認為背負這麼嚴肅沉重的使命的黨外反對力量，應該有一點謙虛、謹慎和團結的態度，應該在文化、思想和知識上求更縱深的發展，否則怎能負起這個任務？黨外所從事的運動，絕不是請客、吃飯、吆喝的事情，應該有更長遠的期許。

我對台灣文學的批評是真誠的，是懷著擔心而不是幸災樂禍。我對黨外的批評，也的確是出於對他們的憂心和關懷。

對於台灣獨立運動和分離運動，我認為全體中國人，特別是兩個政權要負很大的責任；對於台灣文學的發展，我認為研究和創作的視野應擴大，而用作品來豐富台灣文學的傳統，要比打筆仗好得多。

初刊一九八三年十月一日《前進廣場》第八期

1 本篇為在台灣文學研究會第二屆年會之演講稿。該會於一九八三年八月二十六日在美國紐澤西州召開，與會者除陳映真外，尚有許達然、葉芸芸、謝里法、陳芳明等。

變動中的台灣和當面台灣文學的諸問題[1]

變動中的台灣

諸位先生離台來美怕皆在十年、十五年以上。這期間有人自己回去過，或者聽回去過的人說起，大約有一個共同的認識：台灣變化很大；繁榮了、進步了。但這變化的具體內容，例如這變化的社會學的意義和這變化對於居住在台灣的人的影響，卻沒有人加以思考和討論。今天，我的講話，算是一個初步的開始吧，只能是問題的提起，有待以後更有專業素養的人繼續真正深刻的研究。

一九八三年八月

台灣大眾消費社會的形成

根據一般較為普遍的提法，在平均國民所得進入一五〇〇至二〇〇〇美元時，開始向大眾消費社會移行。台灣的國民平均所得，據說已經進入二五〇〇美元。此外，汽車的普遍度，也是大眾消費社會的指標。一般說來，目前的台灣社會大約等於二十年前，即六〇年代中期的日本社會，房子、汽車、彩色電視（代表現代家電用品），即所謂 my home, my car, my color TV set 成為日本人民舉國為之狂奔的時代大略相似。所以說「大略」、「相似」，當然是台灣社會在許多具體條件上與正格的大眾消費社會如日本、美國者不同——例如尖端科技的落後、台灣中產階級社會的虛構性、台灣工商階級的非獨立性、國際性企業的支配性影響，以及因為脫產逃亡引起的民族資本積累不能，等等。但是，以全社會、大眾的範圍內，持續、集中、制度化地對島內外豐富的商品進行消費的生活樣式，以在中國與台灣的歷史上空前的規模存立著。

台灣大眾消費社會的一些性質

下面要說到的，有關目前台灣消費社會的若干性質，隨著島內各別小社會的市場、經濟條件而有不同程度的表現。

（一）與工業、生產有關的科學和技術的相對性的發展：比起六〇年中期以前的台灣，科技有長足的發展。但這是相對而言，從絕對方面看，比之日本和美國等典型的現代大眾消費社會，台灣在精密、尖端科技上，仍然是落後的。這是因為台灣資本主義因外在限制不能正常發展，以及她作為第三世界的一環，有著成為先進國過時科技傾銷場的宿命性的依賴性格，在科技上永遠保持一大截差距。

（二）大量生產：進步的科學和技術，在工業、農業、畜牧等部門帶來超出自然需要的大量生產，使台灣社會空前地成為一個商品所構成的社會，使大眾範圍內的消費，成為可能。

（三）國際性企業對台灣市場的支配性影響：化學、銀行、醫藥、動物用藥、資訊、貿易、食品、汽車、機械等國際性商品，在台灣市場中占據很高的優勢，鼓舞人們超出經濟力量的消費。

（四）行銷活動對廣泛的生活面之影響：強力的現代大眾傳播，和外國／土著企業日益進步的行銷管理，帶來一套新的文化、價值、思想和行為，對台灣傳統的文化、價值、思想造成革命性的侵蝕和改造運動。

（五）工業城市的興起：相應於台灣工業的發展，工業城市興起，人口蝟集，造成物質、環境的嚴重汙染，也造成工業城鎮／衛星城鎮人的精神上的荒廢。

台灣型消費人(homo consumens)的登場

台灣型大眾消費社會的形成過程，正是台灣型消費人登場的過程。他們有這些性格：

(一)節儉、節欲、自抑的舊人的消失：享受、追求欲求滿足、追求物質豐裕的幸福，成為人人為之狂奔的人生目標。生物的、動物的基本欲望之滿足和飢餓，成為普遍、公開、正常的屬性。苦難和苦難意識，在現實上成為昨日的舊遺物。

(二)張惶、逐流的人生：商品不斷開發，不斷因行銷活動而保持劇烈變化。人為了追逐這些商品而過著只隨著在商品社會而倉惶追逐，過著滿足—飢餓不斷循環的一生。自主的、安寧的、清醒、有創意的人生成為過去。

(三)消費的制度化：對商品的消費，成為一種社會制度。人因消費什麼品質、等級的商品，如何消費這些商品而分成為不同的社會分層。在大眾傳播和行銷管理的操縱下，人為了「與人同」、「輸人不輸陣」，進行超出自然需要、超出實際財政能力的消費。自足量入為出的過去的社會已不復存在。

(四)甜美的社會控制：精神和物質性商品在包裝、品質上的規格化與劃一性，帶來人在消費文化中價值、思想、行為的劃一性。為了追逐經過企業的行銷管理所誇大、操縱的貪欲—滿足—飢餓的循環，人為「擬似享受」各種商品而耗盡了一生。人在豐美的商品的牢籠中成為幸福而馴順的家畜。人失去了創造性和自主性。失去了批判和反抗的能力。真正「控制」著台灣社會的，毋寧是消費的宗教。

（五）單向度的人的出現：人單純地只成了消費的微生物。信念、信仰、創意、批判、愛這些人的更豐富的屬性失落了。人失去了創造和體驗更富有的人際關係、人與天的關係的能力。有多樣瑣碎的規則，卻失去了原則；有各種事實和知識，卻失去了意義與哲學；有各種意見、想法，卻失去了信仰。人的異化，成了問題的焦點。

另一個台灣的剝落

即使像美國這樣先進的國家，另一個與表面美國完全不同的社會，隨著進步與發展而剝離出來。台灣也不例外。城市貧民，工業區的工人，特別在工商業的吞吐運動中，成為不安定，沒有法律、社會保障的另一個台灣。他們和社會的進步、文化、福祉只有義務，卻沒有權利。

兩種文化系統

以上的社會變動和人的性格的變動，無選擇地，依乎社會變化的社會學的規律，無差別地影響於大陸人和本省人，國民黨和黨外。這是絕不因主觀意識為轉移的。

因此，在文化上，台灣的文化也分化成兩層。

一個是國際／土著企業行銷活動下，台灣傳統文化、價值、思想和行為的迅速解體，以及隨國際性資本、商品、技術以俱來的外來文化、價值和思想、行為的支配性影響的文化，使傳統的Taiwanese/Chinese identities在每天的每一個時刻中正在腐蝕、消亡之中。這正如台灣內部山地少數民族的文化和認同消失在台灣的大眾消費文化之中一樣。

在這文化之中，人對古老的、過去的台灣沒有情感和興趣；對國民黨表面的正統價值和意識形態沒有興趣，同樣，對台灣民族論也沒有興趣。國際性消費文化的意識形態，反對任何形式和內容的民族主義和nation state的認同意識。

而另一個裡層的台灣文化，例如台灣傳統的民俗、迷信宗教、祖先崇拜、民間宗教、民間語言、民間藝術（民謠、戲曲、詞句、說書、寺廟建築、雕刻、繪畫）工藝等等，卻保留在被上述第一種台灣型大眾消費文化所剝離與捨棄的另一個台灣，即城市貧民、工業城鎮的工人、農村農民的生活中。當然，這一文化正在逐漸被第一種文化逐漸侵蝕中。而這一文化，恰好是中國／台灣 identity 相疊合之處。

當面台灣文學的問題點

相應於上述台灣社會和人的變化，我以為當面台灣文學面臨著若干急待面對和解決的問題點：

（一）思想上和文化上的貧困

這是因為：（1）三十年來台灣在社會科學、哲學上的禁絕和管制；（2）大眾消費社會形成後人的「單向化」和「家畜化」，失去了思想的可能性和需要性。因此，讀者、作者雙方，失去了對歷史、社會、生活和人的理解、思考與批判力，造成文學在內容上的無焦點、無內涵的傾向。這與其他第三世界文學的清晰的意識形態上的把握，並據此以民族風格加入美的表現（如馬奎滋）大有不同。

思想、文化的貧困性，是台灣學術、文學、文化、政治上共通的問題和基礎疾患（underline disease）。

(二)對於台灣文學在世界文學中的地位不清楚

台灣與第三世界的共同點是：(1)對於美日等已發展國家在政治、經濟、文化和科技上的依賴，即前者對後者的支配關係。(2)台灣成為先進國際企業行銷管理的工具。(3)中產社會的虛構性，即主觀的、模仿的中產階級遠多於職業、收入所界定的中產階級。即消費與生產力間的誇大的關係。(4)中產以上社會階級的依賴性。逃亡設籍置產使民族的資本積累不可能。

但是台灣與第三世界個殊的差別有：(1)平均收入高(加工出口經濟、海島型出口經濟)，貧富差距比較小。(2)向大眾消費社會(儘管有它的虛構性)的移行過程。

由於批判知識、思想的一般的貧困，不知自己在世界文學地圖中的位置，對西歐批判的、進步的文學理論，對第三世界文學中豐富的對於人的信念，對於其革新意識和自己民族風格的結合，缺乏深入的理解，從而使自己的文學失去思想和理念上的焦點，與第三世界文學相形之下，顯得格外膚淺和幼稚。

(三)語言的荒蕪

這由幾個條件造成：（1）三十年來台灣漢語教育失敗，對傳統文學中的漢語，沒有好的繼承訓練。（2）對於三〇－四〇年代中國新文學的禁斷，使文學家無法從近代中國新文學中吸取經驗與既有的語言上的成績。（3）大眾消費社會中，語言、語構的極端符號化和簡約化。同社會人的思想的貧困、荒廢、單向度化，產生文字、語言的貧困、荒廢和單向度化，失去表達上的鮮活性和獨創性。（4）台語使用的同時，對台語的正確漢語源缺乏正確知識，造成一時的尷尬與笨拙，無法負起豐富漢語和豐富大眾日常母語語言的正常功能。

（四）文學對社會的指導作用的下降

（1）相對於大眾消費社會形成以前的社會中文學所擁有的高度社會／人生指導的性格，大眾消費社會中，文學成為「精英」作家與讀者、評論家間小群化，消費文化（如電視）當道，文學失去對社會、人生的指導性。（2）相應於人的異化——即人的單向度化和家畜化，非現實主義、非革新的、放縱欲情的、個人主義、形式主義文學有了發展的土壤。人的異化，招致文學的異化。

(五)市場經濟對文學的影響

(1)文學作品的高度商品化。(2)市場關係、金錢關係對創作、發行、作者、讀者、評論者、出版者的滲透。(3)因此,作者、讀者逐漸失去在刻苦、苦思、興趣、孤獨中去體驗和發展更豐富的人生的可能。名利、功利主義思想支配文學的創作、欣賞和發行。

(六)過早的宗派主義

宗派在文學上相互間的辯論,足以促成文學在形式與內容上的進步與發展。但宗派的成立,在知識與哲學。從感情不足以成宗派。早熟的宗派,正如無知識的人爭論知識一樣,有害而無益。

結論

應該擱置宗派的差異,以作品去比較和辯論,才是對台灣文學有利的。

(一)作家應該爭取自己在文化上、思想上和批判知識上的進步。因此，他必須努力讀書、研究、調查和生活，取得認識當前台灣的人和生活的實相與虛相的能力。

(二)文學當以人的異化之克服為職志。即尋求對人的信念的重建，人的愛的能力的復歸，從而在人間性的復歸上，恢復人與人之間、人與上天(自然)之間更豐富、多樣、深刻關係，使人向著追求愛、和平、團結與進步的更豐足的可能性之解放前進。使文學成為使失喪的人得歸宿；使被侮辱的人回復尊嚴；使相分裂、猜忌的人們，重新團結、和睦和互信，受踐踏的人得以屹立、受創傷的人得治療，失望的人又恢復信心……這樣的東西。

(三)通過這樣的文學，使因大眾消費文化和社會剝裂為二的台灣重新合一，使不同主張的人在共同關切和愛讀的台灣文學上重新和睦，取得真實的民族團結與和平。

一九八三年八月

初刊一九八三年十月《台灣與世界》第五期
收入一九八八年六月人間出版社《當代人物談台灣問題》(葉芸芸編)

1 本篇為在台灣文學研究會第二屆年會上發表的論文。該會於一九八三年八月二十六日在美國紐澤西州召開，與會者除陳映真外，尚有許達然、葉芸芸、謝里法、陳芳明等。

〔訪談〕溫暖流過我欲泣的心

在愛荷華訪陳映真[1]

……來到愛荷華，最深刻的感受，是我理解到在世界上極大多數的地方，作家、藝術家和新聞記者、教授、學生永遠是政治迫害最先最快的犧牲者。許多第三世界的作家告訴我他們文學同仁受到政治迫害的故事。文藝上表達的自由，在全世界範圍內受到粗暴的限制與摧殘。

在海外，很多人關心陳映真訪問美國的消息。但是除了若干中文報紙報導了陳映真在八月底於紐澤西參加了「台灣文學研究會」的講話和一些情況後，一直沒有再進一步的消息。記者幾經打聽，才知道陳映真從八月三十日就住進愛荷華市的五月花公寓，開始了國際寫作計畫（International Writing Program，簡稱ＩＷＰ）裡的生活。記者徵得陳映真的同意，在九月中旬的一天，專程到愛荷華去訪問他。以下是訪談中比較精要的部分——

問：我們都知道在過去幾年間，你曾數度被邀來美訪問，都沒有得到批准。這次你順利出來，大家都很高興。一方面為了你能出來高興，一方面也為了政府開明的舉措高興。但人們還是好奇，為什麼這回你能順利出境？

陳：我只能說，我感覺到政府當中的確有人想把事情做好：做得更合理、有效和正確。此外為了這次我的出境，許多人盡了他們的善意。依時間先後，胡秋原先生、鄭學稼先生、沈君山先生、許良雄先生、余英時先生、林毓生先生、莊因先生、劉紹銘先生、李歐梵先生、白先勇先生、鄭愁予先生、張系國先生、周應龍先生和黃天福先生，都曾出面關心我出境的事。對於他們的友情和善意，銘感極深。我要在這兒謝謝這些先生們。

我看到另一個美國

問：來美後對於美國有什麼印象？

陳：除了上紐澤西，順道到紐約一趟——只逗留半天——我只到芝加哥和內布拉斯加州的奧瑪哈城。這以後就住進這「偏遠」的愛荷華城，每天關在房裡看書，找別國的作家談論。我還沒有正式開始旅行。所以談印象肯定是還太早了。但是，即使這一點旅行經驗，也還有這些初步印象：美國確實是一個遼闊、豐饒、強盛的國家；美國是一個真真實實地由龐大的中產階級組成的國家。但在紐約坐了一趟地下鐵，眼見到「另外一個美國」：貧困、疲乏、力竭、茫然的黑人、波多黎各人、下層華人、東方人和墨西哥人……組成另外一個美國。美國不是高樓大廈構成的。估計百分之八十五以上，美國是田園式的大樹、平原、玩具似的平房、草地、野鹿、松鼠和野鴨的美國……。

問：你參加過「台灣文學研究會」。能不能談談會議中的情況？

陳：這是我第一次參加類似的會議。我報告的題目是「變動中的台灣社會和當前台灣文學中的一些問題」，內容是我在出國前那篇講演的一點兒擴大[2]。此外，出席宣讀論文的有洪銘水的〈陳映真小說中的寫實與浪漫〉、黃娟的〈再談《亞細亞的孤兒》〉、杜國清的〈《笠》詩刊與台灣小說初探〉、許達然的〈(日據前)台灣文學中的社會輿情〉、謝里法的〈日據時期台灣畫家與文學家的關係〉、陳芳明的〈日據時期台灣左翼運動與文學運動〉和葉芸芸的〈戰後初期台灣小說初探〉。

對於我，幾乎每一篇報告都很引起興趣。這個研究會很值得發展下去，由不同意見的人從不同角度去探究台灣文學，共同積累一些研究的成果。

在國內，這種談論恐怕不太可能

問：大家都知道與會的一些人在政治上同你有不同意見……。

陳：與會前，我做了一點調查（笑）。料想陳芳明先生、謝里法先生與我的不同比較顯著一點。但會議開下來，大家都很民主、理智。那種感覺真好。大家都很能聆聽對方的觀點，交換意見。學術上的民主風格，這是我一生中頭一次經驗。我估計，在國內，這種談論恐怕不太可能。後來我把這種體驗告訴朋友。朋友說，在海外，這種情形也不多見。不論如何，我寶貴這次的體驗。因此，我希望研究會中諸君子尊重自己和對方在哲學與政治上的歧異，卻各自在各自的學研工作上認真、勤勞地工作，共同為了豐富台灣文學的研究而努力。

問：IWP是個挺有名的會，但在台灣，一般人還不熟悉，你能不能為大家介紹一下？

陳：首先是邀請的問題。有些作家是IWP自己挑選的；有些是別的國家主動推薦的，有的是駐在各國的美國新聞處（USIS）推薦的。還有一些是各國政府或其文協推薦的。除了第一種，據聶華苓女士說，都要經過IWP本身同意才行。

在公的方面，各國作家有交流活動。召開各地區文學研討會——例如南美文學、中・東歐文學、西歐文學、亞洲文學、非洲文學和中國文學討論會，由各國作家報告各該國的文學概況。此外，就是這些作家和美國作家間的交流。參加美國當地的文藝活動，參觀美國一些農場、工廠，在美國旅遊也是ＩＷＰ的活動之一。

除此之外，作家可以自由搞各自想搞的事：閱讀、寫作，或者只是喝酒、睡覺……。

但依我個人看，ＩＷＰ最大的價值，在讓世界各地從事文學工作的人們，在這兒互相了解對方的文學工作和對方文學創作環境，和對方的文學傳統與精神。在台灣，作家不理解許多與我們有共同命運的民族與國家的作家與文學生活。在這兒卻是一個活生生的機會，讓作家彼此溝通與討論。使作家通過個人的接觸，理解別的民族與國家的心靈。

愛與正義超越了偏見與仇恨

其次，ＩＷＰ表現了文學藝術為人類和平與團結的性質。在一次非洲文學討論會上，一位以色列籍訪問女詩人在會上宣讀了她的兩首詩。一首描寫在戰場上瀕死的以色列士兵，忽然領悟到在這一場以色列．阿拉伯戰爭中，俄製坦克、美製飛彈和軍火、法製噴射戰機在殺戮著阿拉伯人和以色列人，而兩方的軍人，只不過是世界各國軍火商人的「玩具兵」，而感到對戰爭的憎恨。第二首描寫了一位在戰地上瀕死的阿拉伯士兵，向他故鄉的愛人寫訣別的信，告訴她他是多麼厭惡戰爭，夢想著民族間的和平與正義，夢想著回到愛人的懷抱……引起了在座埃及作家、巴勒斯坦詩人和伊拉克聽眾熱烈的掌聲，場面至為感人。文學對人道主義、愛和正義的關心，超越了政治、偏見和仇恨，在全場雷動的掌聲中，四海兄弟的崇高理念，溫暖的流過我欲泣的心中。

問：談一談至今為止，你來ＩＷＰ的感想好嗎？

陳：最深刻的感受，是我理解到在世界上極大多數的地方，作家、藝術家和新聞記者、教授、學生永遠是政治迫害最先、最快的犧牲者。許多第三世界的作家告訴我他們文學同仁受到政治迫害的故事。文藝上表達的自由，在全世界範圍內受到粗暴的限制與摧殘。去年來ＩＷＰ的菲律賓作家回去不久就被逮捕，目前是軟禁狀態。

有許多作家也是屢次申請出境不准，這是來ＩＷＰ第一次獲准出境的。有一位土耳其作家一直到上飛機那天才拿到護照。

問：這樣看來，你不是唯一受到限制出境的作家了。

陳：是啊（笑），而且，嚴格地說，一九六八年我被捕，並不是因為我在文學上的活動。在細節比較上，我發現自己還比他們若干人「幸運」。我為此高興，也為這世界性的現實感到悲憤。多麼複雜的心情！

每年，IWP都有若干被邀的作家，因為他們政府不放人，不能來。今年是一位蘇聯作家，一位波蘭作家，和一位捷克作家不能來。為他們預訂的房間，安靜而沉默地鎖著，形成每天我們眼中難堪的悲憤與譴責。我真高興兩個台灣作家的房門經常生動而有生氣的開開關關……（笑）。

第三世界文化正迅速解體

問：你一向注意第三世界文學，要大家關心甚至學習第三世界的文學。這一次你和第三世界作家們共同生活，有什麼心得嗎？

陳：到目前為止，我只和一部分作家談過，還沒有全接觸。對東歐作家，我也很有興趣，可是還沒有開始接觸。但是初步有些強烈的感受。

第一，第三世界文化的解體比我想像的還嚴重。大部分的非洲國家和南美國家，當西方殖民者來時，自己的土著文化很落後——有的只有石器時代稍後——從十六、七世紀開始，他們形成一個由消失中的土著文明和西方文明「並存」，而實際是土著文明消亡過程的文化結構。菲律賓的民族主義，鄉土作家要花極大的力氣教育自己和讀者：塔加羅（tagalo）語（而不是英語）

才是菲律賓語。有一位菲律賓作家說，貧窮的菲律賓人民每天吃熱狗，喝可口可樂，聽美國流行音樂，跳美國熱舞，說英語……。我們一塊去美國商店買東西，他苦笑著對我說，這超級市場、購物中心、琳瑯滿目的東西，有一大部分我耳熟能詳。在菲律賓，從早到晚，我們消費和美國同樣廠牌的東西！

相形之下，我們老祖宗為我們留下一套自己的語言、文字和文化，是多麼可以感謝！沒有這些，民族認同就沒有依歸啊……。

文學應有民族風格

第二，文學上爭論的焦點，我們和第三世界一樣。在印度、菲律賓、非洲和南美，西化（即過去殖民地影響）問題，比我們還嚴重。用英文、法文、西班牙文寫作，成名快，受到西方學院「承認」也快；用母語寫，讀者文盲多，方言多，是一個艱苦的鬥爭。他們每一個國家，有認為文學為「宇宙性藝術」，不必有民族特點；認為文學要有「美學上的精緻性」，不要為政治運動吶喊的西化派和買辦文學派。但是，同樣也有主張文學為廣大苦難同胞，文學應有民族風格，文學應該干涉生活，為反抗帝國主義和封建主義，為民族在政治、經濟和文化上的真正獨立而奮鬥的「鄉土」派。但是相形之下，第三世界很多國家西方化的勢力，遠比其在台灣要大的多。這是因為歷史上舊殖民主義的強大遺留，也是新殖民主義強大影響的結果吧。殖民主義對歷史、文化、心靈……的殘害性影響，他們是比我們嚴重得多。

另外，還有一個共同點（笑）。西化派總是指責鄉土派為「共產黨」！我親眼看見一個埃及作家（他主張文學的唯美主義，英文說的呱呱叫），在非洲文學討論會上，當眾指控目前被關在埃及監獄中的文學同事為「共產黨」！（笑）當年余光中、彭歌，一直到今天的一些人，也指責鄉土文學是「共產黨」。他們真是相像！（笑）

相形之下，我們文學上的問題，和整個第三世界有很大的共同點。在這共同點的感受中，我也「慶幸」我們有比他們更完整的文化和語言傳統。正是這傳統，使我們歷經日本五十年統治而不曾被日本同化。此外，過去歷史上殖民主義在心靈、語言、文化、文學的影響和支配性，比起我們第三世界的朋友要輕得多。為此，我又慶幸（為了自己），又悲哀（為了他們和我們整個第三世界）。我們真該好好珍惜自己，更深去理解第三世界和她的文學，更努力地在文學上做出成績來。

第三，我覺得第三世界文學家們，他們的歷史、思想的焦點很明白。他們關心社會、民族、祖國的前途。他們關心人的命運，關心人應有的尊嚴。從他們的談話和作品中，他們是向外看人和人的命運的。

相形之下，台灣作家是向內看的。他只看到自己的感情和心理流動。不客氣的說，我們的很多文學，沒有歷史、社會、人和生活等思考的焦點。從台灣出來，我自然有一種衛護台灣的感情。相形之下，為台灣文學的發展，真是焦急啊！

我還是這樣主張，要研究第三世界的文學——她的歷史、運動、作品和理論，並從中汲取豐富的啟示和滋養。

有自己的思想，才有自尊與持重

問：作為一個被邀請的作家，你怎麼看待ＩＷＰ這樣難得的機會？你期望如何來從中得到益處？對以後有機會被邀的人，你有什麼建議？

陳：這是個好問題。第一，我把這個機會當作開展自己認識和胸襟視野的好機會。我幸好自己有些外文能力，能夠深入的和別人溝通，相互學習。有些作家英文不行，就要抓ＩＷＰ中國同事來當翻譯。不然整天在這兒作夢，喝洋酒過癮、裝瘋、混日子……太可惜了。

第二，更覺謙虛、謹慎的重要。來這兒的作家，他固然不認識你的大名，你同樣的也不知道別人的「重要性」。千萬不要自我中心，老以為自己是世界級大作家，應該全世界都認識你，把自己丟開，懷著熱心、好奇去認識別人——別人的看法、信念、問題和痛苦，以及別人力量的泉源。看看別人同他們的讀者、社會、生活與人民是處在什麼樣的關係。看看別人在寫什麼？為誰寫？為什麼寫……

第三，自己要有思想、文化上的深度，才有從這深度來的自尊和持重，才能有能力汲取別人在文化和思想上的啟示。否則不但三個月糊糊塗塗的混過去，還在不知不覺中鬧出許多笑話來。

第四，來ＩＷＰ絕不表示自己在文學藝術上的某種「光榮」或「成就」。它只是個國際性交流機會，絕不增加你原所沒有的文學上的「光榮」，絲毫不足以傲同仁。它最重大的意義，是國際文學工作者間增進彼此理解和善意，互相激勉、互相學習的機會。而這機會，只有善於「利用」的人，才能真正得到它的惠益。

問：後頭還有二個月，你有什麼計畫嗎？

陳：我得更快的做好有系統的對第三世界和東歐作家的訪談與討論。有些書和刊物要讀。此外，我要看看「另外的美國」——貧民區、黑人區、少數民族、counter-culture組織（例如最近的反核組織）……等等。

有幾個大學會安排演講，我以為這演講愈少愈好。我不是學者，在講臺上沒有什麼可貢獻。不過如果是必要而不可推辭的演講，我要盡力做好準備，不羞辱聽眾的知識，也不使台灣作家的名蒙羞。真是苦事啊……（笑）。

我同他說，你受苦了

問：對了，大陸作家來了幾位？談過嗎？印象怎樣？

陳：他們一共來了三位，老劇作家吳祖光。中年女作家茹志鵑和她的女兒——當代在大陸據說頗受注目的青年作家王安憶。

一般印象是他（她）們很坦率，樸直。吳祖光從五十年代走反右時就被打下去，一直到七〇年下半才起來。茹志鵑在文革中也打了下去。王是文革後期「插隊」過的一代。同他（她）們比，我吃過的一點「苦」，就不算什麼了（笑）。另外蕭乾和他的夫人文潔若也在此應大學部的邀請留一個月。他也是個「老右派」；我同他說，你受苦了。他笑嘻嘻的拍我的肩膀：「彼此彼此，鍛鍊嘛！」（笑）吳祖光的反應也差不多。

談他們的文學吧。我花了預計以外的時間讀他們的作品。我覺得如果中共再「放」個五年十年，而且「放」得更寬——據我了解，目前中共對文學題材絕不是完全沒有「禁區」的——大陸的文學創作成績一定會超過我們。這使我內心焦急的不得了。從台灣出來的嘛，特別希望不輸給人家（笑）。我想起有些人說台灣文學已經如何的了不起了。說這話的人，如果是出於情感，沒有什麼好說的。然而，這種自負的態度，是會妨礙台灣文學進步的。一個文學如果短少對生活、歷史、人和思想的焦點，哪怕是語言上的，「技巧」上再怎麼精雕細琢，都只是一堆廢紙。

國民黨作家辜負了[3]作為一個中國作家的任務

我想，我們台灣文學也該「放」一「放」了（笑）。讓作家更自由的去想、去讀書、去寫！開放幾個「禁區」吧。現實上一些問題，要鼓勵作家敢於研究、敢寫出來。我和第三世界作家談過，發現他們與中國作家一樣，沒有一個作家是蓄意與政府作對的。他們只與不公、不法、殘暴作對罷了。他們基本上是愛國者，關心祖國和人民的命運的。來到美國，我特別為我能在台灣自己發表〈鈴璫花〉和〈山路〉感到驕傲。這使我可以對大陸作家說：我們也挺「放」的。敏感的題材，我們也照樣可以碰。比起中共黨員作家，如劉賓雁、白樺、茹志鵑、吳祖光……台灣的國民黨作家，不但辜負了他的黨，也辜負了作為一個中國作家的任務。在愛國主義和忠於國民黨理念的原則上，台灣的黨員作家應該通過傑出的作品，負起批評和團結的責任，為台灣文學的「放」，起帶頭作用。

至於問到他們政策上會不會再收？他們說，「應該不會吧……」，「如果會就糟了」，「收了幾十年，文學界死氣沉沉。一放，你看，只這幾年，出了多少作家，寫了多少作品……」我聽著，心中有股悲憤。兩岸的中國作家，幾十年來，多麼渴望著表現的自由啊……。

問：謝謝你。今天你講的，全可以發表嗎？

陳：嗯（打起信心）。沒什麼嘛，講的全是實話嘛！（笑）

初刊一九八三年十月《夏潮論壇》第一卷第九期
收入一九八八年四月人間出版社《陳映真作品集6．思想的貧困》

---

1 訪問、撰述：蘇濟維（《夏潮論壇》駐美特派員）。本文據訪談時間排在九月。

2 陳映真在「台灣文學研究會」報告的正式題目為〈變動中的台灣和當面台灣文學的諸問題〉，「出國前那篇講演」指〈大眾消費社會和當前台灣文學的諸問題〉。

3 人間版無「國民黨作家辜負了」等字。

談「台灣人意識」與「台灣民族」

戴國煇・陳映真愛荷華對談錄[1]

前言：出席者簡介

台灣出身的小說家陳映真應美國愛荷華大學國際寫作計畫（International Writing Program）之邀，於八月底來美短期訪問。

這是陳映真首度獲准出國旅行，很引起各方人士的關心。

一九六七年，陳映真第一次應邀，正在準備來美參加國際寫作計畫之前，被逮捕而坐了七年的「思想」牢獄。陳映真一直是台灣最受期待的一位文學家，他的小說不斷地寫出在台灣這塊土地上生活的人們、他們的愛惡與掙扎。深刻地探討在「台灣」這個特定的環境中，沉悶的政治以及資本主義高度物質化的經濟生活對人們的心靈、對文化的重大影響。他的重要作品有小說集《將軍族》、《第一件差事》、《夜行貨車》、《雲》，以及文學評論集《知識人的偏執》等。

陳映真也是當今台灣文學界最受爭論的人物。一九七七年的鄉土文學論戰，以及不久前台灣黨外雜誌《生根》、《前進》等的「中國結」與「台灣結」的論戰中，他都是浪頭上的人物。近年來，海外「台灣民族」論者也以他為「大中國沙文主義」的象徵。

旅居日本二十八年的日本立教大學史學教授戴國煇，係一九六六年獲得日本東京大學農業經濟學博士學位。多年來他先後在亞洲經濟研究所、立教、東京、一橋、學習院等大學研究和教授歷史與社會學。

自一九七〇年來，戴氏在東京主持「台灣近現代史研究會」，這個學術團體的研究成果廣受美、日各地學術界的看重。戴國煇的重要著作有《中國蔗糖史》、《台灣與台灣人》、《華僑》、《台灣霧社蜂起事件研究與資料》等。

今年三月間，戴國煇應聘到美國加州柏克萊大學，任訪問學者一年。九月下旬，正在美國各地旅行的戴國煇教授應聶華苓女士之邀來到愛荷華大學訪問。聶華苓女士是現任國際寫作計畫的主持人，她與戴國煇多年來有許多共同的朋友——已故名記者、作家司馬桑敦（王光逖）和日本著名現代詩人田村隆一，這次雖是他倆初次見面卻一見如故，實神交已久。

九月二十九日陳映真、戴國煇與本人同在詩人呂嘉行家中作客。呂嘉行、譚嘉夫婦近年來接待了蔣勳、吳晟、宋澤萊、楊逵……等許多台灣來的訪問作家。在主人夫婦的盛情招待、酒菜俱佳的熱絡氣氛之下，初次見面的陳映真與戴國煇有一段精彩的對談，話題是陳映真出國前在台灣發生的那一場「中國結」與「台灣結」的論爭。本文乃根據當晚的對談整理而成。

恐共是「台灣結」的根源

戴國煇（以下簡稱「戴」）：我是今春到了美國以後，才有機會讀到較多的黨外雜誌。日本的學界向來對台灣不很重視，來往也少。

日本雖然有六萬多的「中國人」（包括已歸化日籍者），地理上也與台灣接近，但是台灣的「信息」卻往往是透過美國、香港才傳到日本的。因而，我在日本時通常只看到部分受贈閱的黨外雜誌。來美後發現柏克萊和史丹佛兩所大學的東亞圖書館都有很多台灣的黨外雜誌（似乎是有意識的收藏），因此我才看到有關這次論爭前後幾篇文章。然則，我雖很努力想了解，初步印象卻是看不下去。為什麼呢？似乎大家都不敢明講，吞吞吐吐地都有禁忌。於是我乃對這個問題做了一番思考，有一些看法——表面上，大家在談論的「台灣結」、「中國結」或「台灣人意識」、「中國人意識」，並不是什麼學術性的問題。最重要的是目前主張「台灣結」這部分人有一種恐懼感，恐懼的是共產黨何時要過海來？一夜之間換旗幟的事會不會發生。更恐懼國共會不會和談？在和談之中會不會被「犧牲」？而去年林正杰父親在大陸被關了二十多年後回台的事，確實在黨外人士中間引起很大的猜忌。首先是中共為什麼放這個人？其次國民黨為什麼又接受呢？這都因為他是林正杰的爸爸！葫蘆裡頭到底賣的什麼膏藥？簡直太叫人不安了。因此，這暗流中蘊藏的乃是反共、恐共的心態，在這種心態下自然就忙著努力維持現狀。作為以台籍中產階級為核心的改革體制的大眾媒介的黨外雜誌，帶著二二八的歷史傷痕，對大陸有抗拒的心理是可以了解的。尤其是四人幫垮台，文革的失敗都暴露出來後，對中國大陸的期待感更是茫然有失了。這當然是世界性的問題，無論對共產主義或中國共產黨有無好感，過去大家都認為大陸好像在進行一場很大的實驗，內容雖不清楚，卻普遍有一種期待感。但是後來蓋子打開來，文革的真相似乎很慘。期待感變成了失望，剩下一條路就是主張維持台灣現狀了。因為國民黨的言論抑制，人權問題雖然可以批判，但推翻國府體制的話，在島內「台獨」是不方便明講的，再者，台籍中產階級在高度經濟成長以及中共統戰攻勢逼迫之下與國民黨也慢慢地形成利益一致。因此就以要求一千八百萬的台灣人（或含糊的說台灣居民）的自決來對抗中共的統一。說得通俗一點，這種心情就像是一個由鄉下到都市去求發展的普通老百姓，發跡以後過著有汽車洋房的摩登生活，就不屑與鄉下故里的窮親戚認同來往了，更何況窮親戚還具有共產主義的武裝。

因而，我認為這次「中國結」與「台灣結」論爭的背後暗流，乃是在國際政治關係的動盪不安中，一部分人企圖以強調承認台灣現狀並維持現狀來對抗中國大陸對台灣的影響。

分裂國家的困擾

陳映真（以下簡稱「陳」）：我想提出兩點，來補充戴教授精闢的分析。第一，為什麼在其他那麼多的分裂國家中，沒有一個分裂國家的任何一方要求根本地棄絕自己民族的根源的？我問過來參加寫作班的南韓詩人許世旭，「南韓為什麼不主張自己建立一個共和國？」為什麼所有看到的文獻，無論是教會、學生或反對黨，都主張祖國統一？他說，南韓「獨立」對韓國人民來說，是不可思議的。祖國的自由化、民主化與統一，是每一個韓國人民的悲願，南韓的反對派有他們自主的全韓國的觀點，總是同時批評南、北韓的不民主與不自由，並且呼籲在自由與民主的基礎上，統一祖國。據他解釋，這是有歷史原因的，韓國有中、蘇、日三個強國壓境，一個統一而強大的祖國是民族生存相關的事情，而南韓統一意願的力量主要是來自前仆後繼的學生運動。因此，我曾經這麼想，假設共產黨與國民黨以長江為界，長江以南地區仍為國民黨統治，那麼台灣的民主資產階級大概就不會有「獨立」的理念，而會與大陸的自由主義民主派資產階級結合成為中國資產階級的政黨，而嘗試按照中國資產階級的形象去改造和建設中國。若是以長江為界，中國資產階級會有統一中國的信心和希望，也的確還有可能吧。但是國府到了台灣之後，這種可能性成為泡影。大陸的資產階級力量完全被摧毀，而在六〇年代中興起的台灣的資產階級自量絕無信心去依照自己的形象去改造中國，因此只好把範圍縮小只管台灣，從而有台灣獨立的理念出現吧。

戴：關於分裂國家的問題，我認為大陸與台灣的分裂，與南、北韓或東、西德的分裂比較，形式邏輯上雖相似，在國際權力政治中卻有所不同。第一，是分裂的歷史原因不同。東、西德和南、北韓的分裂都是第二次世界大戰的後果，大陸和台灣的分裂則是國、共內戰尚未完全解決遺留下來的局面。

第二，是大陸和台灣被殖民地化的過程是很不一樣的，大陸始終是半殖民地，任何一個帝國主義都無力完全併吞她，台灣卻是以台灣海峽劃線被整個割裂的。前前後後，直接或間接，台灣受到日本的影響已有八十年，這八十年的體驗，使得台灣的資產階級與大陸的資產階級已具有一定程度的隔閡，隔閡原是可以透過時間來彌補的。但是因為戰後的國際關係以及國共內戰而喪失了構成「共識」的時機。演變的結果是國民黨來統治台灣，大陸的資產階級則分散在香港、台灣以及北美各地。

第三，是台灣資產階級與大陸到台灣的資產階級，雖然在六〇年代後期以來逐漸有交流投資通婚，但是因為台灣與大陸根本上力量的不成比例，無論人口或地理面積比例的懸殊非常大，不像東、西德或南、北韓雙方力量旗鼓相當，頂多是四、六的比例而已。這種情況下，在台灣的資產階級，無論蔣經國再怎麼鼓勵給他們打強心針，恐怕都很難樹立起信心，都很難叫他們不往外國跑。

因此你剛才那個假設——如果長江以南給中國那個尚未充分成長的資產階級留下發展餘地，台灣的土著資產階級和大陸的土著資產階級也許會結合成立政黨，而嘗試其民族資產階級在中國的發展——可能是太樂觀了一點。主要因為中國資產階級不夠成熟，世界史的胎動沒有來得及提供時間，讓他們找出「生機」。

陳：戴教授說的一點都不錯。我剛才說的完全是一種假設，是把歷史固定在以長江為界，也固定了這三十年。我為什麼有這種想法？是因為在台灣生活中有太多的實例說明了這實在是階級的問題，而不是什麼「民族」的問題。

以「自由中國」運動為例，在整個「自由中國」運動中，台灣籍與大陸籍的自由思想分子、民主派聯合得非常之好，甚至推了雷震為領導人，他們舉辦的全省巡迴演講、座談會，所受到的歡迎、雷震受到的尊敬，都是極為熱烈感人的。後來雷震被捕入獄，像以前的五虎將楊金虎等人都還常到牢裡去看他。這就說明了在一定條件下，在共同的社會階級利益之下，台灣人和大陸人是絕對可以合作無問題的。再舉例說，賀兆雄的工會中，外省工人和本省工人是團結的。在Rotary Club中，外省的John Chen與本省的Frank Chang也是團結的。

戴：但是國民黨政府是絕不會容許政治層上有這種情況產生的，所以雷震要坐牢。後來，余登發的案子也頗類似。

時不我與的焦慮感

陳：方才戴教授說，台獨運動，是台灣資產階級的政治運動，我是同意的。在台灣，有些黨外也這麼提。時序進入七〇年代，隨著美國對華政策的根本改變，台獨運動失去了最好的時機。美國在政策上，至少是公開裡，放棄了對台獨的支持。時不我與，而台灣內部的獨立蜂起似乎遙不可期，於是以「台灣民族論」為北美的自己和台灣打氣。據說，民族論在北美的高潮這一、兩年來已是退潮，但因台灣內部「兩個結」的「討論」，又使他們大喜過望，於是又匆忙地祭起旗來。

事實上，台灣民族論，除了訴諸台灣人，也訴諸美國人。他們在參院公聽會上，向美國人苦苦說明台灣人不是中國人，因此《上海公報》中說台灣問題由兩岸中國人自己和平解決是不對的……我來美後讀到這些文件，心中有說不出來的感慨。

「台灣民族論」的演進與困惑

戴：關於「台灣民族論」，我們應該具體一點的分析。由廖文毅的混血「台灣民族論」開始，台獨就提倡「台灣民族論」的。但是自從尼克森到過北京後，張燦鍙的台獨聯盟系統起了很大的變化，一度曾經準備要放棄「台灣民族論」。為什麼呢？主要乃是廖文毅、邱永漢、辜寬敏等人，放棄台獨運動返台。意思就是說，他們認為過去藉主張「台灣民族論」來製造要求民族自決的國際輿論，以期在美國的支持下達到台灣獨立的目的的道路是走不通了。現在主張「台灣民族論」的則是史明和許信良等標榜「左派」的人，他們並且強烈批判「右派」資產階級的台獨聯盟放棄了「台灣民族論」。

舊的「台灣民族論」——也就是台獨聯盟的代表思潮——是非常閉鎖、排外的，不僅不接納在台灣的外省人，甚至主張台灣人和中國人是不同的民族。但是因為過分閉鎖牽強根本行不通，而漸漸有了修正。到了現在的「台灣民族論」是完全由現實出發的了，表面上不再歧視外省人，號召認同台灣、以共同的「台灣意識」或「台灣人意識」對抗中共。這種變化乃是因為資產階級的台獨右派在極微妙的國際政治變化中，體認到他們自身與國民黨政府還有利害一致的地方，可能有攜手合作以維持台灣現狀之時。另一方面「左派」的台獨，是藉馬克思的語言來重新組織「台灣民族論」，對右派的不堅定的「民族」立場有很尖銳的批評。這點在島內的黨外民主運動中要如何看待，是個非常重要的課題。

「台獨保守派」和「台獨左派」

陳：隨著不同的歷史時期，相應於台獨運動在國際政治架構下的變化，所謂「台灣民族論」也有不同的內涵。以我的了解史明這套理論很早就有，但是在當時的台灣資產階級民主運動中並沒有市場，直到最近兩、三年才在北美洲達到高峰。以我在台灣生活的經驗，黨外運動真正的高舉了「台灣人」「台灣民族」的旗幟還是最近的事情。有如陳鼓應以前說過的，台灣的民主運動可分成兩個部分，主要的本質還是地方資產階級要求在那個政治體系下的資產階級辦公室中找個位置，而且愈是到地方上愈清楚感覺到這種情況才是主要的。過去雖然或者有個別帶有「台獨」意識的黨外人士，但是無論他們的語言或實際民主運動的手段，「台獨」的色彩都很淡，從未像今日黨外少數一些年輕人囂喧的主張。然而，就像所有外來的思潮流到台灣時經過扭曲與折扣的過程一樣，目前台灣黨外雜誌所談論的「台灣民族論」比起北美的同類文章，無論在濃度或深度上都顯得粗淺多了，這並不單是不敢說的問題。這種情況與您剛才所說的正好吻合，就是目前的「台獨」仍有兩個流派，比較喧鬧、聲音聒噪的是台獨「左派」，但是實際的「力量」恐怕並不在他們一派手上。理由很簡單，在北美的台灣人多半是屬於郊區中產以上階級的律師、工程師、醫生、教授……等，他們怎能認同史明的「二段革命論」呢？島內的情況就更不如了，以《生根》為例，雖然大談「台灣民族論」，卻不一定懂得或同意史明的全套「理論」，恐怕還是討厭那樣的說法吧，這些可由《生根》雜誌對待勞工問題的態度反映出來。而康寧祥的支持力量來自穩健的台灣資產階級，還是相近於北美的ＦＡＰＡ（台灣人公共事務協會）系統。他們不要求激烈的改變，甚且他們更了解到自己與國民黨之間那互相需要，又爭吵不休「不愉快的愛侶」的關係。他們了解到與國民黨的互相需要，例如《戒嚴法》對工會、產業聯盟的禁制是對台灣資產階級資本積累與榨取起很大的作用。他們希望台灣政治慢慢的改，他們所爭的，是自己階級參政的席次，並不是體制的改變。至於年輕一代的批康，據我研究，似乎並沒有意識形態的意義，年輕人比較激進，但那只是急於改變黨外現有的秩序，爭自己在黨外陣營中的一席之地。因為黨外也有其牢固的階層性，依照個人參與黨外的年資、是否現任民意代表、或者中央級、省級、縣市級的代表……等不同條件，有不同的「地位」。現在黨外新生代沒有這個耐心。戰後成長的世代，可不講究對前輩的客氣了。

戴：這裡我要做個補充，去年康寧祥等四人來美訪問時，曾公開支持美國賣武器給台灣，「台灣同鄉會」和「台獨聯盟」也都支持。這就明示了「台灣當前秩序的維持」乃是黨外穩健派、海外台美族和國民黨政府三者利益一致之處，也是最重要的前提。

陳：因而，海外台獨運動若是分成上述兩個流派，其實島內黨外運動的影響恐怕也是以穩健的、經過修改的FAPA為大。理由是FAPA的財源充裕……

戴：對！對！台美族的社會基礎根本就在這裡。許信良、史明要跟這些人談革命，「要革我們資產階級的命！」是很叫人家討厭的！所以，史明和許信良的「二段革命論」是少有市場的。但也可能有一些年輕學生因為本身階級基礎尚未確定，或富有血氣、衝勁、未被磨損的正義感，受到「理論」吸引而參與。就整個台美族而言，史明和許信良的影響力我看是不大。

學生與社會民眾的意識差距

陳：他們在北美洲台美族間不大的影響力，就按照相同的比例反映到島內的黨外運動。雖然我剛才說，那種語言在部分黨外年輕人當中頗為流行，但那純然是一種流行。受史明的「理論」影響的可能是貧困、好學又沒有思想出路的極少數學生。可惜的是，他們還沒有分辨真實和虛構的歷史唯物論的訓練。

然而，在台灣，學生一般地在認識上比社會民眾落後。一般民眾都要比學生較具有改革的精神，這是台灣與其他第三世界國家很不相同的地方。造成這種奇怪的現象的原因之一，可能是因為台灣近三十年來在社會科學、人文科學、哲學知識這些方面的禁斷，使得學生在他們一生最熱情、最敏感的時代一點都不發生作用。絕大部分的學生生活是郊遊、舞會、麻將、喝酒、烤肉。若是有什麼意識的話，也是以贊成現體制的占絕大多數。

戴：是因為他們可以享受到經濟成長的部分「美果」和加入國民黨，謀求一份不錯的工作或位置，才那樣嗎？

陳：也不一定如此。一般學生不見得太在乎國民黨或政治，主要是近年來物質生活的改善，加上多年來所受的教育，他們自然要維護現行的體制。

呂嘉行(以下簡稱「呂」)：關於學生的問題我以為並不是那麼深奧。主要是升學的壓力，從初中、高中一直到進了大學才能喘息，也接觸不到教科書以外的書籍，要求他們思想具有批判力是不可能的。民眾與學生不同，民眾有實際生活的體驗……

黨外心中只有國民黨

陳：但是，日本的學生升學競爭也很厲害的，問題是客觀上沒有那樣的東西讓他們去接觸。民眾的進步性是由生活的歷練中學習得到教育的，並非受到書本、意識形態的影響。台灣學生的落後性除了消費社會的因素或功課太忙之外，客觀條件的欠缺是有很大的關係。台灣實在沒有東西讓他們接觸，他們頂多變成一個黨外，用內容貧乏的詞語罵國民黨。台灣最大的問題就是所有的反對者心目中都只有一個國民黨，使他們無法看得更遠、想得更深刻。

呂：你是說黨外不是來自民眾嗎？

陳：噢！那是另外一個問題。黨外運動是代表台灣資產階級的政治運動，是那塊泥土自然生長出來的。問題是這個反對運動的品質，與其他第三世界的反對勢力的思想、文化、知識形態的深度是不能比較的。

我這次在寫作班與其他第三世界國家的作家交流的感受很深。他們的創作作為藝術品的水準如何是另一回事，但是作為一個作家，他們的認識和自覺水準是高出我們太多了。

戴：我讀了這次討論「台灣意識」、「台灣人意識」、「台灣民族意識」的幾篇文章，感到奇怪的是，作者對以上幾個問題的邏輯層次都沒有搞清楚。正有如你剛才說的「心目中只有國民黨」，連自己都沒有了，一味只罵國民黨，把一切台灣不好的責任都推給國民黨，要國民黨承擔。這種不求進步，少有自我批判、自我提升層次、自我拓寬格局的態度，無論在學術上或思想邏輯上都是墮落的。「維持現狀」的本身就是退步的！

葉芸芸（以下簡稱「葉」）：戴教授，能不能請你對「台灣意識」、「台灣人意識」、「台灣民族意識」簡短整理，定義。

「台灣意識」與「台灣人意識」要分清楚

戴：原本不是學問的東西，硬要加以界定，很難的，我只能以假設要我寫一篇提倡「台灣意識」的文章這樣的觀點來談。首先，「台灣意識」與「台灣人意識」有其相重疊點，也有必要區分清楚的地方。我的意思是說，無論理由是反共或恐共，為了抵抗中共的力量渡過台灣海峽，是可以主張「台灣意識」的。但若藉著提倡「台灣意識」和「台灣人意識」來轉化作「反華」的思想武裝，則未免過於情緒化，且是低層次的行徑。也就是說為了對抗中共、維持台灣現狀，大家盡力溝通、尋求共同的觀點與利害關係，在這個基礎上或許可能構成「台灣意識」。目前的提法好像都是認為沒什麼好商量的，人人都得認同「台灣意識」，否則就是併吞派，就該滾蛋，這就未免太霸氣了，有強姦民意的味道……

葉：陳樹鴻在〈台灣意識——黨外民主運動的基石〉[2]一文中曾指出「台灣意識」的形成，乃是因為今日台灣的經濟社會生活已形成了共同體。你的看法如何？

戴：這個理論基礎是很脆弱的。你可以找《高山青》的山地青年，中壢一帶鄉下客家村莊，或外省退伍軍人下層窮困人家來問問看，他們會同意台灣的經濟社會生活和他的是共同體嗎？他們會認同當前以福佬中產階級做基礎倡導的「台灣人意識」嗎？「台灣意識」是否已形成，還牽涉到如何評估台灣的資本主義成長過程，以及台灣的資本主義發展已經成熟與否的問題。那麼「台灣意識」與「台灣人意識」也還有必要區分清楚的地方，比如我在日本生活，我認同日本社會的現狀，希望她維持《和平憲法》，不再有侵略戰爭，經濟能繼續發展，社會秩序安寧，因而我是有「日本意識」，更通俗一點說是具有「日本居民意識」的，但是我不可能認同「日本人意識」。再以林正杰來說吧！我相信他是有「台灣意識」或是「台灣居民意識」的，但是強要他認同「台灣人意識」恐怕就有困難。所以說「台灣意識」與「台灣人意識」是不一樣的，應該分開看待，但是現在這個問題好像混淆不清……。

陳：我想這個問題的混淆是有原因的。史明的「台灣民族論」的主要論點一個是社會發展論，一個是中國人對台灣人的殖民統治，也就是民族的壓迫。所以雖然借用歷史唯物論的語言，卻發展成極為唯心論的東西。強調台灣的政治矛盾的核心是民族壓迫，也就是他表明的兩條公式：（一）中國民族＝統治民族＝壓迫階級。（二）台灣民族＝被統治者民族＝被壓迫階級。這種提法是存在於他的「理論」架構中最大的矛盾，原來的機會點是在「台灣意識」的，但是因為這個「理論」上的錯誤，導致另外一個錯誤——即是強調台灣的政治是殖民統治，就像日本人對台灣的統治。這個「理論」架構上的弱點是因為與實際生活的不一致，這一點我們待會兒再討論。

但是，「穩健派」的台獨似乎並不強烈主張民族矛盾，他們要求台灣的人權、民主和自由，卻不一定要全面地掌握政權，若有必要甚至說願意搞遊說團體替台灣辦對美外交，這樣的主張可能稱之為台灣本位主義較恰當。

戴：這也就是「革新保台」的論點，革新保台論者認為大家在同一條船上蹣跚航行，將共同面臨風暴。

陳：對。所以要求的是修正，因為在共同的階級基礎上，如何保持這個階級的存在與發展才是問題。所以我看「台灣」與「台灣人」意識的混淆不清，是因為基本上台獨運動存在著兩個不一致的主張。

近代民族國家的形成與民族意識

戴：至於從「民族國家論」的學術立場要談「台灣民族論」對不對的問題，我看很難。我們都知道，現代民族和民族主義的概念是來自於西歐近代民族國家的成立。也就是說近代社會科學上所言及的民族論、民族概念，並不是超時間[3]的存在。日本民族也罷，中華民族也罷，都不是幾百年以前就有的概念。比如說近代日本民族的形成，日本人的概念以及他們的日本人意識要俟到一八八〇年代才逐漸醞釀成的。那以前他們各自分別稱為「長州人」、「信州人」或「遠州人」等等。本來「州」就是通到「國」的一種語彙。日本人打完了明治維新過程的最後一次內戰（也就是西南戰爭），日本資本主義慢慢成長，國民經濟圈逐漸成形，日本人意識才萌芽出來的。至於日本人意識以及日本民族的整合性概念則得藉兩次對外侵略戰爭——一為中日甲午戰爭，二為日俄戰爭來培育與穩固。

我們繼續談一下中國人意識和中華或中國民族概念的萌芽、培育、發展成形的過程。據我未成熟的看法，萌芽略見於鴉片戰爭（一八四二年）階段，但這個只是斑點的存在而已。較大規模的萌芽和催生是藉助於辛亥革命的。至於發展成形，還得藉日本軍國主義的殘酷行徑轉化為「反面教師」來培育的呢！

「台灣民族論」須向前看

因而「台灣民族論」，只往後看——也就是在歷史痕跡中去尋找見證，是沒有希望的。尤其從漢族系移台居民群體身上來找「台灣民族」的根基是牽強附會。若真要找出一縷希望，要往高山諸族去尋找才合情理的。但是當前大多數「台灣民族論」者卻不屑言及有關高山諸族的歷史問題，沒有面對歷史的真實。我真不知道，為何還有人要用幾把剪刀和漿糊來編織，真是勞民傷財啊！

但話得說回來，若論者願向前探討，而台灣的局面能夠維持現況不變，所有圍繞台灣的客觀條件也不改變，我們還可勉強就下列主觀條件來討論「台灣民族」能否成熟的問題。我認為作為主體的「台灣人」（她的整合概念已成熟為前提）能夠真正樹立「群體自我」（group identity）的尊嚴和獨立自主性，不再挾美、日以自重，且能揚棄仰賴美、日外來勢力參預的慣性，真正依據群眾的草根性，挺直脊骨，力求自我提升層次，擴大格局的話，再過五十年、一百年或許有可能把「台灣民族」培育起來也說不定。

以現階段台灣政治、經濟、社會的總合現實來判定，我認為台灣人意識以及以她作為前提的「台灣民族」是萬萬不能斷定為成熟的。

主張「台灣民族論」者，往往把支持中國大陸與台灣將來成為一個國家的人們罵為吞併派，指摘他們陷進「大漢沙文主義」、「愛國沙文主義」、「大中國沙文主義」等等的泥淖中。「台灣民族論」者，主張「台灣人」有別於「中國人」，「台灣民族」有異於「中華民族」。這一種主張，若以善意來解釋，是用insider's perspective來看待台灣內部的問題。他們為了抗拒官方體制的民族主義，也就是他們斷定為以outsider's perspective來套的「中國民族主義」，或者是以order's perspective來框定的「中國民族主義」，而有所主張。

這種邏輯是否正確，能否行得通，我們可以暫時不加以評論。但我們只要冷靜來考察，高山諸族人士和客家系人士亦可斷定當前「台灣民族論」者所主張的「台灣民族論」為「福佬沙文主義」的一種體現。因為倡導「台灣民族論」者多數為福佬人士，他們無形中忽視或輕視高山諸族人士及客家系人士的insider's perspective的權利、立場和機會。他們若視當前「台灣民族論」有實現的一天，他們將被「台灣民族論」剝奪主張各自「群體自我」尊嚴的權利。

我個人並不反對台灣人意識的培育與成熟。但是有三個條件：我們得肯定台灣內部居民的多元存在為先，如何善待高山諸族、客家系人士以及大陸系人士有關問題為次，三者我們得勇敢地面對多層且複雜的社會現實。[4]

我們絕不可學希特勒和墨索里尼，依靠中產階級的反共、恐共心理，藉反共來推展反人性的種族主義，排外，歧視「他族」，殘殺猶太人等等的行徑。

「台灣民族論」暗藏著把省籍矛盾，地方性（地方主義）層次的摩擦無限上綱為民族、種族矛盾，搞出一種假象，不知不覺地，把自己的視野蒙住，甚至於有意蒙住老百姓的眼睛，我憂慮這一種論調的持續將給台灣帶來不測的災禍。有位曾經參加過世台會，一度為史明「理論」信徒的年輕朋友告訴我，史明在世台會要求鄉親們「若有說不慣『台灣民族』的人，可以在吃早飯前先喊十遍『台灣民族』就可以了……」。那位朋友說真有一點像希特勒的宣傳做法，也聞到「台灣民族論」裡面已有法西斯主義的萌芽和火藥味，因而苦惱另尋出路了。「台灣民族論」會不會變成法西斯主義的「鬼胎」，給美麗島帶來災難，我不敢預卜。不過站在研究社會科學的立場，先提出問題來罷了！

另外，我身為客家系台灣人，我總認為客裔人士和福佬人士合起來的漢族系台灣人，雙手都不是頂乾淨的。我們該擔當起來，積極地肯定，並容納高山各族的各自意識的主張與樹立。同時我得強調客家人意識和健康的台灣人意識是絕對不對立的。也不該讓她們對立的。

在台灣的客家人意識和台灣人意識不但不對立，我認為大可把她定位於台灣人意識的下位概念來善待。但中華民族意識卻是台灣人意識的上位概念。

我期待台灣人意識的健康成長，不等於我放棄客家系台灣人意識。更不等於我放棄認同中華民族意識。

我也得強調認同中華民族意識，並不等同於認同中共或國府的政治體制。在正常的社會，每一位公民或市民對政黨、對政權都應該具有選擇認同的權利，「主權在民」的真正意義應該在此的呀！

呂：那麼，綜合以上所討論的，我們是否可以簡單地說「台灣人意識」是「台灣民族」的前提？

戴：是的，是的。

呂：我在《台灣與世界》第四期所整理的有關論爭的文摘中，記不清楚是哪一篇文章了，好像讀到關於「台灣意識」的一個簡單的定義——「台灣意識」就是「愛」台灣，就是認同於台灣，與「關心」台灣是絕然不同的。只有「愛」台灣的人，才有資格決定台灣的前途命運，我覺得這種說法頗有說服力的。

葉：這個觀點陳永興醫師在七月的美東夏令營演講中，解釋的很清楚，他說：愛台灣就是你要與她共生死，台灣再怎麼不可愛，你都要愛她。

琉球獨立運動的啟示

戴：這個論點表面上好像很有說服力，因為完全是以感性作基礎，好像談戀愛一樣，不必談理智的問題，作為一種文學題材或創作的動力是很感人。但是在國際關係、現實政治、歷史發展的浪潮中的「台灣問題」恐怕需要冷靜下來，甚至冷酷地來對待。我們可以來參考琉球的獨立運動，琉球在歷史上曾經有過琉球王朝，在近代以前也曾在明清兩朝和日本的幕府、明治維新之間保持微妙的半獨立狀況。這個在「近代國家」萌芽的前階段曾存在過國家體制的琉球，其獨立運動卻始終很難且根本沒有過發展。琉球目前仍有獨立運動，但它的主流已退讓到要求自治的聯邦制，我認得一位在美國任教的琉球人教授，他主張琉球民族是構成日本民族的一部分，是沒有民族矛盾的。（過去的日本民族只指大和民族，甚至「愛奴族」也被排開，值得我們特別注意的是日本共產黨也到最近才承認「愛奴族」是少數民族，日本人的看法是非常落後的。）相對於大和民族，琉球民族應要保持其文化、歷史的特殊性，而與日本的四個島的主要居民勢力——大和民族，構成日本民族聯邦政府，保持日本的多元性……

陳：琉球人在種族上是不是和大和民族不一樣呢？

戴：種族上應該是不很一樣的，外型上就可以看出差異。但是，過去因為「反基地鬥爭」，日本當局一直否定這種差異。這是因為美國為了維持在琉球的軍事基地，以對抗蘇聯和過去的中共，曾有意促使琉球特殊化而獨立於日本之外，而日後隨著美日關係的更進一步的結盟，美國終究是讓琉球回歸到日本，重新稱呼明治維新後改稱的「沖繩」。同時還繼續保持美軍在琉球的軍事基地。據我的了解，琉球獨立運動雖也有依靠美國力量的，但是有獨立思考的人是主張有民族矛盾、要求民族獨立的。但如今他們已修正到要求參與到日本民族的聯邦制。所以，在複雜的國際政治關係中，琉球獨立論雖有較台灣獨立論優越的歷史背景與國際條件，仍無法主張「民族意識」，「民族自決」。而今日以「台灣民族意識」為基礎的台灣獨立運動（民族獨立的真正基礎應在有種族差異的高山族，卻被我們的台灣民族主義者一筆勾消了）不僅其民族意識的形成需要很長的發展時間，另一個問題是台灣海峽太近了，大陸十億人口所造成的有形無形的壓力能否阻擋得住？所以我認為日本聯邦制的提法是比較進步的。就像明治維新以大和民族為核心形成日本民族，近代民族國家都是以優勢民族為中心形成的，但在它的具體過程裡往往犧牲了少數民族的權益，這點卻是很需要修正的。我認為所謂「日本民族」應該包括大和民族，以及愛奴民族、琉球民族等等少數民族，由這幾個民族來構成高一個層次的日本民族，然後成為統一的聯邦體制國家，賦予少數民族相對的自治權，這一種提法才是進步而合情理的。

新加坡都感受到十億人的壓力

呂：關於如何承受來自大陸的各種有形無形的壓力的問題，即使以新加坡的地位都還感到吃不消，新加坡政府採取了很多措施，包括壓制華文，現在連政府、商號的公文都改用英文了。上回在美國的聶華苓、鄭愁予等幾位中國作家和大陸的艾青、蕭軍等到新加坡參加一個文學會議，新加坡政府就花了很大力氣把他們從新加坡民眾隔離……

陳：是防範得很厲害。中國作家受到監視，據說他們在旅館中，若是華人打進來的電話，特務替他們接聽都說「不在」！怕他們與當地作家接觸，激起文化上的共同感情。

呂：甚至謠傳主持會議邀請中國作家的文化部官員，都可能要被逼下台。

戴：對，對。南洋大學被新加坡大學吞併，也是同樣的因素。李光耀在都市計畫也針對了這個問題大下其功力的。過去都是福建或廣東哪一個縣來的就各自構成一條街，這是自然形成的。都市重新規畫以後，改建大廈公寓，不但把華人過去的幫派打破，還把馬來人和華人通通混在一起了。李光耀為了促成培養「新加坡國民意識」是從都市計畫、國民住宅、物質生活上各方面著手的。但是，還是很困難，每次大陸有乒乓球隊去，當局怕老百姓向中國隊認同鼓掌，要先廣播提醒「我們已是新加坡人了，雖然我們華族的歷史文化是來自大陸」。

回到台灣的問題，儘管有些人為了他們在政治上的需要，而高喊「台灣民族意識」，實際生活中卻有一種復古的趨向，譬如婚禮、拜拜的儀式，吃、住尤其是傢俱一類的樣式很多是採用古中國的傳統。所以，中產階級知識分子所辦的黨外雜誌，雖然要這麼提倡，一般老百姓能認同多少，我倒是很懷疑的。反國民黨的情緒，對現狀的不滿不該與「反華」畫成等號才對。但一些人卻把它混淆不清。

陳：在台灣的實際上的文化生活，有兩個方面：台灣中產階級的生活文化，隨著台灣資本主義商品文化的發展而日漸國際化，物質生活「現代化」的同時，台灣傳統的、特殊性的生活文化也在消失中。但台灣都市中產階級以外的一般老百姓，例如城市貧民、工業城鎮的工人、偏遠農村農民的文化生活中，卻還緊緊地保留著台灣傳統的民俗、宗教祭拜、戲曲、民間藝術等等，而這些文化卻保留著十分強大的中國性格。然而，主張「台灣民族論」的人，強調台灣的「特殊性」，卻不深究他們所強調為「特殊」的「台灣文化」，例如布袋戲、歌仔戲的內容，例如台詞上的「上京赴考」的「京」不可能是台南府城，也不正視台灣在被強迫的國際分工中，城市消費文化日趨國際化而喪失民族認同的消費文化生活。

自己先有個信念，再為它找「知識」或「理論」的根據，不只是一般理論家的毛病，尤其是一些庸俗化的「左」的理論家容易犯的毛病，台灣民族論就是一個例子。

在台灣的生動的生活中，三十年來的社會發展，清楚地呈現了這事實，所謂外省人和本省人，只依著一般社會學的規律，組織到社會的階級中。賀兆雄的階級中，有本省人和外省人，他們之間是團結的。屬於John Chen的扶輪社那個階級中，有外省人和本省人，而且是友好、平等、團結的。即使只是形式邏輯，都可以知道凡台灣當權者皆外省人這個事實，是不能引導出

「凡外省人皆為台灣當權者」這個結論的。

民族壓迫，是切膚的壓迫，原不必什麼「理論素養」就可以認識的。日本時代的台灣，台灣小孩和日本小孩，從小學就開始打架，直打到中學去。教育的差別、經濟活動的差別、人格的差別，每天每刻，存在於具體生活中。你可以用別的提法來指控台灣社會與政治的不公平，但不是「殖民論」。是統治民族，就不容許他在貧民窟住，不容許他睡車站公園，不許他開計程車侍候二等國民。是被統治民族，就絕不許他學習法政，不許他開像台塑那麼大的企業，不許他與一等國民同上一個學校……。

和台灣現實生活這麼脫節的東西，如果直拿它來當作「革命理論」，非遭到悲慘結果不可。我來美國後，有這樣的感受。台灣民族論，在台灣，是搞不起來的，因為「中國人民族對台灣人民族施行殖民統治」在台灣生活中並不是事實。但這台灣民族論，依然有它的物質土壤。那就是北美市郊區中產以上台美族的生活。台灣民族論，現實上是北美中產階級台裔美國公民的意識形態。以他們傲慢地「指揮」島內黨外的神態看，益徵其信而不虛。楊逵老先生說得好，他是來北美之後才看見「台灣民族」的。

其次，應該談一談「一千八百萬人論」。這和「台灣民族論」有深切關係。最近我讀了某一個王茂盛寫的文章，很受其中一部分提法的啟發。

一千八百萬人，其實是個空虛的數字，沒有實質的社會學意義。扣除十四歲以下以及衰老的非生產性的人口等，台灣實際的經濟活動人口只有八百多萬。八百多萬中依農、工、商、服務四個行業中各自「僱主、自僱者、無償工、有償工」這四個類別去分析，有償工占四一九・七萬人，僱主占二五萬人，自僱者占一一七萬，無償工占七二・一萬人。作為台灣資產階級意識形態，即概括地屬於僱主、自僱者階級的意識形態的「左」的和右的台灣民族論，又怎能代表占著絕大多數的有償工人口的利益呢？

形形色色的台灣民族論，這些年來不斷向我們和他們的外國朋友呼喚「一千八百萬人」如何如何，夜深人靜，也應該自覺到它空虛而虛構的一面吧？

獨立自主的台灣資產階級難於產生

戴：我所讀到的主張「台灣結」的論述，好像都對台灣的經濟很有成就感。你可不可以談談對台灣經濟前景的看法？

陳：經濟這是很深刻的問題，我恐怕沒有力量可以發言，我只能從一個生活在台灣的人的感想和體會，提供給大家參考。我個人認為台灣獨立運動的最大弱點，在於台灣一直無法產生真正獨立自主的資產階級。怎麼講呢?歷史上西方資產階級民族國家的形成，有一個特徵，就是都有獨立性強的、有創意有尊嚴的不依賴任何其他力量的資產階級。在微妙的國際政治和國際經濟下，在六〇年代發生的台灣的資產階級的成長，只有兩條路可走。一條是與政權結合，而帶著附屬的官僚的一種資本主義經濟的性格，比如像大家都知道的大同公司的林挺生，也就是說必須依賴政治上的權力，維持其資本積聚和成長。這原因是，台灣的資產階級在現有政治權力結構中，沒有自己的代表，所以使自己的資本「官僚化」，以保護和發展他的產業。走上這條路的台灣資產階級就帶著很濃厚的官僚壟斷資本的性格，自然因著資本的屬性要致力於維持現秩序。第二條是與外國(美國或日本)資本結合以尋求壯大，而帶著深厚的買辦性格，又因資本屬性而帶著強烈的依賴的帝國主義性格。這是台灣經濟一個很重要的特點。

此外還有官僚資本和帝國主義資本結合的，這是另一個特點。因而，台灣的中小企業就如同陰溝裡的泡沫，看起來是存在的，但個別地是不斷地生生滅滅的過程，只有少數與官僚資本或帝國主義資本結合的，才發展成上述那兩種情況。再加上台灣這十幾年來為了加工出口貿易，承接了其他先進國家丟棄的生產技術，即台灣在大國所規定的國際分工、國際生產線上的定位，規定了台灣整體經濟的依賴性格更不在話下。台灣資產階級非獨立的、依賴的性格，規定了台灣分離運動的依賴和不徹底的性格。但是在這樣的情況下有許多人致富了，一種是正在賺的，他們關心的多半是如何改善營業成長的問題，很少會關心現實政治的。還有一種是已經賺了錢的，則他們關心的就是如何保值、如何保護其財富的問題，於是馬上就碰上台灣的未來地位的問題，因而引發了非常深沉的不安全感，大家爭先恐後的往外跑。

戴：都忙著為了成台美族而奔命。

陳：我片面的考察，以資產階級為中堅的台灣民主運動[5]與台獨運動其階級本身就帶著這麼致命的弱點，完全沒有為了保護其階級前途而奮鬥的信念與堅定性格。

戴：所以，問題倒不在中共會不會過海來。像這幾年來那麼多的經濟犯罪就是一種現況的反映。……企業家們大失其信心。但另一些人卻自誇台灣經濟的成就，他們真有信心，認為台灣的經濟發展能夠持續嗎？我真有一點懷疑。

陳：這些因素影響了台灣經濟的缺乏長期發展計畫，而這長期性計畫，正是大資本企業最重要的一環。因為生產與擴大再生產是要一定時間的。這種從來沒有長期投資發展和管理計畫的企業形態，嚴重影響著台灣的經濟發展的本質，永遠是一種投機的、暫時的措施。

戴：除了中產階級外，那些沒有代表代為表明立場的沉默的大多數人，他們的情況又是如何呢？能夠代為推測、分析一下嗎？

殖民統治的表象、假象與真相

陳：我說的也可能只是片面的觀察。我們就以台獨「左」翼「民族壓迫」的理論來談吧。方才說，一種「民族壓迫」並不需要很高深理論去認識的，比如您們小時候，台灣人和日本人從小就開始打架，從小學打到中學、甚至到大學，然後有很多人就去搞抵抗運動，這個原因很簡單，因為日本人既是異民族又是政治、經濟生活上的統治階級，這兩個條件相疊合時才構成「民族壓迫」，這也是他們的「理論」。台灣的情形，隨著這三十年的社會發展，其社會矛盾本質只是更加真實化、具體化。怎麼講呢？過去因為前近代的中國與殖民地資本主義化的台灣長久隔離而產生的那種震驚與痛苦，很簡單化、很尖銳地歸結到表面的省籍問題。然而三十年的共同生活中，不斷地因著社會發展的規律，使得台灣的大陸人和本省人非常社會學地編制到台灣社會的各種階級裡，這才是台灣社會的事實。而這種階級編成，就表現在階級的生活、文化的生活和通婚的關係上。為什麼在吳濁流、鍾肇政的小說中一個日本女性要嫁給本省人總是不可能的呢？因為劣勢民族、被統治階級的男性是不容許擁有一個優勢民族、統治民族的女性的。而我們都很清楚，今日台灣的真相漸漸不是如此。前面提到的海員工會以及扶輪社成員就是一個例子。

戴：「台灣民族論」者努力要把省籍矛盾擴大成為民族矛盾，是相當牽強附會的。殖民地與非殖民地的分別，第一可在教育上看出問題來。日據時代的台灣人（斯時叫做本島人）要受中、高等教育談何容易，國民政府在台灣並不曾採取隔離的教育措施，本省人與外省人都通過聯考入學，在教育層面上，只有階級的差異而無省籍的歧視。此外，「台灣民族論」者還嘗試把日本人對台灣的殖民統治形態繼續延伸下來，解釋國民黨對台灣的統治，以此，「台灣民族」再度以被殖民者、被壓迫者自居，唱著「苦難的台灣人」的哭調仔自怨自艾，不僅自我憐憫又要別人的同情，實在是非常不求上進而墮落的一種姿勢。依我觀察，台獨運動之始終不能展開，乃是這種卑屈感，喪失自我尊嚴（喊空頭口號，自鳴得意，相互標榜不算為真正的自我尊嚴感的表現）心理情結之累。

「幸福意識」瀰漫於台灣

陳：然而台灣型大眾消費社會的自然發展和形成，使得今天的一般台灣人毫無「苦難意識」，有的只是「幸福意識」，是一種對「幸福」（所謂「幸福」乃是物質消費生活的改進帶來的部分滿足感）的不斷追求的意識，姑不論這種「幸福」是真實的或是假象，今日的台灣人是斷然沒有「苦難意識」的，更沒有日據時代那種悲壯的、莊嚴的民族意識。所以，當我讀到戴先生提出「自主的」台灣人意識（參考戴氏日文著作《台灣與台灣人》），很受感動。

呂：剛才的討論釐清了台灣並不存在著兩個互相矛盾的民族，但若是相對於大陸，台灣島上的人是否有民族的差異或特殊性的真相？

戴：那主要是省籍矛盾，是地域性本位主義相互摩擦的問題，而非民族矛盾。因為中國地方大，在歷史發展的過程中，本來就具有的地方特性會造成矛盾或衝突，這個問題是可以由時間來沖淡的。日本過去也是如此，在明治維新時代還是有內戰的，後來因為國家政治制度的近代化，才慢慢地把這個問題克服下來，就是在太平洋戰爭時期，陸軍與海軍還保有以某縣人為優越的傳統。其他日本人要進入宦仕之途，就通過考取東大法學院一條路，東大法學院畢業並經高考合格後就可以進入政府財經部門任職，至於以後能不能升高官，是要依靠自己的能力和政治裙帶關係，比如與某某國會議員或局長、高官之女結婚，這是日本資本主義發達成熟後的議會民主政治的一種規律。由這個觀點來看，台灣的資本主義發展是尚未成熟的，台灣的資產階級不僅在政治上少有代表人，且沒有權力、沒有相對的發言權，甚至國府也沒有容許他們進入政治權力核心結構的正常管道，因而才會有黨外民主運動和台獨運動的產生。

苦悶的「第二代大陸人」

陳：我還想做幾點補充。第一、在台灣的現實生活中，只有階級的差異而無民族的差異，所謂「中國人」與「台灣人」的矛盾，在現實上是不存在的。台灣的「第二代大陸人」的問題，恰好是這個提法的註腳。這些「第二代大陸人」很苦悶，他們是中下層外省籍公務員和軍人的子弟，在台灣的社會既無權力關係，復加認同上的徬徨。這就反面說明了台灣社會的矛盾性格不在民族問題而是不同階層的差異[6]。第二、一般老百姓在目前這個向中心國家[7]依賴的經濟體制仍可運行的情況下，多半是不會關心政治的，趕快賺錢才是更重要的。「美麗島事件」這麼大的事件發生時，圓環附近的夜市仍有人在喝酒猜拳，絕不像波蘭的工運那麼悲憤，是屬於一種全波蘭人民的運動。或是孫中山先生時期的國民黨和已覺醒的知識階層的關係，或是延安時期的共產黨與人民的關係。人民把希望寄託在國民黨或是中共，相信只有同盟會、國民黨或中共成功了他們才得以翻身。所以當國民黨或是中共受到破壞的危急時，人民會保護組織、為黨犧牲。目前的台灣黨外與群眾還沒有樹立成功這一種關係。而選舉時群眾給予黨外的掌聲，可能緣起同情或自身政治、經濟生活上的不滿與苦悶，不見得有什麼堅固的認同感。但是黨外卻往往將「聽眾」誤解為黨員或堅決的「支持者」。

第三、是黨外天生弱質，沒有自己的文化思想的理論的深度，更缺乏有深度、思想層次的政治家，確實難以成為一種運動。這當然是跟台灣三十多年來哲學思想社會科學教育的貧困有關係。多年來大家爭相以罵國民黨來贏取選票，同時幾乎所有的反對力量也都以國民黨為世界的中心，除了空泛地罵國民黨、仰望美國和日本而外，也少有黨外自己的、自主的世界觀。而今，黨外人士對海外更有一份令人難解的自卑感，總是在向海外的台美族博士們鞠躬誇獎，並且期望透過他們影響美國的對台政策，從而改變一黨獨大的台灣政治現狀。由革命的歷史看，這種現象也是異常的。我們都知道無論孫中山的革命也好、蘇聯的革命也好，主要的力量莫不是在國內的，好像從來沒有一個所謂的「革命」是這麼依賴或形勢上接受國外力量的指揮的。

「台灣人意識」與鄉土文學

葉：當前主張「台灣結」的論述，都以黨外民主運動為「台灣人意識」在政治層面的象徵，而以鄉土文學運動為「台灣人意識」表現在文化層面的象徵。你是文學創作者又是當年鄉土文學論戰的重要當事人之一，我特別想了解你對這種論點的看法？

陳：鄉土文學的出現是在六〇年代中期以後。若以文學思想史上的意義來說，鄉土文學論戰（一九七七年）其實是現代詩論戰（一九七二年）[8]的延長。鄉土文學論戰時所提出的理論問題，譬如文學的民族風格，文學應該為大多數人，文學應該描寫現實社會的生活，文學應該為社會的改革與進步而服務……等等，這些理念，都在保釣運動初期發生的現代詩論戰時就提出來了。而且鄉土文學的實踐——重要作品的創作，也早在論戰發生以前就開始了，並不是論戰以後有了理論指導才創作的新文學。

一九四九年之後的台灣，因為政治造成的歷史斷層，連帶的在文學、思想上也無法跟中國的三、四〇年代接上頭，甚至一九四九年以前在大陸發生過的重要知識生活，譬如著名的社會史論戰、社會性質論戰、科學與玄學論戰等等，對在台灣成長的新起一輩文學工作者而言都是十分陌生的。隨著台灣與美國的緊密的盟友關係，不僅政治、經濟與軍事上，甚至文化上台灣也受到美國的支配性的影響，這一點與戰後的日本很相似，最為顯著的就是教育、醫療制度的結構與思想由日本式的改為美國式的制度。因此五〇年代以至六〇年代的台灣文學可以說是帶著「西化」的面貌出現的，受到歐美式現代主義的全面支配，一直到六〇年代末期，社會的低層才有了黃春明等人的小說來反映他們的生活。這個現象在政治、經濟學上，或可勉強解釋為與跟隨著美援經濟體系一起成長的台灣土著資本家的成長有關係。跟隨著台灣本土經濟的成長，有些作家開始回頭來寫身邊熟悉的人與事物。

那麼，妳所提出的鄉土文學是不是「台灣人意識」的表現的問題，是非常值得討論的。當年鄉土文學論戰中，我們是面對著「台獨」和「左翼文學」的左右雙重政治指控。首先因為鄉土文學作品所寫的都是台灣本土的人物、社會、生活與語言，有很濃厚的地方色彩，所以被指為有「台獨」的嫌疑。第二因為鄉土文學所寫的人物多半是社會下層的，所以又有左翼文學的嫌疑。面對著這兩樣的政治控訴，我們的辯駁有兩方面，一是強調台灣鄉土文學絕不是階級文學。理由是在向來的鄉土文學作品中並沒有很強烈的階級觀念或階級意識，即使楊青矗所寫的工人小說都不能算是無產階級的文學，因為他並沒有馬克思所說的無產階級的「自覺意識」——要改造社會，創造新社會的歷史自覺。台灣的鄉土文學作家並沒有人寫過一篇這樣的作品——描寫備受地主或資本家壓迫剝削的農人或工人，有一天突然覺醒，相信他們必須團結起來，打破現有的體制而建立一個農人或工人為主體[9]的社會——除非有這樣的文學作品出現，我們才可以說那是工、農文學，或是階級文學。另一方面是說台灣文學雖然有其地方性、特殊性，但終究也是中國文學的一支流。與前面所說的道理一樣，台灣的鄉土文學也還沒有出現過這樣的作品——描寫一個「台灣人」，向來自以為是「中國人」，而在嘗盡了各種挫折傷痛後，終於幡然覺悟到，自己必須只是「台灣人」，絕不能再是「中國人」了，並且自覺地為台灣民族的解放而鬥爭。縱觀近、現代台灣文學中，還沒有這種文學作品產生，我們就絕不能說台灣鄉土文學是「台灣人意識」的一種表現，而不屬於中國文學的一支。在日據時代卻是有這樣的文學作品，但那時候的「台灣人意識」是相對於「日本人意識」的。文學到底是文學，任何文學理論、詮釋，都要有現存文學作品為依據。如果台灣社會的確已形成「台灣人意識」，自然地應該會反映在文學作品的。因而我個人認為強說台灣鄉土文學是「台灣人意識」的文學是毫無根據而一廂情願的，而且對現階段台灣文學的發展也是有害的。我期待文學理論家們對台灣鄉土文學做更冷靜深刻的分析，也要對世界文學有更為廣泛深入的理解，在這樣的視野下或許對台灣鄉土文學會有較客觀的評估，而不致於為了個別政治主張的方便，隨意的解釋和姦汙台灣鄉土文學。

文化創新的展望

葉：戴教授，歸納您前面所談到的關於近代民族國家和民族意識的形成，我們是否可以總結地說「台灣民族意識」的培養，可能是要放棄在歷史痕跡中尋找根據，而積極地展望未來，也就是說要向前看，不要向後看。那麼接著，您能不能更深入的談談「向前看」的內涵意義是什麼呢？「台灣民族意識」如何才能健康地發展？

戴：所謂「向前看」有個大前提，就是要從世界史的現階段或者放在未來大格局的展望裡來說。那麼，最重要的當然是如何處理少數民族的問題，也就是說要承認且尊重少數民族的權利和肯定多元文化存在的現實，以此作為前提來探討我們的課題。同時在文化上要重新評估地方特性，即是保持與發展地方文化的本土性與多元性，來鋪好文化創新的良好土壤。從而與資本主義化所帶來的文化上的「劃一主義」──也就是映真兄所說以歐美為糖衣的「消費型文化」相抗衡。從文化創新的角度來談，有地方特性的方言、地方戲曲、民間藝術……等等是非常重要而富於生機的，但是搞政治的人似乎都不怎麼考慮文化的問題，有些甚至於藉地方特性來主張分離，有時卻認為對多元存在的肯定會導致分離和破壞團結，而盡量避免談及。因而文化問題總是受到政治掛帥的處理。比如說語言的問題吧！中國那麼大的地方、那麼多的少數民族與方言，為什麼硬要把「北京話」當作「國語」來講呢？單就這一點來看，中共用「普通話」的稱呼，倒是比較合情恰當的。而且「北京話」和「閩南話」、「廣東話」、「客家話」……等各種方言又為什麼要對立起來呢？各種方言和一種作為溝通用的、大家都懂的「普通話」之間有什麼理由讓它們不能和平共存的呢？這完全就是政治造成的。政治上的當權者恐懼方言成為分離運動的推動力之一部分，所以老是要壓制方言，推動所謂的國語。其實方言、少數民族的母語與「普通話」之間的關係，我們大可讓它們和平共存，切磋琢磨，互相補短護長，豐富各自語彙。為何一定要搞成敵對緊張呢？我們應該發揮我們的智慧，好好對待這個問題。文化創新與政治之間一直存在著這麼敏感微妙的關係，我們要「向前看」就必要對這個問題有合理的、建設性的處理，映真兄由文學創作的角度怎麼來看待這些問題的呢？

陳：這個問題我們在台灣也有很多思考。首先，今天如果一個人要繼續站在中國人的立場，似乎就無可避免地背負著海峽兩岸兩個政權的包袱了。這個問題我也曾經苦悶過，而今終於理解我所認同的，仍是中國的土地、歷史、人民與文化，並不是哪一個特定的政權與政黨。因而我也認為文化與政治或是文學與政治的問題，必須要有「人民」的觀點作為大前題。以語言政策為例，為了一個統一的國家而推行國語或普通話是有必要的，但同時也必須充分尊重各地方方言。國民政府在台灣推行國語，可說是前所未有的成功，但是推行的手段卻是相當不合理也是極為不健康的，譬如限制大眾傳播的閩南語時間，限制歌仔戲、布袋戲的演出，甚至在學校說方言的學生要受到處罰，使用方言——我們的母語，竟然成為一種羞恥！當然，國民政府為什麼這樣子也可以分析，一九四九年移到台灣之初，從社會學的觀點，國民黨政府與本地的土著力量沒有任何固有的關係，這使得她對台灣本地的方言也有一種恐懼或心理壓力，國語政策的背後是有這樣的純然政治領域的推動因素。現在台獨分離運動卻也沒有超越國民黨，在反抗國語政策的同時，自己也帶著「福佬話沙文主義」，充分地漠視其他如客家話、高山各族語言的存在。同樣的有些贊成統一的人，也因為政治主張而沒有探究地就反對方言的使用。這些都是非常值得反省深思的，而大家檢討的基礎，也就在必須有「人民」的觀點為共同的基礎，然後才能平等地對待各地方文化，尊重地方文化的特殊性，進一步才能談所謂文化創新問題的展望。

戴：我得補一句。我看美國文明儘管有它腐敗的一面，它的多元性也附帶有不可原諒的種族歧視等等的負面。但它在文化創新的層面上具有的「生機」和「潛能」相當地「活」和「富」。這些條件及相貌當然有一大部分是來自它的種族、文化等等的多元性。這一點我們應該向美國社會逐漸擴大少數民族的權利，並積極肯定多元性的正面價值的做法多學習。我們大陸和台灣，本來就是幅員大，人口多，民族複雜，方言多，就多元性來言並不比美國差。我們得好好研究並對待我們固有的多元性，讓我們的多元性發揮，把多元性的正面價值組織起來，變成我們創新文化的契機和推動力。我們不該一再地踏襲老套，墨守成規。以維持封建的中原正統，藉題發揮大漢沙文主義為使命，自我膨脹，自得安慰，老往後看，這一種態度是落伍而沒有建設性的。

葉：陳先生來美國後，獨立派的刊物逐漸有文章批評你，你看過這些文章？你的感想怎樣？

陳：在愛荷華，簡直是鄉下，別說台獨刊物，其他中文報刊都難以一見。這些文章，是熱心的朋友寄來的。我想是主要的我全讀了。

台灣知識分子到了美國，有機會看到台灣禁止的學說，例如史的唯物論吧。他們讀了，搖身一變，成為「革命理論家」，可也立刻有了「我是馬克思主義者」的奇怪的驕傲，使我想起日本三〇年代文學中對半調子激進青年的戲稱——Marx Boy。

很多文章要跟我比歷史唯物論的知識。我當然比不過他們。其實，我哪懂什麼歷史唯物論，我所知道的一點點，無非皮相之談。但我知道，細讀他們的文章，覺得他們還沒有中國社會史論戰時期的文章深度。不管語言文字、思想發展，皆不及遠甚。不，甚至比起北美另外一些在學院或私下搞馬克思主義、搞年輕馬克思的一些中國朋友[10]都差。可以這樣總結：北美的台獨「左」翼，在理論和學問上，還在很幼稚的階段。當然，比起島內同性質的文章，北美是好多了。問題在北美有北美的標準。看看美國的「左派」。他們即使被養在校園中，對社會起不了作用，但在理論發展與研究上，有發展，有深度，叫人刮目相看。台獨「左」派，起碼要有人家一半的水平，說話才有人側耳吧。

其次，比起島外的「民族論」者，我較敬重島內的。因為他們在台灣，有勇氣，也算是好學深思吧。在一個沒有警總的地方，住在美國郊區中產階級社區，大談馬克思和歷史唯物論，指揮島內「起義」，這樣墮落和謔畫式的革命家，我是寧可敬遠的。

我不打算敬覆北美的文章，是因為有一點不齒（請原諒），也不打算回答島內的文章，是因為我愛其「才」（比較而論），愛其勇。何況，在台灣環境下「打台獨」，在道德上說不過去。

不過，在攻擊我的文章中，有一個共同策略：明顯或隱含地指控我是親中共的，是要中共來「併吞」台灣的。這如果是說給國民黨聽，其心不可問，叫人齒冷，可以不必談它。但也許有一部分是基於我過去的政治主張推論下來的。對這種人，我應該有所說明。

對「四人幫」後揭露出來的中共，我是深刻失望的。對目前政策，我還保有因過於失望引起的懷疑——和反對，例如最近的對文學界的整肅，例如最近愚不可及地大談反對社會主義有人道主義之論……。對於它的「對台政策」我是批評和不安的。但這些，卻怎麼也無法使我成為反華的、宣稱自己不再是中國人的獨立派。

我的立場很明白。我認同的，是歷史的、文化的、人民的中國。我很佩服戴教授，是因為他的台灣人的作為中國人的自主意識論，給我很多啟發。

我不再是一個政治人物。在某一種意義上，對於「政治」，我是厭惡的。文學和文化，是我這以後的生活中關切的主題。我自知我只不過中下之才，不能成器，理由是我在書本上親炙過許多文學和文化上仰不可視的巨人。

如果「四人幫」給我們什麼教育，那就是一種謙卑的情懷。讓我們不要自以為義，自以為真理的化身；讓我們不要大剌剌地喊革命詞語、讓我們不要相信自己調門拉得病態地高的詞語、讓我們不再偏執於一個框框、一套教條和敕語，讓我們在不斷進步的人文、知識的浩瀚中，低頭虛心……。

現在我開始想回台灣了。真想。那兒的土地、人、鄰居、朋友，甚至是汙染過的空氣，全是我們生活的主要泉源啊。

葉：時間很晚了，我們就到此結束吧。我特別要感謝主人夫婦提供了這個機會，也感謝映真先生和戴教授願意就當前海外島內爭論最多、最為敏感的「台灣人意識」的問題作為對談的題目。今晚我們所談的牽涉相當廣泛，但也都緊緊圍繞著歷史發展與全球的觀點，兩個時、空的座標。雖然如此，今天的討論也還只是個引子，我期待著，也相信會有更多的討論繼而生起，因而今天的討論也沒有必要有所結論，結論還是留給我們的讀者吧。

初刊一九八四年二—三月《台灣與世界》第八—九期
另載一九八四年三—四月《夏潮論壇》第十三—十四期、總第八卷第二—三期
收入一九八五年遠流出版社《台灣史研究》（戴國煇著），一九八八年四月人間出版社《陳映真作品集6．思想的貧困》

1 對談時間：一九八三年九月二十九日；地點：美國愛荷華市，呂宅；列席：戴國煇（日本立教大學史學系教授）、陳映

真（小說創作家與評論家）、呂嘉行（詩人）、譚嘉（文藝評論家）、葉芸芸（《台灣與世界》發行人）；整理：葉芸芸。此篇文章由葉芸芸整理，在《夏潮論壇》刊載時，題為〈戴國煇．陳映真對談——「台灣人意識」與「台灣民族」的虛相與真相〉。本文又以〈「台灣人意識」與「台灣民族」〉為題，收入戴國煇的《台灣史研究》（台北：遠流出版社，一九八五）。

2 查〈台灣意識——黨外民主運動的基石〉發表於一九八三年七月《生根》雜誌第七期，為陳樹鴻所著，初刊版、夏潮版、人間版此處均為「陳鴻基」，故改正。

3 人間版於此處加入「、超歷史」。

4 人間版於此處加入「逃避現實的人是懦弱的，是不可能與『勝利的女神』有緣分的。這已是人類共同的歷史教訓。」。

5 「民主運動」，人間版為「民族運動」。

6 「不同階層的差異」，人間版為「在不同階級、階層的差異」。

7 「中心國家」，人間版為「美、日先進國家」。

8 鄉土文學論戰與現代詩論戰之年分，初刊及人間版均作「一九七六」、「一九七一」。查應為一九七七、一九七二年，且陳映真同時期另文亦曾稱此二論戰分別於一九七七、一九七二年展開，故據改。

9 人間版於此處加入「而掌權」。

10 「中國朋友」，人間版為「鄉親、朋友」。

陳映真首次來美訪問

開擴思想視野裨益甚大[1]

這次得以順利離台來美，受到多方面、多人的熱誠幫助。台灣文學研究會和愛荷華大學國際寫作計畫先後邀請我來美訪問，是我來美的契機。這以後，依時間先後是胡秋原先生、沈君山先生、余英時先生、莊因先生、張系國先生、林毓生先生、白先勇先生、鄭愁予先生、李歐梵先生、劉紹銘先生，以及中央文工會和黃天福先生都為我這次出國的事，給予令人難忘的幫助。我謝謝這些先生們。

參加台灣文學研究會第二屆年會，對於我，是一次極富於啟發性的經驗。在會議中，每一篇論文都很紮實而生動，對於台灣文學的廣泛而重要的問題，提出了精闢的意見。我具體地體會到一個活潑、自由、研究資源豐富的環境，對於思想和學術的發展，是何等的重要。

在這次會議中，哲學、政治意見不同的朋友之間，不但沒有任何敵對的態度，而且彼此間表現了對彼此不同意見真誠的尊重，在熱情而認真的討論中，增進了相互間極具深度的理解，並且從彼此不同的意見中，吸取了對自己的思考十分有益的意見。這種民主的、自由的、心胸開闊的討論風格，十分值得在台灣的懷有不同意見的自由知識分子學習。目前，在台灣，因為受到感情上的蔽障，這樣的討論，還是不可能的。現在我已深刻理解到這不可能所造成的巨大而令人遺憾的損失。

最後，我要再次謝謝台灣文學研究會的朋友們，特別是會長許達然先生和這次慨然借了會議場地給我們的蔡明殿先生和王淑英女士，為了他們提供給我一次難以忘懷的文學生活上的新體驗。

初刊一九八三年十月《台灣與世界》第五期

---

1 標題為原刊編輯所加。

國家圖書館出版品預行編目（CIP）資料

陳映真全集／陳映真作. -- 初版. -- 臺北市：
人間, 2017.11
23冊；14.8×21公分
ISBN 978-986-95141-3-2（全套：精裝）
848.6　　106017100

陳映真全集（卷六）

THE COMPLETE WRITINGS OF CHEN YINGZHEN (VOLUME 6)

作者　陳映真
全集策畫　亞際書院・亞太／文化研究室
策畫主持人　陳光興、林麗雲
執行主編　宋玉雯
執行編輯　陳筱茵
小說校訂　張立本
版型設計　黃瑪琍
內頁排版　顏麟驊
印刷　中原造像股份有限公司

初版一刷　二〇一七年十一月
定價　一萬二千元（全套不分售）
ISBN　978-986-95141-3-2

出版者　人間出版社
發行人　呂正惠
社長　陳麗娜
總編輯　林一明
地址　108台北市萬華區長泰街五十九巷七號
電話　886-2-2337-0566
傳真　886-2-2337-7447
郵政劃撥　11746473・人間出版社
電郵　renjianpublic@gmail.com